KB034695

악에 관한 세 편의 대화

ТРИ РАЗГОВОРА О ВОЙНЕ, ПРОГРЕССЕ И КОНЦЕ ВСЕМИРНОЙ ИСТОРИИ СО ВКЛЮЧЕНИЕМ КРАТКОЙ ПОВЕСТИ ОБ АНТИХРИСТЕ

ВЛАДИМИР СЕРГЕЕВИЧ СОЛОВЬЕВ

악에 관한 세 편의 대화

— 전쟁·진보·세계의 종말 및 「적그리스도에 관한 짧은 소설」

블라디미르 솔로비요프 지음
박종소 옮김

문학과지성사
2009

대산세계문학총서 **084**_소설

악에 관한 세 편의 대화
──전쟁·진보·세계의 종말 및 「적그리스도에 관한 짧은 소설」

지은이__블라디미르 솔로비요프
옮긴이__박종소
펴낸이__홍정선 김수영
펴낸곳__㈜**문학과지성사**

등록__1993년 12월 16일 등록 제10-918호
주소__121-840 서울 마포구 서교동 395-2
전화__02)338-7224
팩스__02)323-4180(편집) 02)338-7221(영업)
전자우편__moonji@moonji.com
홈페이지__www.moonji.com

제1판 제1쇄__2009년 10월 9일

ISBN 978-89-320-1997-0
ISBN 978-89-320-1246-9 (세트)

이 책은 대산문화재단의 외국문학 번역지원사업을 통해 발간되었습니다.
대산문화재단은 大山 愼鏞虎 선생의 뜻에 따라 교보생명의 출연으로 창립되어 우리 문학의 창달과
세계화를 위해 다양한 공익문화사업을 펼치고 있습니다.

차례

서문 9

일러두기

1. 이 책의 원제는 『「적그리스도에 관한 짧은 소설」을 포함한 전쟁, 진보, 전 세계 역사의 종말에 관한 세 편의 대화』이다.
2. 이 책의 번역은 *Vladimir Sergeevich Solov'ev, Sochinenija* v 2 T. 2-e izdanie, Akademija nauk SSSR, Izd., 《Mysl'》, M. 1990을 주 텍스트로 하여 본문과 편찬자주 등을 옮겼으며, *Vladimir Sergeevich Solov'ev, Sobranie sochinenij* (Brussel', 1966. T. 10, fototipicheskoe izdanie, vosproizvodjashchee 2-e izd. Sobr. soch. pod redaktsiej S.M. Solov'eva i E.L. Radlova를 참고하였다.
3. 이 책의 맞춤법 및 외래어 표기는 문교부 고시 「한글 맞춤법」 및 「외래어 표기법」을 원칙으로 삼았다. 단, 일부 인명과 지명에 한해 학계에서 일반적으로 통용되는 표기법에 따른 것이 있다. (예: 캅카스→ 카프카즈, 푸시킨→ 푸슈킨)
4. 이 책에 인용한 성경 구절은 대한성서공회의 개역한글판 성경의 것을 따랐다.

이른 나이에 떠나가버린 친구들,
N. M. 로파친과 A. A. 소콜로프에게 드립니다.

서문

악(惡)이라는 것은 단지 자연스러운 **결핍**일 뿐, 선(善)이 자라나면 그와 더불어 자연스럽게 사라지는 불완전함입니까, 아니면 유혹으로써 우리 세계를 **지배하는** 실제적인 **힘**이어서, 그것과 싸워 이기려면 다른 존재 질서의 지원(支援)을 얻어야만 할 필요가 있습니까? 이러한 중요한 문제는, 오직 완전한 형이상학적인 체계 속에서만 분명하게 연구되고 해결될 수 있을 것입니다. 이성적 사유를 할 수 있는 능력과 취향을 지닌 사람들을 위해 이 문제에 대한 글을 쓰기 시작한 이후[1], 저는 악에 관한 문제가 모든 사람들에게 얼마나 중요한 것인지를 절감할 수 있었습니다. 여기서 자세히 언급할 필요는 없겠지만, 약 이 년 전 제 내면에서 어떤 심경의 변화가 일어나 모든 사람들이 쉽게 이해할 수 있게 일목요연한 방식으로, 반드시

---

[1] 나의 이 작업에 관한 접근은 이론 철학의 첫 세 장에 걸쳐서 발표되었다(『철학과 심리학의 제(諸)문제 *Voprosy filosofii i psikhologii*』 1897, 1898, 1899)(지은이). 이 언급은 『이론 철학 *Teoreticheskaja filosofija*』에 대한 블라디미르 솔로비요프의 미완결 작업을 염두에 둔 것이다(편찬자).

모든 사람들이 관련되는 악의 문제의 중요 측면들을 규명하고자 하는 아주 강한 의욕이 생겼습니다. 그런데 오랫동안 저는 제 구상을 실현할 적합한 형식을 찾지 못하고 있었습니다. 그러다가 해외에서 머물던 1899년 봄, 일단 구성의 틀이 잡히더니, 며칠 만에 이 주제를 다룬 첫번째 대화가 씌어졌습니다. 러시아로 돌아온 후로 나머지 두 편의 대화도 씌어졌습니다. 그렇게 해서 제가 말하고자 했던 것을 가장 단순하게 표현할 수 있는 언어 형식이 자연스럽게 출현하게 된 것입니다. 이 글의 우연한 일상 대화 형식은 이미 여기서 어떤 학문적·철학적인 연구나 종교적인 가르침을 추구할 필요가 없다는 것을 명백하게 보여줍니다. 오히려 저의 과제는 기독교를 옹호하여 논쟁하는 것입니다. 즉 저는 악의 문제와 관련된 기독교의 중요한 진리의 측면들을 가능한 한 분명하게 드러내기를 원했습니다. 이 문제는 특히 최근 들어 여러 측면에서 오리무중에 빠져 있습니다.

수 년 전, 저는 동부의 어느 지방에서 일어난 신흥 종교에 관한 글을 읽은 적이 있습니다. 이 교단은 신도들을 '구멍을 뚫는 이들vertidyrniki' 혹은 '구멍에 기도하는 이들dyromoljai'[2]이라고 불렀는데, 이 종파 사람들은 농가의 어두운 한 쪽 구석 벽에 중간 정도 크기의 구멍을 뚫어놓고, 거기에 입술을 갖다 대고는 여러 번 반복해서 **"농가여, 구멍이여, 구원해주소서!"**라고 되뇐다는 것이었습니다. 신으로 숭배하는 대상이 이처럼 극단적으로 단순화된 경우는 아직까지 없었던 듯합니다. 하지만 일반 농촌 가옥의 벽에 사람의 손으로 단순한 구멍을 뚫어놓고 신성시하는 것이 명백한 망상이라고 치부한다면, 분명한 것은 이 망상이 적어도 진실하다는 점입

---

2 19세기 러시아의 종교 분파들에서 드물게 볼 수 있는 분파 가운데 하나. 브로크가우즈와 예프론의 백과사전에 따르면 구멍을 뚫는 사람들은 "분리파 교도들이 인구의 2/3를 구성하는 지역"인 "비스크 구"에서 발견된다고 한다(페테르부르크, 1900, 57권, p. 329) (편찬자).

니다. 다시 말해, 이 사람들은 광인과 같은 기괴한 짓을 행했지만, 결코 어느 누구도 잘못된 길로 끌어들이지 않습니다. 적어도 그들은 농가를 농가라고 불렀고, 구멍을 구멍이라고 옳게 불렀으니까요.

그러나 이 구멍 숭배자들의 종교는 얼마 지나지 않아 '진화'와 '변모'를 겪게 됩니다. 그리하여 새로운 형태로 탈바꿈한 이 종교는 이전에 지녔던 사상적 약점이나 철학적 관심의 협소함, 그리고 저급한 리얼리즘을 여전히 간직하고 있었지만, 이제는 이전의 진실성을 상실하게 되었습니다. 이들의 농가는 이제 '하나님의 **지상** 왕국'이라는 명칭을 얻게 되었고, 구멍을 '새로운 복음'이라고 부르게 된 것입니다. 거짓 복음과 참된 복음의 차이는 대들보에 뚫은 구멍과 살아 있는 온전한 나무 사이의 차이와 같습니다. 가장 나쁜 것은 이러한 본질적인 차이에 대해 새로운 복음주의자들이 여하간 침묵하고, 또 말도 꺼내지 못하도록 만들고자 꾀했다는 점입니다.

물론 제가 '구멍에 기도하는 사람들'이라는 최초의 교단과 거짓 하나님의 왕국과 거짓 복음 설교 사이의 직접적이고도 역사적이며, '발생학적인' 관계를 주장하는 것은 아닙니다. 사실 이러한 주장은 저의 단순한 목적에도 부합하지 않습니다. 저의 의도는, 제가 언급한 바 있는 도덕적 차이를 통해 두 '가르침'의 본질적인 동질성을 확연하게 드러내려는 것입니다. 여기서 말하는 동질성은 두 '세계관'이 지니는 절대적인 부정성과 무의미함에서 찾을 수 있습니다. 비록 '지식층'에 속하는 '구멍에 기도하는 이들'이 자신들을 구멍에 기도하는 이들이 아니라 기독교도들이라고 부르고, 자신들의 설교를 복음이라고 부른다고 할지라도, 그리스도가 없는 기독교, 널리 알릴 만한 **복**이 없는 복음, 즉, **복된 소식**과 거룩한 생명으로 충만한 실제의 부활이 없는 복음—이와 같은 것들은 농부의 농가에 뚫어 놓은 평범한 구멍과 마찬가지로 텅 빈 장소일 뿐입니다. 만약에 이성주의

자들이 이 **텅 빈 장소**에 다수의 어린 자들을 혼동시키고 유혹하는 거짓된 기독교의 깃발을 세우려고 하지만 않는다면, 이 모든 것에 관해 이야기할 필요가 없을지도 모릅니다. 사람들은 그리스도가 쓸모없어졌고 **이미 극복되었으며**, 심지어 아예 존재한 적도 없었고 사도 바울이 고안해낸 신화일 뿐이라고 여기며, 점차적으로 이러한 속설을 확신하고 있습니다. 그와 동시에 그들은 집요하게 자신들을 '참된 기독교도'라고 부르며, 텅 빈 장소에 대한 설교를 왜곡시킨 복음서의 말들로 덮어 숨기고 있습니다. 이러한 상황에서 무관심이나 관대한 무시는 결코 적절한 대응책이 아닙니다. 도덕적인 분위기가 체계적인 위선으로 오염되고 변질되는 것을 보면서 사회적 양심이 어리석은 일을 그 본래의 이름으로 부를 것을 큰 외침으로 요구하기 때문입니다. 우리의 논쟁의 참된 목표는 **사이비 종교를 논박하자는 것이 아니라 실제의 기만을 폭로하는 것입니다.**

이러한 기만은 용서할 여지가 없습니다. 이러한 문제를 완전히 밝혀내는 데 있어서 교회 검열이 출판을 금지한 세 편의 글[3]을 쓴 저자인 저와 여러 서적들과 소책자들, 유인물들을 발행한 외국의 출판인들 사이에 중대한 외적 장애물이 있을 수 없습니다. 우리에게 남아 있는 종교적 자유의 제한은 저로서는 가장 큰 가슴 아픈 고통 중의 하나입니다. 왜냐하면 저는 외적인 탄압이 그것을 당하는 이들뿐만 아니라, 특히 러시아에서의 기독교, 결과적으로는 러시아 민중, 또 더 나아가 러시아 정부에게 얼마나 해롭고 고통스러운 것인가를 목도하고 느끼고 있기 때문입니다.

---

3 블라디미르 솔로비요프의 다음의 저작을 염두에 두고 있다. 1)『역사와 신권정치의 미래 *Istorija i budushchnost' teokratii*』(자그레브, 1887), 2) *L'idée russe*(파리, 1888. 러시아판: 『러시아의 이념』, 모스크바, 1911), 3) *La Russie et l'église universelle*(파리, 1889. 러시아판:『러시아와 전 세계 교회』, 모스크바, 1911)(편찬자).

그러나 어떠한 외적인 상황도 선량한 양심을 소유한 사람이 자신의 확신을 끝까지 말하는 것을 막을 수는 없습니다. 고국에서 이것을 할 수 없을 때는 외국에서라도 할 수 있습니다. 사실 정치와 종교의 **실용의** 문제를 말하자면, 사이비 복음의 설교자들 말고 더 많이 이런 기회를 이용한 사람들이 도대체 누가 있다는 말입니까? 반면, 중요하고 원칙적인 문제에 관한 거짓을 제지하기 위해서는 외국에 갈 필요가 없습니다. 왜냐하면 러시아의 검열은 어떤 경우에도 있지 않은 확신을 표명하라고 요구하지 않으며, 믿지 않는 것을 믿는 척하며, 경멸하고 증오하는 것을 사랑하고 존경하는 것처럼 행동하라고 요구하지 않기 때문입니다. 역사상의 유명한 인물과 그분의 업적에 대해 양심적으로 처신하도록 헛된 것을 설교하는 이들에게 러시아가 요구했던 것은 오직 한 가지뿐입니다. 즉, 이 인물에 관해 침묵하고 그분을 '무시'하는 것입니다. 그러나 얼마나 이상한 일입니까! 이 사람들은 그 일에 관해 자신들의 고국에서의 자유로운 침묵의 권리도, 외국에서의 자유로운 발언의 권리도 이용하기를 원하지 않습니다. 고국이나 외국에서나 그들은 외견상으로는 그리스도의 복음에 참여하는 것을 즐겨합니다. 반면 그 어디에서도 직접적인 단호한 말로나 간접적인 수사적 어구의 침묵으로도 기독교의 창시자에 대한 자신들의 참된 태도, 즉 그분은 그들에게는 완전히 낯설고 아무 짝에도 쓸모가 없으며, 그들에게 방해만 될 뿐이라는 태도를 있는 그대로 드러내 보이려 하지 않습니다.

그들의 관점에서 보면, 그들이 전파하는 것이 **자명한 것이며** 바람직한 것이고 모든 이들에게 유익한 것입니다. 그들의 '진리'는 진리 그 자체에 토대를 두고 있으며, 따라서 만일 역사상의 유명 인사가 이 진리에 동의한다면 더욱이 아주 좋은 일이겠지만, 그렇다고 해서 그것이 결코 그들의 최상의 권위를 그분에게 부여하는 것은 아닙니다. 동일한 인물이 그들에게는 '유혹'이자 '미친 짓'인 많은 일을 말했고 행했기에 더욱 그러합니다.

만약에 심지어 이 사람들이 인간적인 무능력으로 인해서 스스로의 '이성' 외에 어떤 역사적인 권위에 어쩔 수 없이 의존해야 할 필요를 절감했다면, 어째서 그들은 역사에서 그들에게 보다 더 적합한 **다른 인물**을 찾지 않았을까요? 정말로 오래전부터 모든 것을 갖춘 그러한 사람, 다름 아닌 널리 전파된 불교의 창시자가 있지 않습니까. 그는 사실 그들에게 필요한 것, 이를테면 무저항, 무욕, 무위, 근신 등과 같은 것을 실제적으로 설파했습니다. 또한 심지어 **순교를 하지 않고도** 그의 종교는 '눈부신 성공'⁴을 거두었습니다. 불교도들의 경전은 실제로 **공**(空)을 가르치고 있습니다. 이 대상의 새로운 가르침과 그것들이 완전히 일치하도록 하려면, 단지 세부적으로 단순화시키기만 하면 될 뿐입니다. 그와 반대로, 유대인들과 그리스도인들의 성서는 고금(古今)의 공(空)을 부정하는 긍정적인 영적 내용으로 온통 침윤되어 있습니다. 따라서 이 공(空)의 가르침을 성서의 복음의 말씀이나 예언의 말씀과 연관 지으려면, 이 말씀이 성서 전체와, 혹은 바로 인접한 문맥들과 맺는 관련성을 온갖 거짓들로 끊어놓아야만 합니다. 그때서야 불교의 **순사**(殉死)가 많은 적합한 가르침과 전설을 제공하는 것이 되고, 이 성서의 각 권 속에도 본질상으로나 영적으로 새로운 가르침에 모순되는 것이 전혀 없게 됩니다. '갈릴리 랍비'를 샤키야 족⁵의 일종의 은둔자로 대치한 사이비 기독교도들은 현실적인 어떤 것도 잃은 것이 없는 듯하며, 오히려 매우 중요한 어떤 것을 얻은 듯합니다. 최소한 제 견해로는 그러한데, 말하자면 비록 혼동 상태에 있을지라도 양심적으

---

4 이 표현은 내 것이 아니다(지은이).
5 현재의 네팔 남부와 인도의 국경 부근인 히말라야 산 기슭의 카필라 성을 중심으로 살았던 종족으로, 석가모니가 이 종족 출신이다(옮긴이).

로 사유하는 사람이 될 수 있고, 또 어느 정도 추종자가 될 수 있는 가능성 말입니다. 그러나 그들은 이런 것을 원하는 것이 아니지요……

새로운 '종교' 교리의 내용 없음과 논리적인 모순이 너무나 크게 눈에 띕니다. 그래서 저는 이러한 측면에서 (세번째 대화에서) 짧지만, 그러나 완전한 명제들의 목록을 제시하게 되었습니다. 이 명제들은 명백히 상호 파괴적인 것이어서, 공작과 같은 요령부득의 어쩔 수 없는 인물 외에는 어느 누구도 매료될 수 없는 것이지요. 그러나 만약에 제가 누군가의 눈을 뜨게 하여 상황의 다른 측면을 보여줄 수 있고, 기만당했지만 여전히 아직은 살아 있는 또 다른 영혼이 모든 것이 완전히 뒤섞여 있는 이 죽은 가르침의 윤리적인 거짓을 느낄 수 있도록 할 수 있다면, 이 책의 논쟁적인 목적은 달성되는 것입니다.

그러나 저는 깊이 확신하건대, 거짓을 폭로하는 최후의 언명이 즉각적으로 누군가에게 선한 영향을 끼치지 않는다 할지라도, 여전히 그것은 말하는 사람의 도덕적 의무를 주체적으로 수행하는 것이면서, 또한 전체 사회의 삶에 필요한, 정신적으로 느낄 수 있는 보건 대책이자, 현재와 미래의 사회에 본질적으로 유용한 것입니다.

대화들의 논쟁 과제와 연관된 긍정적인 과제가 있습니다. 악에 대한 저항과 역사의 의미를 상이한 세 관점에서 제시하려는 것입니다. 그 가운데 하나는 과거에 있었던 것으로 종교적이면서 일상적인 관점이며, 특히 첫번째 대화, **장군**의 말에서 나타납니다. 또 다른 관점은 오늘날 지배적인 문화·진보적인 관점으로, 두번째 대화에서 정치가에 의해서 두드러지게 표현되면서 옹호됩니다. 세번째 관점은 미래에야 결정적 의미를 드러내도록 예정되어 있는 절대적인 종교적 관점으로 세번째 대화에서 Z 씨의 논의와 사제 판 소피의 이야기 속에 제시되어 있습니다. 비록 저는 궁극적으로는 마지막 관점에 경도되어 있지만, 앞의 두 관점의 상대적 진리도 인정하기에 마찬가지로 공정하게 **정치가**와 **장군**의 반대 논의와 언명도 전할 수 있었습니다. 최고의 절대적 진리는 그 자체가 출현할 수 있는 예비적인 조건들을 배제하거나 부정하는 것이 아니라, 그것들을 정당화하고 의미 있게 만들며 조명하는 법입니다. 만약에 보편적인 관점에서 die Weltgeschichte ist das Weltgericht[6]이라면, 사실 그러한 심판의 개념 속에는 선과 악의 역사적 힘 사이의 길고도 복잡한 **각축**(과정)이 들어 있으며, 최종적인 결말을 내기 위한 각축은 이 힘들이 서로 살아남기 위한 긴장된 투쟁을 전제하는 것이면서, 또한 일상적인 문화 환경에서의 이 힘들의 가장 내적인, 따라서 평화로운 발전을 전제하는 것입니다. 따라서 **장군**과 **정치가** 모두 최고의 진리의 빛 앞에서 올바르며, 저 또한 이 두 사람의 관점을 완전히 충실하게 견지하고 있습니다. 말할 나위 없이, 악과 거짓의 요소 자체가 부정할 뿐, 그것과 투쟁하는 전쟁의 칼이나 외교관의 펜과 같은 수단은 부정한 것이 아닙니다. 이러한 **무기들**은 주어진 조건하에서 그 자체의 현실적인 합목적성에 따라서 평가해야만 하며, 매번 그 쓰임새가 보다 적합하게, 다시 말해 보다 효율적이고 성공적으로 선에 기여할 수 있도록 하는 것이 나은 것입니다. 러시아 제후들을 위해서 오르다Orda[7]에서 평화롭게 회의를 주재했던 대주교 성 알렉시이나, 동일한 오르다에 대항했던 드미트리 돈스코이의 무기를 축복했던 사제 세르게이나,

---

6 전 세계의 역사는 전 세계에 대한 신의 심판이다(독일어)(편찬자).
7 '진영, 야영지'를 뜻하는 터키어에서 비롯된 말로 13세기 중엽부터 약 250년에 걸친 몽골의 러시아 및 유라시아 남부의 침략과 지배를 일컫는다. 칭기즈 칸의 장손이었던 오르다 칸(Orda Khan, 1204~1280)과 동생 바투 칸(Batu Khan, 1207?~1255)은 그의 조부와 부친이 사망하자 볼가 강의 동쪽과 서쪽을 물려받아 러시아와 유라시아 남부를 지배했다. 여기서의 '오르다'는 정확하게는 바투가 지배했던 '금장 한국(金帳汗國, Zolotaja Orda)'을 가리킨다(옮긴이).

모두 마찬가지로 선의 여러 모양과 부분을 행한 봉사자들이었던 것입니다.

* * *

악과 그에 대한 무력적인 투쟁 및 평화로운 투쟁에 관한 이 '대화'들
은 악이 역사의 최후에 극단적으로 출현하게 될 것을 분명하게 지적하고,
또 악이 잠시 동안 짧게 승리를 거두다가 궁극적으로는 결정적으로 파멸
하게 되는 것을 제시하는 것으로 종결되어야만 했습니다. 저는 맨 처음
이 문제를 앞부분의 다른 대화편들과 마찬가지로 농담 섞인 대화의 형식
으로 서술했습니다. 그러나 주위 사람들의 우정 어린 비판에 의해 저는
그러한 서술 방법이 여기서는 전혀 적절하지 못하다는 것을 깨달았습니다.
왜냐하면 첫째, 대화 형식에서 비롯되는 휴지기와 중간 중간에 끼어드는
말들이 이야기가 흥미롭게 고조되어가는 것을 방해하기 때문이고, 둘째,
대화의 일상잡기적인 어조, 특히, 농담의 어조는 주제의 종교적인 의미에
어울리지 않았기 때문입니다. 저는 이러한 지적이 올바르다는 것을 발견
하고, 세번째 대화의 편집을 다시 수정해서, 사망한 수도사의 원고 「적그
리스도에 관한 짧은 소설」을 연이어 읽도록 덧붙여놓았습니다. 이 소설은
(이전에 제가 청중들 앞에서 원고를 낭독한 적이 있었습니다) 사회에서나 출
판계에서 적잖은 몰이해와 곡해를 불러 일으켰습니다만, 그 원인은 매우
단순한 것입니다. 이것은 우리들이 하나님의 말씀이 가리키는 것들을 충
분히 알지 못하고 또 적그리스도에 관한 교회의 전설을 충분히 접할 기회
가 부족했기 때문입니다.

하나님의 아들의 지위를 영적(靈的)인 위업으로 얻는 것이 아니라, '약
탈로 획득하는 종교적 참칭자로서의 적그리스도의 내적인 의미, 거짓 기

적들을 실제로 일으켜 사람들을 현혹하는 거짓 예언자 타부마토르그[8]와 적그리스도와의 연관성, 악한 힘의 도움으로 전 세계 군주라는 자신의 외적인 지위를 획득하는 적그리스도의 어둡고 특히 죄로 가득한 혈통, 그와 그의 거짓 선지자에게 특징적으로 나타나는 몇몇 개인적인 특성들과 함께, 그의 활동의 전체적인 행보와 최후, 예를 들어, '하늘로부터 불을 내리기,' 그리스도의 두 증인 살해, 그들의 시체를 예루살렘 거리에 버려두는 것 등, 이 모든 것들은 성서 말씀과 고대 전설에 근거하는 것들입니다.[9] 사건들을 연결시키고 또 이야기가 일관성을 유지하도록 하기 위해 세부적인 부분들에서는 역사적 사유에 기초하거나, 상상을 통해 암시를 받을 필요가 있었던 것도 있습니다. 물론, 저는 특히 후자와 같은 종류의 것들 즉, 반(半)강신술적이고, 반(半)마술사적인 간계에는 중요한 의미를 부여하지 않았으며, 따라서 마땅히 제 '비평가들'도 이 일에 관해서는 저와 같은 태도를 지녀줄 것으로 기대했던 것 같습니다. 그 밖의 다른 것, 매우 본질적인 것에 관해서는, 즉, 전(全) 그리스도교 공의회에서 구현된 세 가지 신앙고백의 성격과 같은 것은 말하자면, 교회의 역사와 삶에 대해 문외한이 아닌 사람들에 의해서만 비평되고 평가될 수 있었습니다.

계시록에서 주어지는 가짜 예언자의 성격과 거기에 지시되어 있는 그의 임무는 적그리스도를 위해 사람들을 속이는 것으로,[10] 따라서 저는 그가 온갖 종류의 마법적이고 마술적인 특성의 계책들을 갖도록 할 필요가 있었습니다. 매우 널리 알려진 dass sein Hauptwerk ein Feuerwerk sein wird[11]이라는 말이 있지요. 즉 "큰 이적을 행하되 심지어 사람들 앞에서

---

8 요한계시록 13장 11~15절(편찬자).
9 요한계시록 13장 13절(편찬자).
10 요한계시록 13장 14절(편찬자).

불이 하늘로부터 땅에 내려오게 하고"(요한계시록 13장 13절)라는 말씀입니다. 이러한 일을 일으킬 수 있는 마술적이고 기계적인 기술은 현재의 우리들로서는 미리 알 수 없는 것이지만, 분명히 이삼백 년 후면 훨씬 멀리 발전해나갈 것이며, 이러한 일이 바로 그러한 진보 가운데 그런 종류의 기적을 일으키는 우리의 마술사 같은 사람들에게는 가능한 일이 될 것입니다. 저는 이에 관해서는 논하지 않겠습니다. 몇 가지 구체적인 특징들과 세부적인 것들을 제 소설에서 도입하여 쓰고 있습니다만, 본질적이고 확실한 관련 사실들이 무미건조한 도식으로 머물지 않고 일목요연하게 설명될 수 있도록 한다는 의미에서만 허용했습니다.

범(凡)몽골주의[12]와 아시아의 유럽 침공에 관한 제 논의에서 지엽적인 것들과 본질적인 것을 구별해야 합니다. 그러나 여기서 가장 중요한 사실도 적그리스도와 그의 거짓 예언자의 출현과 운명에 대해 어떤 절대적인 확실성을 갖는 것은 물론 아닙니다. 몽골과 유럽의 관계에 대한 역사적 기술 가운데 많은 부분이 충분히 성서에 근거하고 있지만, 직접 성서에서 인용된 것은 아무것도 없습니다. 전체적으로 이 역사는 사실적 자료들에 근거한 일련의 가능성의 사유입니다. 개인적으로 저는 이 가능성이 신뢰할 만하다고 생각하며, 비단 저 한 사람만이 아니라, 다른 사람들, 그리고 주요 인사들도 그러하리라 생각합니다…… 서술이 연관성을 갖도록 하기

---

11 문자 그대로 번역하면, '그의 걸작은 불꽃놀이가 될 것이다'로, 독일어 텍스트에서 'Hauptwerk'와 'Feuerwerk'의 발음 유사성을 이용한 언어유희가 일어나 '위대한 일은 불로 하는 일이다'라는 반어적인 뜻이 된다(편찬자).

12 범몽골주의라는 용어를 블라디미르 솔로비요프가 처음 사용한 것으로 보이는 것은 1894년 10월 1일에 씌어져 잡지 『삶의 문제 Voprosy zhizni』(1905년 8월호, p. 27)에 실린 시의 제목이다(블라디미르 솔로비요프, 『시와 우스운 희극들 Stikhotvorenija i shutochnye p'esy』, 레닌그라드, 1974, p. 104)(편찬자).

위해 몽골이 가져올 미래의 위협에 관한 사유를 여러 가지로 세세하게 기술해야만 했는데, 저는 물론 결코 여기에 동의하지 않으며, 그래서 이것들을 악용하지 않으려 노력했습니다. 제게 중요한 것은 보다 실감나게 두세계 간의 무시무시한 충돌이 임박해 있음을 확증하고, 그럼으로써 유럽 민족 간의 평화와 참된 우의가 얼마나 절실하게 필요한가를 분명하게 설명하는 일이었습니다.

저는 전쟁의 중단이 최후의 대재앙 이전에는 **전혀** 가능하지 않다고 여기지만, **기독교** 민족들과 국가들 모두의 긴밀한 협조와 평화로운 협력은 기독교 세계가 저급한 세력에 흡수되는 것을 구할 수 있는, 실현 가능하고 긴요하며, 또한 도덕적으로도 필수적인 길이라고 봅니다.

소설이 길게 늘어지고 복잡하게 되지 않도록 다른 예언에 관한 이야기는 세 편의 대화에서 모두 배제하였습니다. 여기서 짧게 이에 관해 언급하겠습니다. 범몽골주의의 성공은 서아시아와 북부 및 중앙아프리카에서 깨어난 이슬람에 맞서 싸우던 유럽 국가들이 그들과의 집요하고 소모적인 분쟁으로 인해 미리 지쳤기 때문에 용이할 것으로 보입니다. 여기서 현대 이슬람교의 움직임을 주도하는, 정치·종교적 단체 **세누시**Senussi[13]의 활동은 일반적으로 생각하는 것보다 더 많은 역할을 담당하는데, 이것은 마치 불교 세계의 움직임에서 티베트의 흘라스Khlass에 있는 **켈란**Kelan 종단이 인도, 중국, 일본의 지부들과 맺고 있는 관계와 같습니다. 저는 불교

---

13 단체 세누시, 세누시아는 이슬람교의 정치 종교적인 종단으로, 아프리카의 유명한 활동가 시디-세뉴시Sidi-Senussi의 이름을 따 1837년에 창립된 교단이다. 단체의 목적은 믿지 않는 이들을 근절시키고, 강력한 마호메트 독립 국가를 창설하는 것이었다. 1883년에는 300만 명의 세누시 신도가 있었다. 켈란 종단은 솔로비요프가 블라바트스카야E. Blavatskaja의 책에 대한 평론에서 쓰고 있듯이(『솔로비요프 전집』, 제6권, pp. 287~92), 1840년대 초반에 티베트에서 프랑스 선교사 위(Hue, 1813~1860)에 의해서 발견되었다(편찬자).

와 이슬람교에 대해 결코 절대적인 반감을 가지고 있지 않습니다.[14] 그러나 현재, 그리고 미래에 다가올 상황을 외면하고 싶어 하는 이가 많으나, 저는 아마도 그렇지 못한 듯합니다.[15]

인류 대중을 통치하는 역사상의 세력들은 스스로를 갈가리 찢는 짐승[16]으로부터 머리가 새로 자라나오기 전까지는 여전히 충돌하고 휘말릴 운명에 처해 있습니다. 새 머리는 전 세계를 통합하는 적그리스도의 권력으로서 "과장되고 신성 모독을 말하는" 이일 것이며,[17] 성경에 따르면, 그가 마

---

14 블라디미르 솔로비요프는 『위대한 이들의 삶 *Zhizn' zamechatel'nykh ljudej*』에 실린 『마호메트 *Mukhamed*』의 저자이다(편찬자).

15 때마침 여기서 밝힐 것이 있습니다. 사람들은 계속해서 내가 신불교주의 창시자인 고(故) 블라바트스카야에 대한 적대적이고 폭로적인 글들을 쓴 것으로 여기고 있습니다. 이 때문에 나는 분명히 밝힐 필요가 있다고 생각되는데, 나는 그녀와 결코 만난 적이 없으며, 그녀의 인성과 그녀가 만들어낸 현상에 대한 어떠한 연구도, 어떠한 폭로도 한 적이 없으며, 이것에 관한 어떠한 것도 출판하지 않았습니다(『신지학적 사회 *Teosofskoe obshchestvo*』와 그 가르침에 관해서는 벵게로프Vengerov의 사전에 실린 나의 언급과 『러시아의 관찰 *Russkoe obozrenie*』이라는 책에 실린 블라바트스카야의 책에 대한 나의 평론 『비밀스런 교리에 관한 열쇠 *Key to the secret doctrine*』를 참조하십시오)(지은이).

블라디미르 솔로비요프는 E. 블라바트스카야에 대하여 두 차례 썼다. 1890년 8월 『러시아의 관찰』에서 『신지학에 대한 열쇠 *The Key to Theosophy*』(런던, 뉴욕, 1889)에 대한 간략한 비평문을 쓴 것이 처음이라면, 두번째는 작은 논문으로 S.A. 벵게로프Vengerov의 사전(『러시아 작가들과 학자들에 대한 비판적 서지학 사전 *Kritiko-bibliograficheskij slovar' russkikh pisatelej i uchenykh*』, 제3권, 페테르부르크, 1892, pp. 315~19; 『솔로비요프 전집』 제6권, pp. 394~400)에 실려 있다. 블라바트스카야의 창작에 깊이 관여한 형 프세볼로드 세르게예비치 솔로비요프와의 혼동은 솔로비요프가 죽기 전까지 지속되었다. 1900년 4월 22일 블라디미르 솔로비요프는 A. N. 슈미트Shmidt에게 다음과 같은 편지를 썼다. "당신은 블라바트스카야와 어떤 일에 있어 모종의 관계를 맺고 그것에 대하여 일련의 책을 쓴 저의 형 프세볼로드 세르게예비치와 저를 계속해서 혼동하고 계십니다"(A. N. 슈미트, 『수고 중 *Iz rukopisej*』, 모스크바, 1916, p. 285)(편찬자).

16 일반적으로 성경학자들은 '짐승'(요한계시록 13장)을 적그리스도의 예표로 해석한다(옮긴이).

17 요한계시록 13장 3~5절(편찬자).

침내 자신을 드러낼 때 가능한 한, 심지어는 선택 받은 자들까지도 미혹해서 큰 실수를 저지르도록 선과 진리의 빛나는 덮개로 극단적인 불법의 비밀들을 덮어버릴 것입니다.[18] 악의 심연을 숨기고 있는 거짓의 가면을 미리 폭로하는 것이 제가 이 책을 쓰기 시작했을 때의 숭고한 의도였습니다.

*   *   *

대화 세 편에 저는 1897년과 1898년에 신문 『루시Rus'』에 쓴 일련의 소논문들을 덧붙였습니다.[19] 이 가운데 몇 편은 전에 언젠가 썼던 것들로 매우 성공적인 것에 속하는 것들입니다. 이 논문들은 내용 면에서 대화 세 편의 중심 사상을 보충 설명해줍니다.

끝맺으면서 저는 현대 예루살렘의 지형학에 관한 오류를 수정, 보충해준 A. P. 살로몬과 1877년 직접 목격한 바쉬부주크의 '부엌'에 관한 이야기를 해준 N. A. 벨랴미노프, 첫 대화편에서 장군의 이야기를 주의 깊게 검토하고 전쟁 기술에 관한 부분에서 잘못을 지적하여, 이번 기회에 수정할 수 있게끔 해준 M. M. 비비코프에게 심심한 사의를 표합니다.

저는 이 수정된 기술들도 여러 가지 부족한 점들이 있다는 것을 충분히 느끼고 있습니다. 그러나 저는 먼발치의 죽음의 그림자를 느끼면서, 이 책의 출판을 무한정 늦출 수 없다는 것을 알게 되었습니다. 만약 새로운 저작들을 집필할 시간이 주어진다면, 이전 작품들을 교정하고 수정 집

---

18 마태복음 4장 1~11절, 마가복음 1장 12~13절, 누가복음 4장 1~13절(편찬자).

19 다음의 논문들을 염두에 둔 것이다. 「네메시스」 「100년 후의 러시아」 「유혹에 대하여」 「이야기 혹은 진실, 또한 일곱 개의 부활절 노래들」 「그리스도께서 부활하셨다!」 「정직한 불신—여성의 문제」 「동의 문제」 「두 흐름」 「눈이 머는 것과 눈을 멀게 하는 것」 「교리의 의미」(편찬자).

필하는 데 시간을 할애할 것입니다. 그러나 그렇지 못하더라도, 저는 앞으로 역사적인 도덕적 투쟁이 시작될 것이라는 것을 비록 짧으나마 충분히 분명하게 밝혔고, 따라서 도덕적 의무를 수행하였다는 경건한 감회와 더불어 이 소저(小著)를 내놓는 바입니다.

1900년, 부활절 일요일.[20]

*

　지중해의 감청색 심연을 바라보며 알프스 산자락 밑에 옹기종기 모여 있는 빌라들 가운데 어느 한 빌라의 정원에 우연찮게도 올해 봄날 다섯 명의 러시아인들이 모여들었다. 노(老)**장군**, 이론적이고 실무적인 정부의 일을 담당하지만 잠시 공무에서 벗어나 휴가 중에 있는 '내각의 인사'(나는 이 사람을 **정치가**라고 부르겠다), 정치 및 사회 문제들에 관한 꽤 훌륭한 여러 소책자들을 출판한 도덕주의자이자 민중주의자인 젊은 **공작**, 모든 인간사에 흥미를 갖고 있는 중년의 부인, 가늠하기 어려운 나이에 상당한 사회적 지위를 갖고 있는 한 신사, 나는 이 사람을 Z 씨라 부르겠다. 나는

---

20 『세 편의 대화』의 두번째 판본부터는 이 부분에 다음과 같은 M. S. 솔로비요프(블라디미르 솔로비요프의 사촌 동생으로, 블라디미르 솔로비요프의 사후에 그의 전집을 발간하였다 — 옮긴이)의 주해가 덧붙여졌다. "이 서문은 신문 『러시아 *Rossija*』에 '위선에 대하여'라는 제목으로 처음 실렸다. 『세 편의 대화』를 개별적인 책으로 내놓으면서 V. S. 솔로비요프는 상당히 교정을 했다. 그러나 운명적으로 이들 교정 중의 하나는 별로 필요치 않았던 것이다. 그것은 다름 아닌 친구의 충고에 따라 상당히 개인적인 특징을 띠는 단어들을 삭제하였던 것으로, 예를 들면 "(출판을) 연기하지 말 것을 충고하는 창백한 죽음의 형상이 이미 그렇게 멀게 느껴지지 않는다"와 같은 것이다. 너무도 곧바로 적중한 이 말은 교정된 텍스트에 남아 있어야만 한다. M. S. 솔로비요프"(편찬자).

그들의 대화에 말없이 동석했다. 어떤 이야기는 매우 흥미로워 나는 그때 즉시 기억이 또렷할 때 이야기를 기록해두었다. 첫 대화는 내가 자리에 없었을 때 톨스토이 공작을 따라서 최근 주트너 남작 부인과 스테드 씨가 주도하고 있는, 전쟁과 군복무에 반대하는 문학 캠페인에 관한 어떤 신문 기사 혹은 소책자 때문에 시작되었다.[21] 이 운동에 대해 어떻게 생각하느냐는 부인의 질문에 대해 정치가는 온건하며 유용하다고 평했다. 장군은 이에 대해 갑자기 화를 내면서 세 작가에 대해 악의에 찬 조롱을 시작했는데, 그들을 정치가와 같은 술수를 지닌 멍청이들이며, 정치라는 지평선 위에 있는 북극성이고, 심지어 러시아의 세 마리의 고래라고 지칭했다.[22] 이에 대해 정치가는 글쎄요, 다른 **물고기들**도 발견되지 않을까요라고 답했고, 이 말에 무슨 이유에서인지 Z 씨는 몹시 기뻐했다. 추후 그의 말에 따르면, 그가 두 대적자들 모두로 하여금 고래가 정말로 물고기라고 생각하고 있다는 것을 고백하도록 만들었고, 심지어는 물고기란 무엇인지에 관한 정의, 이를테면 동물로서 부분적으로는 해상 관청에 속한 것이며 부분적으로는 수상 교통국에 속한다는 정의까지 하도록 했다고 한다. 그러나 나는 이 이야기는 Z 씨가 지어낸 이야기라고 짐작한다. 하여튼 나는 대화의 첫머리를 적절하게 복원하지 못했다. 나는 감히 플라톤과 그의 후계자들이 했던 것처럼 머릿속에서 지어낼 결심을 하지 못하고, 그들에게 다가갔을 때 들었던 장군의 말부터 기록하기 시작했다.

---

21 베르타 폰 주트너(Bertha, Freifrau von Suttner, 1843~1914)는 오스트리아의 여류작가로 잡지 『무기를 내려놓으시오 *Die Waffen neider*』(1892~1899)를 출판하였고 반전운동을 조직한 인물 중의 하나이다. 그녀의 잡지명과 동일한 제목의 소설(1899)은 광범위한 사회적 반향을 얻었다. 1905년에 노벨평화상을 수상하였다. 스테드(W. T. Stead, 1849~1912) 또한 반전 운동을 조직한 사람 중의 하나이다(편찬자).
22 러시아 민간 전설에 따르면, 지구는 세 마리의 고래에 의해 지탱되고 있다(옮긴이).

24

첫번째 대화

Audiatur et prima pars.[1]

장군 (흥분해서 일어섰다가 다시 앉으며 재빠른 몸짓을 하면서 말한다)
아닙니다, 잠깐만요! 한 가지만 말씀해주십시오. **그리스도를 사랑하며 칭송 받을 만한 러시아 군대**[2]가 현재 존재합니까, 아닙니까? 그렇습니까, 아닙니까?

정치가 (안락의자에 몸을 쭉 뻗으면서, 에피쿠로스의 태평스런 신들, 프러시아의 대령과 볼테르 사이의 중간적인 어떤 것을 연상시키는 톤으로 말한다) 러시아 군대가 존재하느냐고요? 분명히 존재하지요. 당신은 정말 군대가 해산되었다는 이야기라도 들으셨습니까?

장군 딴청 부리지 마십시오! 그런 이야기가 아니라는 것을 잘 알고 계시지 않습니까. 제가 묻고 있는 것은 현재 군대가 전과 다름없이 칭송 받을 만한, 그리스도를 사랑하는 러시아 군대로 간주할 만

---

1 그리고 첫번째 부분도 들릴 것이다(편찬자).
2 '그리스도를 사랑하며 칭송 받을 만한khristoljubivoe i dostoslavnoe'이라는 수식어는 혁명전의 러시아 군대를 흔히 일컫는 말이었다(옮긴이).

한 자격을 가지고 있는지, 아니면 이 칭호가 이미 적절치 못하니 다른 명칭으로 바뀌어야만 하는가입니다.

정치가 음…… 그게 당신이 걱정하는 것이었군요! 글쎄요, 이 문제에 관한 것이라면 방향을 잘못 잡으신 것 같습니다. 계보문장국(系譜紋章局)에다가 문의하시는 편이 훨씬 나을 것입니다. 그곳에서 다양한 칭호를 제정하고 있으니까요.

Z 씨 (마치 마음속에 무슨 의도라도 숨기고 있는 듯이) 장군님의 그러한 질문에 대해서는, 계보문장국은 아마도 이전 칭호의 사용은 법으로 금지되어 있지 않다고 대답할 것입니다. 실제로 마지막 왕자 뤼지냥³은 비록 키프로스를 통치하지도 않았고, 병약하고 무일푼이었기 때문에 키프로스의 포도주도 마실 수 없었지만, 키프로스의 왕자라고 불리는 데 아무런 문제가 없지 않았습니까? 마찬가지로, 오늘날의 군대를 왜 그리스도를 사랑하는 군대라고 부를 수 없다는 말씀입니까?

장군 칭호를 부여할 수 있죠! 희다거나 검다거나, 달다거나 쓰다거나, 또는 영웅이라든가 비열한이라든가 하는 칭호로 부를 수 있지 않습니까?

Z 씨 그러나 사실 이것은 제 말이 아니라, 단지 법을 준수하는 대다수의 사람들이 갖고 있는 생각을 말했을 뿐입니다.

부인 (정치가에게) 왜 당신은 표현을 가지고 문제 삼는 거죠? 아마도

---

3 기 드 뤼지냥(Gui de Lusignan, 1140~1194)은 프랑스 프와투의 명문 출신으로, 1180년 예루살렘 왕 아모리 1세의 딸 시빌라와 결혼하여 왕위에 올랐다. 1187년 살라딘과 싸워 패전 포로가 되었으나 퇴위를 조건으로 석방되었다. 1192년 영국 왕 리처드 1세와 교섭하여 예루살렘을 키프로스 섬과 교환, 키프로스에 왕국을 세웠다(옮긴이).

장군은 '그리스도를 사랑하는 군대'라는 표현으로 무엇인가를 말하고 싶었던 것 같은데요.

장군 감사합니다. 제가 말하고 싶었고, 여전히 지금도 말하고 싶은 것은 바로 이것입니다. 고래로부터 어제까지만 해도, 모든 군인들은 그가 병사든 원수(元帥)이든 매한가지로 중요하고 선한 일에 종사하고 있다고 알고 있었고, 또 그렇게 자부하고 있었습니다. 예를 들어, 공중위생이나 세탁이 유용하듯이, 이 일도 유용할 **뿐만 아니라** 필요한 것이고, 가장 훌륭한 사람들, 첫째 가는 사람들, 민족의 지도자들, 영웅들이 항상 종사해왔던, 고상한 의미에서의 선하고 고결하며 명예로운 일에 종사하고 있다고 모든 군인들은 알고 있었고 또 느끼고 있었습니다. 이러한 일은 교회에서 거룩하게 여겨져서 위대한 것으로 칭송되었고, 세간에는 칭송의 평판이 자자했습니다. 그런데 말입니다. 어느 날 갑자기 하루아침에 우리는 이 모든 것을 잊어버려야만 하고, 또 자신과 자신의 위상을 하나님의 세상에서 정반대의 의미로 이해해야만 한다는 것을 깨닫게 된 것입니다. 우리가 자부심을 가지고 봉사해왔던, 그리고 지금도 봉사하고 있는 일이 어리석고 매우 유해한 것으로 알려지고, 또한 하나님의 계명과 사람들의 감정에 거슬리는 것이고, 이 일이 무시무시한 악과 재앙이어서, 모든 민족이 이 일에 대항하여 결집하여야만 한다고 밝혀지게 되었습니다. 그래서 자부심을 가지고 봉사해 왔던, 그리고 지금도 봉사하고 있는 이 일의 궁극적인 파멸은 시간문제일 뿐이게 되었습니다.

공작 그런데, 정말로 당신은 전쟁과 군무에 봉사하는 것이 마치 고대의 식인 풍습의 잔재와 같다는 비난을 전에 전혀 들어보신 적이 없습니까?

장군   어떻게 듣지 않을 수 있겠습니까? 직접 듣기도 했고 신문에서 읽기도 했지요! 하지만 이러한 당신들의 목소리는 사실상 우리 동료들에게는, 너무 솔직하게 말하는 것을 용서해주시기 바랍니다만, 먹구름 뒤의 천둥소리 같은 것이었습니다. 그러니까, 듣고 나서 이내 잊어버렸던 것이지요. 그러나 오늘날은 상황이 전혀 달라졌습니다. 그냥 지나칠 수 없을 정도가 되어버린 것이죠. 이제 저는 되묻고 싶습니다. 이제 우리들은 어떻게 해야 합니까? 저는, 다시 말해서, 모든 군인들은 자신들을 무엇으로 이해해야만 하며, 자신을 어떻게 바라보아야만 하는 것입니까? 진정한 명예로운 인간으로 바라보아야만 합니까, 아니면 어떤 저열한 존재로 바라보아야만 하는 것입니까? 저는 자신을 중대한 과업과 선을 위해 응당 복무하는 사람으로서 존경을 해야 합니까, 아니면 군무를 피하고 뉘우치며 공손하게 모든 문관들에게 제 직업의 죄 많음을 사해달라고 빌어야 하는 것입니까?

정치가   도대체 이런 기괴한 문제 제기가 어디 있습니까! 마치 당신들에게 어떤 특별한 것이라도 요구한 것 같군요. 새로운 요구 사항들은 당신들이 아니라, 외교관들과 다른 '문관'들에게 해당하는 것입니다. 그 사람들은 당신들의 '죄 많음'뿐만 아니라, 당신들의 '그리스도에 대한 사랑'에도 거의 관심이 없습니다. 당신들에게는 이전과 마찬가지로 지금도 역시 오직 한 가지 사항이 요구되고 있는 것입니다. 즉, 수뇌부의 명령을 절대적으로 수행하는 것이지요.

장군   글쎄요, 당신이 군의 일에 관심이 없으시기 때문에 당연히, 당신의 표현을 따른다면, '기괴한' 관념을 가지고 계신 것입니다. 당신은 보아하니 많은 경우 수뇌부의 명령이란 수뇌부의 명령을 기다리지 말 것, 혹은 다른 명령을 요청하지 말 것과 같은 사항으로만 이루어진다는 것을 알고 계시지 못한 것 같습니다.

정치가 구체적으로 예를 들면요?

장군 예컨대, 제가 수뇌부의 뜻에 따라 군 사단을 총지휘하는 지휘관에 임명되었다고 생각해보십시오. 그렇게 되면 제게는 맡겨진 군대를 세세한 부분까지 지휘해야만 할 책임이 뒤따릅니다. 저는 그들의 생각이 어떤 일정한 관점을 갖도록 하고 또 그 생각을 강화시켜서, 그들의 의지도 어떤 일정한 방향으로 향하도록 만들고, 그들의 감정도 일정한 조화를 이루도록 해야만 하는 것입니다. 한마디로 말해 그들을 교육해야만 하는데, 이를테면, 그들의 임무 목적에 맞도록 교육해야만 하는 것입니다. 좋습니다, 말이 나왔으니 말인데, 저는 이 목적을 위해서 제 사단의 병력들에게 제 개인의 책임하에 제 이름으로 전반적인 명령들을 내릴 수 있는 것이지요. 글쎄요, 만일 수뇌부에 제가 내릴 명령들을 불러달라고 요청하거나, 혹은 어떤 방향으로 써야 할지에 관해 명령서를 몇 장 보내달라고 한다면, 저는 처음에는 '늙은 머저리'라는 욕을 얻어 먹을 것이고, 그 다음엔 즉각 파면되지 않겠습니까? 그러니까 이 것은 이전에 이미 단 한 번이자 마지막으로 군 최고 수뇌부에 의해 승인되고 확정된 것으로 여겨지는 그런 두루 알려진 정신으로 제가 군대를 직접 지휘해야만 한다는 것을 뜻하는 것이지요. 그래서 그에 대해 질문을 한다면 바보 같은 짓이거나 건방진 일이 될 겁니다. 그런데 이제 사르곤⁴과 아슈르바니팔 대제⁵ 시기로부터 윌리엄 2세⁶ 시기까지 한결같았던 '두루 알려진 정신'이 갑자기 의심받는 처지에 이르렀습니다. 어제까지만 해도 저는 제 군대를, 다름 아닌 바로 **전투** 정신, 각 병사가 적을 죽이고 자신 역시 죽음을 맞을 태세의 정신을 갖추도록 격려하고 강화해야 한다고 알고 있었습니다. 그리고 이를 위해서는 반드시 전쟁이 신성한 과업이라는 것을 완전히 확신할 필요가 있는 것입니다. 그런데 이제 이러한 확신의 토대가 사라지고, 군무라는 것이 학자들처럼 말하면 그 자체의 '도덕적이고 종교적인 승인'을 상실하고 있습니다.

정치가 그 말씀은 끔찍할 정도로 과장되었습니다. 그러한 어떤 급진적인 변화도 전혀 눈에 띄지 않습니다. 한편으로 사람들은 모두 이전에도 전쟁은 악이며 적으면 적을수록 좋다는 것을 항상 알고 있었습니다만, 다른 한편으로 지금도 진지한 모든 사람들은 전쟁은 일종의 악이고, 이를 완전히 제거하는 것이 현재로서는 아직 불가능하다는 것을 이해하고 있습니다. 그러니까 문제는 전쟁을 없애는 것이 아니라, 그것을 점차적으로, 비록 더딜지라도, 최대한 국지적인 경계 안으로 축소시킬 수 있느냐에 관한 것입니다. 전쟁에 관한 원칙적인 관점은 항상 그래왔던 것처럼 여전히 동일한 것으로 남아 있습니다. 즉 전쟁은 어쩔 수 없는 악이며, 극단적인 경우에만 견딜 수 있는 재앙이라는 것입니다.

장군 또 계속하실 말씀 없습니까?

---

4 사르곤 1세(Sargon I, 재위 BC 2350~BC 2294)는 메소포타미아에 수메르인과 아카드인의 여러 도시를 정복하여 최초의 통일국가를 건설하고, 봉건제도를 확립하였다(옮긴이).

5 아슈르바니팔 대제(Ashurbanipal, BC 685?~BC 627)는 고대 아시리아의 마지막 왕이다(옮긴이).

6 윌리엄 2세(William II, 1056~1100)는 영국 노르만 왕조의 왕으로, 노르망디 귀족들의 반란을 진압하고 스코틀랜드에 침입하여 왕을 굴복시켰다(옮긴이).

정치가 그저 그뿐입니다.

장군 (자신의 자리에서 벌떡 일어나며) 전에 한 번쯤 성자력(聖者曆)을 보신 적이 있습니까?

정치가 그러니까 달력에 있는 것 말씀입니까? 물론이죠. 가끔씩 가령 명명일을 찾기 위해서 성자 명부를 쭉 훑어본 적이 있지요.

장군 그러면 거기에 어떤 성자들이 실려 있는지 알아보셨습니까?

정치가 다양한 성자들이 있지요.

장군 그들의 신분은 무엇이었지요?

정치가 신분 역시 다양하다고 생각합니다만.

장군 당신은 바로 거기서 틀렸습니다. 그들의 신분은 그렇게 다양하지 않습니다.

정치가 뭐라고요? 정말로 그들이 모두 군인이란 말씀입니까?

장군 전부가 군인은 아니지만, 절반은 군인이지요.

정치가 이런, 또다시 과장하십니다그려!

장군 사실 우리는 여기서 이것으로 통계를 내려고 인구조사를 하는 것은 아닙니다. 다만 제가 주장하는 것은 우리 러시아 교회의 성인은 모두 오직 두 가지 계층에만 속해 있다는 것입니다. 성인은 여러 다양한 서열의 수도사들이거나 아니면 공후들이었습니다. 그런데 이 공후들은 옛날에는 모두 반드시 군인이었죠. 우리들에게 다른 부류의 성인은 없습니다. 물론 남자 성인들을 두고 말하는 겁니다. 그들은 수도사 아니면 군인이었습니다.

부인 바보성자들을 잊으신 건가요?

장군 천만에 말씀이죠, 전혀 잊지 않았습니다! 그러나 바보성자들은 사실 일종의 비정규 수도사들이지 않습니까? 군대에서의 카자크인의 위상은 수도사 종단에서 바보성자의 위상과 같습니다. 만약 당신이 러시아 성인들 중 결혼한 성직자나 상인, 교회 집사, 평민, 농민을 한 분이라도 찾아주시면, 한마디로, 수도사와 군인들 외에 다른 직업을 가진 사람들을 찾아주시면, 다음 일요일에 제가 몬테카를로에서 가져올 전리품 모두를 드리지요.

정치가 감사합니다. 당신의 보물과 성자력의 반, 아니 전부를 가지십시오. 그러나 한 가지만 설명해주십시오. 그러니까, 당신은 당신이 발견하고 관찰한 것에서 무슨 결론을 내리고 싶으셨던 겁니까? 정말로 오직 성직자와 군인만이 도덕적인 모범이 될 수 있다는 건가요?

장군 아주 정확히 알아맞히진 못하셨습니다. 저 자신도 결혼한 성직자, 은행가, 관리, 농민 중에 매우 선량한 사람이 있음을 알고 있고, 제가 기억하는 가장 선량한 사람은 제 지인들 중 한 사람의 집에 있는 유모였습니다. 그러나 우리가 지금 말하는 것은 이런 이야기가 아니지 않습니까. 제가 좀 전에 성자를 언급한 것은 군무를 항상 주류 판매업, 또는 그만도 못한, 참고 견뎌야 하는 악으로 바라보았다면 어떻게 그렇게 많은 군인들이 수도사들과 나란히, 민간의 서민적인 직업을 가진 사람들보다 더 우선적으로 성자가 될 수 있었는지를 묻고 싶어서입니다. 분명한 것은 기독교인은 그들의 생각에 따라서 성자력을 만들었고(이것은 러시아 민족뿐 아니라 다른 여러 민족들도 거의 마찬가지입니다) 군의 소명을 존중했을 뿐만 아니라, **특별히** 존중했습니다. 그리고 일반인의 직업 가운데 오직 군인의 직업만을 육성할 만한 직업으로, 말하자면 성스러움에서 가장 뛰어난 대표자들의 직업으로 생각했습니다. 이러한 생각은 오늘날 전쟁 반대 캠페인과 공존할 수 없는 관점입니다.

정치가 제가 정말 **일절** 변화가 없다고 말했습니까? 몇 가지 바람직한 변화의 현상이 의심할 바 없이 일어나고 있습니다. 전쟁과 군인들을 둘러싼 종교적인 후광oreol이 이제는 대중의 눈에서 걷히고 있습니다. 이것은 정말입니다. 사실 벌써 오래전부터 시작된 일입니다. 이 일이 실제로 누구를 자극하겠습니까? 성직자단 아니겠습니까. 왜냐하면 **후광**aureole[7]을 만드는 것은 전적으로 그들의 종무국의 일이니까요. 글쎄요, 이런 측면에서 어떤 것은 지워버려야만 하겠지요. 지울 수 없는 것은 상징적으로 해석될 것이고, 나머지는 다행히 침묵이나 망각 속으로 사라질 것입니다.

공작 다행히 이미 그렇게 바뀌기 시작했습니다. 저는 제 책의 출판과 관련해서 우리 종교 문학을 검토하고 있습니다. 반갑게도 두 잡지에서 기독교가 전쟁을 무조건 비난한다는 구절을 읽을 수 있었습니다.

장군 그럴 리가 없습니다!

공작 저도 제 눈을 믿을 수가 없었습니다. 보여드릴 수 있습니다.

정치가 (장군에게) 아시겠죠! 그런데 왜 당신이 이것을 염려하십니까? 당신은 사실 행동하는 사람이지, 말만 번지르르한 사람이 아니지 않습니까? 단지 직업적인 자만심이나 아니면, 허영심 때문입니까? 그렇다면, 좋은 일이 아닙니다. 되풀이하지만, 당신께는 실

---

7 여기서 정치가는 러시아어 단어 '후광oreol'이 — 러시아어의 '후광oreol'은 프랑스어 'auréole(금빛의)'에서 차용한 것이다 — 라틴어에서 갖는 내적 형식을 밝히고 있다. 처음에 corona aureole(금관)은 기독교 문학에서 성자의 머리 뒤에 있는 배광(背光)을 뜻했다. 라틴어 발음을 사용해서 단어 '후광'이 지닌 보다 초기의 교회적 의미를 밝히고, 또 이를 통해 텍스트 내의 언어유희를 만들고 있다(편찬자).

질적으로 이전과 다른 것은 아무것도 없습니다. 이미 30년 동안이나 모든 사람이 숨도 쉴 수 없었던 군국주의 체제도 이제는 사라져야 합니다. 그러나 일정 규모의 군대는 상존할 것입니다. 그리고 그것이 허용되는 한, 다시 말해 필요가 인정되는 한, 이전과 같은 군(軍)의 자질이 군대에게 요구될 것입니다.

장군 　그렇군요. 당신들은 죽은 황소에서 우유를 얻으려는 대가들이로 군요! 그런데 도대체 누가 당신들에게 군대에서 요청되는 이런 군(軍)의 자질을 준답디까? 최우선의 군의 자질이란 활기와 자신감에 찬 군의 사기입니다. 이러한 군의 사기 없이는 다른 것은 모두 소용없습니다. 그런데 이것은 자신들이 하는 일이 성스럽다는 믿음에 기초하고 있을 때 유지될 수 있는 것이죠. 전쟁이 악행이고 해악이라면, 극단적인 경우에만 어쩔 수 없어서 겨우 참을 만한 것이라고 한다면, 어떻게 군대가 유지되겠습니까?

정치가 　그러나 사실 군인들에게 그런 사실을 인정하라고 결코 요구하지 않습니다. 그들이 만약 스스로를 최고라 여긴다면 그렇게 하라고 하지요, 뭐. 누가 이것을 상관한답니까? 이미 설명드렸듯이, 뤼지냥 왕자가 누군가의 허락을 받고 스스로를 키프로스의 왕자라 생각한 것은 아닙니다. 만약 그가 키프로스의 포도주에 대해 돈을 내라고 요구하지만 않는다면 말입니다. 마찬가지로 우리 주머닛돈을 필요 이상으로 꿀꺽하지만 마십시오. 그렇게만 해주신다면야 당신들이 스스로를 이 땅의 소금으로 여기든 인류의 꽃으로 여기든 마음대로 생각하십시오. 누가 말린답니까?

장군 　"마음대로 생각하시오"라고 당신은 말씀하시는구려! 그러나 우리가 달나라에서 이야기하고 있는 것은 아니지 않습니까? 외부의 영향이 전혀 미치지 못하는 토리첼리의 진공[8] 속에 군인들을 가두어놓으려는 것은 아니지 않습니까? 이 상황은 개병제(皆兵制)의 병역 의무 제도하에서, 단기 복무 제도하에서, 또 싸구려 신문들에서 벌어지고 있는 것입니다! 아닙니다. 상황은 너무도 분명합니다. 일단 병역이 전 국민에게 의무적인 것이 되었고, 또 예를 들어 당신 같은 국가 대표자부터 시작해서 일단 사회 전체에 군 업무에 대한 새로운 부정적인 시각이 정착되어가게 된다면, 이런 시각은 반드시 군인들 스스로도 벌써 체득하게 될 것입니다. 만약 상관부터 모두가 군무를 **당분간** 피할 수 없는 악이라 생각하기 시작한다면, 첫째, 정말 더 이상 어느 곳에도 쓸모없는 세상의 쓰레기 같은 자들을 예외로 하고는 아무도 자발적으로 군인을 평생의 직업으로 선택하지 않겠지요. 둘째, 자기 의지와 상관없이 당분간 병역에 복무해야 하는 사람들은 모두 수레바퀴에 묶인 죄수가 자기 사슬을 끌고 가는 심정으로 복무하게 될 것입니다. 이런 조건하에서의 군의 자질과 사기에 대해서도 말씀해보시오!

Z 씨 저는 개병제 도입 이후에 군대가 폐지되고 그 뒤를 이어 개별 정부가 소멸되는 것은 단지 시간문제일 뿐, 현재처럼 가속화되는 역사의 진행 속도를 볼 때 그리 먼 훗날의 문제가 아니라고 항상 확신하고 있습니다.

장군 아마도 당신이 옳을 수 있습니다.

공작 저는 당신 생각이 **거의 확실히** 옳다고까지 생각합니다. 비록 이제까지 제 머릿속에서 이런 형태로 생각된 적은 한 번도 없었지만

---

8 진공 상태를 의미한다(편찬자).

요. 하지만 정말 훌륭합니다! 군국주의는 그것의 가장 극명한 형태로 개병제를 낳았습니다. 그런데 바로 이것 덕분에 최근의 군국주의뿐만 아니라, 고대로부터 내려온 군대 제도의 모든 토대가 소멸되고 말 것이라는 것을 한번 생각해보세요. 멋진 일이지요.

부인 공작님 얼굴이 행복한 듯 밝아졌어요. 이건 좋은 일이에요. 지금까지 줄곧 어두운 표정으로 다녔거든요. 그것은 '참된 그리스도인'으로서는 전혀 온당치 못하거든요.

공작 그렇습니다. 주위에 온통 우울한 일이 너무도 많습니다. 유일하게 남아 있는 즐거움이라면, 이성(理性)이 온갖 장애에도 불구하고 필연적으로 승리하게 될 것이라는 생각입니다.

Z 씨 유럽과 러시아에서 군국주의가 자멸하고 있음은 의심할 여지가 없습니다. 하지만 그 결과로 어떤 즐거움이나 기쁨이 생겨날 것인지는 좀더 지켜볼 일입니다.

공작 어째서요? 전쟁과 전쟁을 둘러싼 일들이 **반드시**, 그리고 **지금 당장** 인류가 피해야 할 **무조건적인 악**이며, 극단적인 악이라는 것을 의심하십니까? 이 사람 잡는 일을 완전히 즉각적으로 근절하는 것이야말로 **어떤 경우라고 할지라도** 이성과 선의 승리라는 것을 의심하십니까?

Z 씨 저는 **반대의 경우**를 확신합니다.

공작 그럼 그건 어떤 경우죠?

Z 씨 전쟁은 절대악이 **아니며**, 평화도 절대선이 **아니라**는 것입니다. 간단히 말해 **선한 전쟁**도 가능하고 또 있을 수 있으며, **나쁜 평화**도 가능하고 또 있을 수 있다는 것입니다.

공작 아! 당신과 장군의 견해의 차이점을 이제 알겠습니다. 장군의 말씀은 전쟁은 항상 선하며 평화는 항상 어리석다는 것이로군요.

장군 절대 그렇지 않습니다. 분명히 전쟁이 때로 매우 나쁜 일이라는 것을 저 역시 잘 압니다. 이를테면 나르바Narva⁹ 혹은 아우스테를리츠Austerlitz¹⁰의 패배와 같은 경우이죠. 또한 평화도 아주 멋진 것이 될 수 있습니다. 예를 들어 니스타드Nistaadt 혹은 쿠추크-카이나르드쥐르Kuchuk-Kainardzhir의 평화조약의 경우 말입니다.¹¹

부인 이것은 마치 카피르Kaffir¹²든가 호텐토트Hottentot¹³든가 하는 원주민이 말했던 그 유명한 속담이 변형된 것 같습니다. 그 사람은 "선은 다른 사람들의 아내와 암소를 훔쳐오는 것이고, 악은 내 것들을 훔쳐가는 것"이라 말하면서, 선교사에게 자신은 선악의 차이를 매우 잘 알고 있다고 했다죠.

장군 사실, 우리들이, 즉 저와 당신이 말한 아프리카인은 우스갯소리를 한 번 한 것이죠. 다른 점이 있다면, 그는 무의식적이었고, 저

9 나르바는 현재의 에스토니아에 있는 도시로 1581~1704년까지 스웨덴령이었다. 표트르 1세 시대에 러시아와 스웨덴 사이에 북방전쟁이 일어나 러시아군은 나르바의 요새를 포위하였고, 이 전투에서 러시아군은 수적으로 훨씬 열세였던 스웨덴군에 패배하였다(옮긴이).

10 아우스테를리츠 전투는 오스트리아와 러시아의 동맹군이 1805년 12월 2일에 나폴레옹에 의해 패배한 전투를 일컫는다(옮긴이).

11 니스타드 평화조약은 1700~21년의 북방전쟁이 종결된 후 1721년 8월 30일, 핀란드의 니스타드에서 러시아와 스웨덴 사이에 체결된 조약이며, 쿠추크-카이나르드쥐르 평화조약은 제1차 러시아-터키 전쟁에서 터키가 패배한 후 1774년 7월 19일 러시아와 터키 사이에 맺어진 조약이다. 이 조약에서 술탄의 지배하에 있는 크림 지방, 쿠바니 강(북카프카즈)의 타타르인들의 독립이 확보되었다. 러시아는 동부 크림의 항구 도시인 케르치와 아조프, 킨부른에 대한 지배권을 확보하였다. 러시아의 무역선들은 터키해에서 무역 특권을 누리게 되었고, 프랑스와 영국 선박들도 마찬가지였다. 또한 러시아는 도나우 공국에서의 기독교도들의 보호권을 인정받았다(편찬자).

12 남아프리카의 한 부족(옮긴이).

13 남아프리카에서 목축을 하는 부족이다. 인근의 쿵Kung(한국에서 부시맨으로 알려진) 사람들이 수렵 채집을 생계 경제로 삼는 것과 대비된다(옮긴이).

는 고의였다는 것입니다. 자, 그럼, 이제부터 도덕적 측면에서 현명하신 분들께서는 어떻게 전쟁 문제를 토론하는지 한번 듣고 싶습니다.

정치가 다만, 우리 "현명한 분들"께서 이처럼 분명하고 역사적으로 제한된 문제에 스콜라 철학이나 형이상학을 결부시키지 않았으면 합니다.

공작 어떤 관점에서 분명하다는 말이지요?

정치가 제 관점은 일상적이고 유럽적인 관점입니다. 이젠 다른 세계에서도 교육받은 사람들은 점차 받아들이고 있는 관점이지요.

공작 그 관점의 본질은 물론 모든 것을 상대적이라 간주하고, 당위와 비당위, 선과 악의 절대적 차이를 인정하지 않는 것에 있지요. 그렇지 않은가요?

Z 씨 죄송합니다. 우리 문제와 관련하여 이 논쟁은 아마 무익할 것 같습니다. 예를 들어, 저는 도덕적 선과 악 사이의 절대적 대립을 전적으로 인정합니다. 그러나 그와 아울러 저는 전쟁과 평화는 이 논쟁의 범주에 적합하지 않고, 전쟁을 일관되게 검다고 말하고 평화를 희다고 말하는 것은 불가능하다고 생각합니다.

공작 그것은 내적 모순입니다! 만약에 그 자체로 악이라고 할 만한 것, 예를 들어, 살인을 당신 좋을 대로, 그것을 전쟁과 마찬가지라고 보아 선하다 한다면, 선과 악의 절대적 차이라는 것은 도대체 어디로 사라지는 것입니까?

Z 씨 당신에게는 다음의 명제가 매우 단순하겠지요. 즉 "모든 살인은 절대적 악이다. 전쟁은 살인이다. 따라서 전쟁은 절대적 악이다." 삼단논법은 제일 좋은 것이죠. 다만 당신은 당신의 두 전제, 즉

대전제와 소전제가 모두 증명되어야만 한다는 것을 잊으셨습니다. 따라서 아직 당분간은 결론이 공중에 걸려 있는 것이죠.

정치가 우리가 스콜라 철학에 빠지게 될 것이라고 제가 진작 말하지 않았던가요?

부인 아니 도대체 무슨 말씀을 하고들 계신 거예요?

정치가 일종의 대전제와 소전제 이야깁니다.

Z 씨 미안합니다! 이제 본론에 들어갈 것입니다. 그러니까 당신은 어떤 경우에도 살인, 즉 타인의 생명을 빼앗는 것은 절대악이라고 주장하시는 것이지요?

공작 의심할 여지가 없습니다.

Z 씨 그렇다면 살해당하는 것은 절대악입니까, 아닙니까?

공작 호텐토트 식으로 보면, 물론 절대악이지요. 그러나 우리는 도덕적인 악에 관해서 토론하고 있습니다. 이것은 오직 이성적 존재의 행동에서만 존재하는 것이고 이성적 존재에 좌우되는 것이므로, 이성적 존재의 의지와 상관없이 일어나는 일에는 존재하지 않습니다. 그러니까 살해당하는 것은 콜레라나 독감에 감염되어 죽는 것과 마찬가지라는 결론이 나옵니다. 그것은 절대악이 아닐 뿐더러 전혀 악하지 않습니다. 이미 소크라테스와 스토아 철학자들이 우리에게 이 사실을 가르쳐왔던 셈이죠.

Z 씨 글쎄요. 그처럼 먼 옛날 사람들에 관해서는 답하지 않겠습니다. 그런데 살인에 대한 당신의 무조건적인 도덕적 평가는 왠지 약점이 있는 듯합니다. 사실, 당신의 견해에 따르면 절대악이란 타인에게 전혀 악이 아닌 무엇인가를 끼치는 것이라고 결론이 납니다. 뜻대로 생각하실 일이지만, 여기에는 왠지 약점이 있는 듯해요.

그렇지만 여기서 이 문제점은 제쳐두기로 하지요. 그러지 않으면 정말 스콜라 철학에 빠질지도 모릅니다. 그러니까 살인에 있어서 악은 생명을 빼앗는다는 물리적 사실에 있는 것이 아니라, 도덕적 원인, 이를테면 살인자의 악한 의지에 있다는 말씀이지요? 그렇습니까?

공작 물론 그렇지요. 그리고 사실 악한 의지가 없다면 살인은 일어나지 않을 것이고, 다만 불운이나 부주의 따위만 있을 것이기 때문입니다.

Z 씨 그런 사실은 살해 의지가 전혀 없었을 때 분명해지지요. 예를 들어, 수술이 실패했을 때 말입니다. 그러나 다른 상황도 생각해볼 수 있지요. 가령 사람의 생명을 의도적으로 해치는 것이 직접적인 목적은 아니었다 할지라도, 극단적인 경우에는 살인을 피할 수 없는 것이라 보고, 사전에 이미 살인에 동의했을 때 말입니다. 그러한 살인도 당신의 견해로는 역시 절대악입니까?

공작 일단 살인에 동의했다면 당연히 그렇습니다.

Z 씨 그런데, 비록 살인에는 동의를 했지만, 악한 의지에서 그런 것은 아니고, 따라서 살인이 이런 주관적인 관점에서조차도 절대악이 될 수 없는 경우는 정말 없습니까?

공작 글쎄요, 왠지 어딘가 이해가 안 갑니다…… 그러나 당신이 무슨 말씀을 하시는지 추측할 수 있을 것 같습니다. 아무도 없는 곳에서 순진무구한(더 큰 효과를 얻기 위해서 나이가 어리다는 것을 덧붙이기로 하죠) 딸에게 미쳐 날뛰는 나쁜 놈이 딸을 해치려고 달려드는 것을 아버지가 보았을 때, 이 불행한 아버지가 그녀를 보호할 다른 방법이 없어서 악한을 죽였을 때와 같은 이미 너무도 유명한 예를 염두에 두고 계신 것이지요? 이런 논거는 수천 번 들었습니다!

Z 씨 문제는 당신이 이 이야기를 수천 번 들었다는 것이 아니라, 당신의 견해를 지지하는 어느 누구로부터도 이 단순한 논거에 대한 실질적인, 또는 어느 정도 그럴듯해 보이는 반박을 당신이 들은 적이 없다는 사실입니다.

공작 여기에 뭐 반박할 것이 있단 말입니까?

Z 씨 글쎄요. 만약 당신이 반박하고 싶지 않다면 어떤 직접적으로 긍정할 수 있는 방식으로 증명해주시기 바랍니다. 즉 예외 없이 모든 경우에, 따라서 우리가 논하고 있는 경우를 물론 포함해서, 악에 대해 힘으로 대항하는 것을 삼가는 것이 비록 사악하고 해로운 사람이지만 그를 죽일 수 있는 위험이 있는 폭력을 사용하는 것보다 당연히 낫다는 것을 증명해주십시오.

공작 개별적인 하나의 경우를 위해 **특별한** 증명이 필요합니까? 일반적으로 살인이 도덕적인 의미에서 악이라는 것을 당신이 인정하셨다면, 개별적인 경우에도 모두 마찬가지로 악이라는 것도 분명하지 않습니까?

부인 그런 논리는 왠지 빈약하게 들리는데요.

Z 씨 네, 매우 빈약합니다. 사실, 일반적으로 살인하지 않는 것이 살인보다 낫다는 것은 의문의 여지가 없습니다. 이에 대해서는 모두 동의합니다. 그러나 문제는 바로 개별적인 경우에 해당합니다. 일반적인 혹은 일반적으로 인정되는 규범, **살인하지 말라**는 규범이 실제로 **절대적**이고, 따라서 어떤 단 하나의 경우에도, 어떤 상황에서도 일체의 **어떤** 예외를 허락하지 않는 절대적인 것입니까,

아니면 예외적인 것 하나를 인정하는, 따라서 절대적이 아닌 것입니까?

공작 저는 그런 형식적인 문제 제기에 동의할 수 없습니다. 이게 무슨 소용이 있습니까? 가령 제가 논쟁을 위해 일부러 당신이 고안해 낸 예외적인 경우에 동의한다고……

부인 (나무라듯이) 이런, 이런, 무슨 말씀이세요!

장군 (아이러니하게) 허, 허, 허!

공작 (신경쓰지 않으며) 예를 들어, 당신이 생각해낸 경우에 살인하는 것이 살인하지 않는 것보다 낫다고 인정해봅시다. 물론 저는 인정하지 않지만 말입니다. 그러나 예를 들어 이 문제에 관해 당신이 옳다고 인정합시다. 더 나아가서는 이 경우가 꾸며낸 것이 아니라 실제라고 가정해봅시다. 그러나 당신도 동의하다시피, 이것은 아주 드문 예외지요. 그런데 사실 우리는 전쟁에 대해 이야기하고 있습니다. 보다 일반적이고 전 세계적인 현상 말입니다. 그러면 당신은 나폴레옹이나 몰트케[14], 스코벨레프[15] 등이 어린 딸의 순결을 범하려는 악당의 공격을 막아야 할 아버지와 같은 입장에 있었다고 주장하시겠습니까?

부인 이전 것보다 훨씬 낫습니다! 브라보, Mon Prince![16]

Z 씨 정말 그렇군요. 어려운 질문으로부터 교묘하게 잘 빠져나가시는

---

14 몰트케(Helmut Moltke, 1800~1921)는 독일의 군인으로 근대적 참모제도의 창시자이다. 프로이센-오스트리아 전쟁, 프로이센-프랑스 전쟁 등을 승리로 이끌며 활약하였다(옮긴이).

15 스코벨레프(M. Skobelev, 1843~1882)는 러시아의 장군으로 코칸드 반란(1873~1876)을 진압하는 등, 황제정하의 중앙아시아 식민정책에 참여하였다(옮긴이).

16 나의 공작님!(옮긴이).

군요. 그러면 이 두 현상의, 즉 개별적인 살인과 전쟁이라는 두 현상 사이의 논리적이며 역사적인 관련성을 설정해주시겠습니까? 이를 위해서 우선 다시 한 번 우리의 예를 들어봅시다. 표면적으로 그 의미를 강화하는 듯 보이지만, 실제로는 약화시키는 지엽적인 것들을 빼고 말입니다. 여기에는 아버지도 소녀도 필요치 않습니다. 왜냐하면 그들이 있게 되면 문제는 즉시 순수한 윤리성을 상실하고, 이성적-도덕적 의식의 영역에서 자연적인 도덕적 감정의 토대로 이동하기 때문입니다. 부모의 사랑은 고상한 도덕적 요소의 의미에서 행해야 하는지, 그리고 행할 권리를 가지고 있는지를 검토하지 않은 채, 당연히 그 자리에서 악당을 살해하도록 만듭니다. 그러므로 아버지가 아닌, 자식이 없는 도덕주의자를 예로 듭시다. 그의 눈앞에서 낯선 연약한 존재가 기골이 장대한 악당의 광포한 공격을 받는 것입니다. 어떠십니까, 짐승같이 흉포한 악당이 희생물을 해치는 동안 도덕주의자는 성호나 긋고 선에 관한 설교나 지껄여야 한다고 생각하십니까? 당신 생각으로는 도덕주의자가 비록 악당이 그를 죽일 가능성도 있으며, 심지어는 그럴 것 같다고 할지라도, 완력으로 짐승 같은 놈을 제지하려는 도덕적 충동을 내적으로 느끼지 않겠습니까? 그 대신에 선한 말들을 하면서 악행을 방치한다면, 양심의 가책을 받지 않으며, 혐오스럽도록 자신을 부끄럽게 여기지 않을까요?

공작 그럴 수도 있겠지요. 당신이 말씀하신 것은 모두 도덕적 질서의 실재를 믿지 않거나, 신은 완력에 있는 것이 아니라 정의에 있다는 것을 망각한 도덕주의자나 느낄 수 있는 법이지요.

부인 참말로 잘 말씀하셨어요, 공작님. 자, 그럼 Z 씨는 어떻게 답변하시겠어요?

Z 씨 공작님의 말씀에 더욱 잘 부합하도록, 그러니까 더 직접적이고 단순하며, 본질에 보다 근접하도록 답하겠습니다. 사실 당신은 신의 정의를 실제로 믿는 도덕주의자가 완력으로 악당을 제지하지 않고, 신에게 기도를 함으로써 악한 일이 벌어지지 않도록, 도덕적인 기적을 통해 악당이 갑자기 진리의 길로 돌아서거나 혹은 물리적인 기적이 일어나서 갑작스런 마비가 오도록 한다든지, 이런 일들을 통해서 악한 일이 벌어지지 않도록 했어야 한다고 말씀하고 싶었던 것이죠?

부인 마비가 없어도 가능해요. 악당에게 겁을 주든지, 의도한 일이 방해받도록 만들 수 있겠죠.

Z 씨 글쎄요. 그것은 마찬가지이겠지요. 왜냐하면 기적은 사실 일어나는 사건 그 자체가 아니라, 그것이 육체적인 마비이든 영혼의 흥분이든지 간에 이 일어나는 사건이 기도와 기도의 도덕적 대상과 목적에 맞게 관련되는 것이기 때문입니다. 아무튼 어떤 경우에도 악행을 막기 위해 공작이 제안하신 방법은 다름 아닌 기적을 가져오기 위한 기도로 귀결되는 것입니다.

공작 그렇지만 왜 기도로…… 또 기적에……?

Z 씨 기도가 아니라면 도대체 어디로 귀결되는 것입니까?

공작 그러나 제가 만일 세계가 선하고 이성적인 삶의 원칙에 의해서 지배된다는 것을 믿는다면, 세계 안에서는 그러한 원칙, 즉 신의 의지와 일치하는 것만이 발생할 수 있다는 것을 또한 믿는 것입니다.

Z 씨 죄송합니다만, 춘추가 어떻게 되십니까?

공작 무슨 뜻으로 물으시는 겁니까?

Z 씨   절대 모욕하려는 뜻이 아닙니다. 서른가량 되십니까?

공작   좀더 됩니다.

Z 씨   그러니까 당신은 아마도 그런 경우들을 좀더 보거나, 아니면 듣
       거나, 그도 아니면, 여전히 세상에는 악하고 비도덕적인 일이 벌
       어진다는 것을 신문에서 읽어야만 할 것입니다.

공작   그래서요?

Z 씨   "그래서요?"라니요? 즉, 분명한 것은 "도덕적 질서," 또는 정의,
       또는 신의 의지가 저절로 세계에 실현되고 있는 것은 아니라는 말
       입니다……

정치가 마침내 요점에 도달해가고 있는 듯합니다. 만일 악이 존재한다면,
       신은 그것을 제압할 수 없거나, 혹은 그렇게 하기를 원치 않음을
       의미합니다. 두 경우 모두 전능하고 선한 힘으로서의 신은 전혀
       존재하지 않습니다. 이것은 오래된 이야기지만 사실입니다.

부인   이런, 무슨 끔찍한 말씀을 하시는 거예요!

장군   말하다 보니 갈 데까지 간 것입니다. "철학적으로 사색하면 이성
       이 비틀거린다"라는 말도 있지 않습니까?

공작   그건 변변치 못한 철학이로군요. 마치 신의 의지가 우리가 가진
       어떤 선악의 관념과 연관되어 있는 것 같습니다.

Z 씨   신의 의지는 우리의 **어떤** 관념과도 상관없습니다만, 선에 대한 진
       실한 개념과는 긴밀히 연관됩니다. 달리 말해, 신에게 선과 악이
       전혀 차이가 없는 것이라면, 당신은 스스로의 주장을 완전히 뒤
       집은 것이 됩니다.

공작   왜 그렇지요?

Z 씨   만약에 당신 말씀대로 짐승 같은 정욕에 휩싸인 힘센 악당이 연약

한 존재를 해치려 하는데, 신이 이에 대해 무관심하다면, 신은 더더구나 우리 가운데 누군가가 인간적인 동정심으로 악당을 없애 버리는 것에 대해 어떤 반대도 하지 않을 것입니다. 당신은 연약하고 죄 없는 존재를 살해하는 것은 신 앞에서 악이 **아니며**, 힘세고 사악한 짐승을 죽이는 것은 악이라는 그러한 불합리를 해결하지 못할 겁니다.

공작   그것이 당신에게는 불합리하게 보이겠지요. 왜냐하면 당신은 고려해야 할 것을 고려하지 못하기 때문입니다. 즉, 도덕적으로 중요한 것은 누가 살해당했는지가 아니라, 누가 살인을 저질렀는가 하는 것입니다. 사실 당신 스스로도 악당을 짐승이라고 말했습니다. 즉, 이성과 양심이 없는 존재라고 말입니다. 그렇다면 도대체 그의 행동에서 어떤 도덕적 악을 찾을 수 있단 말입니까?

부인   이런, 이런! 말 그대로의 의미에서 짐승이라고 부른 것이 아니라는 것을 아시잖아요? 마치 제가 딸에게 "이런 바보 같은 말을 하다니, 내 천사야!"라고 말할 때, 당신은 "무슨 말입니까? 정말로 천사가 바보 같은 말을 할 수 있나요?"라고 소리치시겠군요. 이런, 이런. 논쟁이 영 잘못 굴러가고 있네요!

공작   죄송합니다. 저는 악당을 단지 비유적 의미에서 짐승이라고 불렀을 뿐이며, 실제로는 이 짐승에게 꼬리나 발굽이 없다는 것을 매우 잘 알고 있습니다. 그러나 비이성적인 것과 비양심적인 것에 관해서는 분명히 말 그대로의 의미로 말씀드립니다. 왜냐하면 이성과 양심을 가진 사람은 그런 일을 저지를 수 없기 때문입니다!

Z 씨   이번엔 새로운 말장난이로군요! 물론 짐승같이 행동하는 사람은 이성과 양심의 목소리를 더 이상 듣지 않음으로써 그것을 상실하

게 됩니다. 그러나 이성과 양심이 그에게 아무 이야기도 하지 않는다는 것을 증명하셔야만 합니다. 그러지 못하신다면, 저는 짐승 같은 사람과 저나 당신의 차이점이 이성과 양심의 부재가 아니라, 이성과 양심에 거역해서 행동하려는 의지, 내면의 짐승 같은 본성을 따른다는 사실에 있다고 생각할 것입니다. 그런데 동물적인 본성은 우리들에게도 마찬가지로 자리 잡고 있습니다. 다만, 우리는 이를 보통 사슬에 묶어 억제하는 데 반해, 그 사람은 그것을 사슬에서 풀어주고는 자신이 그 꼬리에 끌려가는 셈이지요. 그 사람 또한 사슬을 가지고 있지만, 사용하지 않을 뿐이지요.

장군 바로 그겁니다. 그런데 만약 공작이 당신에게 동의하지 않는다면, 자기가 판 함정에 빠지는 꼴이 됩니다. 그런데 사실 악당이 단순히 이성과 양심이 없는 짐승일 뿐이라면, 그를 죽이는 것은 인간에게 달려드는 늑대나 호랑이를 죽이는 것과 마찬가지라는 이야기가 됩니다. 그런데 이건 동물애호가협회조차도 금지하고 있는 것 같지 않은데요.[17]

공작 그러나 당신은 또 잊으셨습니다. 그의 상태가 어떠하든, 즉 이성과 양심을 완전히 상실했든 아니든, 의식적이며 의지적으로 비도덕적이든 아니든 간에 상관없이, 만약 그런 일이 가능하다면, 정말 중요한 것은 그가 아니라 당신이라는 점입니다. 당신은 이성

---

17 장군의 이 발언 부분은 본 번역서가 주 텍스트로 삼아 함께 옮긴 *Vladimir Sergeevich Solov'ev, Sochinenija* v 2 T. 2-e izdanie, Akademija nauk SSSR, Izd., 《Mysl'》, M. 1990, p. 657 에서는 공작의 발언으로 나와 있다. 그러나 이 부분은 솔로비요프 창작의 첫 번째 전집 *Vladimir Sergeevich Solov'ev, Sobranie sochinenij* (Brussel', 1966, T. 10, Fototipicheskoe izdanie, vosproizvodjashchee 2-e izd. Sobr. soch. pod redaktsiej S.M. Solov'eva i E.L. Radlova에서 장군의 발언임을 확인하여 수정하였다(옮긴이).

과 양심을 상실하지 않았고, 당신은 의식적으로 이성과 양심의 요구에 거역해서 행동하기를 원치 않습니다. 그렇다면 그가 어떻게 하든지 간에 당신은 그 사람을 죽이지 않을 것입니다.

Z씨 물론입니다. 이성과 양심이 제게 그런 일을 절대적으로 금한다면 저는 살인하지 않을 것입니다. 그러나 만약 이성과 양심이 전혀 다른 것을 제게 말한다고 가정해보십시오. 그리고 그 일이 더 이성적이며 양심적인 것으로 보인다고 가정해보십시오.

공작 그거 흥미롭군요. 들어봅시다.

Z씨 그리고 무엇보다 우선, 이성과 양심은 최소한 셋 정도까지 셀 수 있고……

장군 계속해보세요!

Z씨 그러므로 이성과 양심은 거짓을 말하기를 원치 않으면, 실제 **셋**일 때 **둘**이라고 말하지는 않을 것이기 때문에……

장군 (참지 못하고) 그래서요?

공작 무슨 말씀이신지 전혀 이해가 안 갑니다.

Z씨 글쎄요. 당신 생각으로는 이성과 양심이 오직 당사자 자신과 악당에 관해서만 이야기한다는 것이지요. 또한 당신은 제가 그의 털끝 하나 건드려서는 안 된다는 것이 중요하다는 생각이십니다. 그러나 현실적으로, 여기에 누구보다도 중요한 인물인 제3자, 악한 폭력의 희생자로서 제 도움을 필요로 하는 사람이 있습니다. 당신은 항상 그녀를 잊으려 하지만, 당신의 양심은 그녀를, 우선 그녀에 관해서 이야기합니다. 만약 여기에 신의 의지가 조금이라도 개입되어 있다면, 그것은 제가 악당에게 가능한 한 자비롭게 대하면서 희생자를 구해야만 한다는 뜻입니다. 그러나 저는 그녀

를 어떤 경우에도, 어떤 대가를 치르더라도 도와주어야만 합니다. 만약 그것이 가능하다면, 설득하는 방법에 의해서일 것이고, 아니면 완력에 의해 가능하겠지요. 만일 제 몸이 자유롭지 못하다면, **그때**는 오직 극단적인 방법, **위**로부터 내려온 극단적인 방법, 당신이 이전에 이미 이야기하셨다가 너무도 쉽게 포기해버린 바로 그 기도, 즉 선한 의지가 주는 최상의 도움인 기도에 의해 가능할 것입니다. 저는 필요한 경우에는 기적이 일어난다고 확신합니다. 돕는 방법 가운데 어떤 것을 사용할 것인지는 전적으로 사건의 내적, 외적인 조건에 달려 있습니다만, 한 가지 절대적인 사실은 핍박당하는 사람들을 도와야 한다는 것입니다. 제 양심의 말은 이렇습니다.

장군 적진의 중심이 완전히 파괴되었습니다, 만세!

공작 제 양심은 그런 분방한 단계를 넘어섭니다. 제 양심은 이런 경우 좀더 분명하고 정확하게 '**살인하지 말라!**'라고 말합니다. 그것이 전부입니다. 그런데 제가 보기에 여전히 우리의 논쟁은 조금도 진전되지 못하고 있습니다. 가령 당신이 말씀하신 조건에서 모든 사람들이, 심지어 뛰어난 도덕적 자질을 가졌으며 진실로 양심적인 사람이 연민으로 인해 스스로 자기 행동의 도덕성에 대한 분명한 평가를 내릴 충분한 시간적 여유를 갖지 못한 채, 자신이 살인을 저지르는 것을 용인하게 된다는 사실을 제가 인정한다고 해보겠습니다. 그렇다 해도 이 사실이 우리가 중요하게 이야기하는 문제에 대해 무엇을 말해줄 수 있을지 저는 모르겠습니다. 되풀이하지만, 정말로 티무르나 혹은 알렉산더 대왕, 키치너 경[18]이 약하고 의지할 곳 없는 사람들에 대한 악당들의 공격을 막기 위해 살인을 하거나 살인하도록 시킨 것입니까?

Z 씨 비록 티무르를 알렉산더 대왕과 비교하는 것은 우리의 역사적인 문제들을 위해서는 좋지 않은 전조이지만, 이미 당신이 재차 이 역사 분야로 넘어가 말씀하셨기 때문에, 저도 우리들이 개인의 보호 문제를 국가의 안보 문제와 실제로 연관시킬 수 있는 유익한 예를 역사에서 인용해보겠습니다. 12세기 키예프에서의 일입니다. 봉건 공후들은 이미 그 당시에, 아마도, 전쟁에 대해 당신과 유사한 견해를 고수하고 있었고, "그들 서로간에chez soi"만 싸우고 다툴 수 있다고 생각했던 것으로 보입니다. 그들은 사람들이 전쟁의 불행을 겪는 것은 유감스럽다면서, 폴로베츠 원정에 나가지 못하게 했습니다.[19] 블라디미르 모노마흐 대공도 다음과 같은 말로 지지를 표현했습니다. "봄이 오면 농노는 들판에 나가리라는 것을 잊고 계십니다. 여러분은 농노smerdy들을 불쌍히 여기십시오……"[20]

부인 나쁜 말은 사용하지 말아주세요.[21]

Z 씨 저는 『원초 연대기』를 인용했을 뿐입니다.

부인 사실 외우고 계시진 못하시잖아요. 그러니까 자기 말로 풀어 말씀하실 수 있으시잖아요. 그러지 않으면 왠지 이상하게 들린답니

---

18 제1차 세계대전 때의 영국 육군 장군(옮긴이).

19 12세기 키예프는 러시아(당시는 '루시'라는 칭호를 사용하였다) 공후들 간에 권력 및 영지 분쟁이 늘어나면서 세력이 약해져 폴로베츠를 비롯한 주변 민족들의 침입을 받고 있었다(옮긴이).

20 블라디미르 솔로비요프의 텍스트에서는 연대기의 내용을 자유롭게 재서술하고 있다(『원초 연대기Povest' vremennykh let』와 비교해보라)(편찬자).

21 러시아어에서 '농노smerd'라는 말은 농부에 대한 경멸적인 말로, '악취를 풍기는' 어떤 것을 연상시킨다(옮긴이).

다. "봄이 올 것이다"라고 하면, 다음에는 "꽃이 만발하고, 찌꼬 리가 노래를 한다"를 기대하게 되는데, 갑자기 난데없이 "농노 smerd"라니요!

Z 씨 좋습니다. 부인. 계속하지요. 다음은 이렇습니다. "봄이 오고, 농 부krest'janin는 말을 끌고 땅을 갈기 위해 들판으로 나갈 것이오. 그러면 폴로베츠인이 와서 농부를 죽이고 말을 가져가버릴 것이 아닌가. 대규모로 무리 지은 폴로베츠인이 침략해와 농부를 모두 죽이고 아이와 아내를 포로로 잡아가고, 가축을 약탈하고 마을을 불태울 것이오. 그러면 사람들이 가련하지 않소? 폴로베츠인에 대항하여 무기를 들어주십사 그대들에게 청하는 것은 이들이 불 쌍하기 때문이오." 이 말에 부끄러워진 공후들은 그의 말에 따랐 고 블라디미르 모노마흐 통치하에서 국가는 평화를 누렸습니다. 그러나 훗날 공후들은 외부의 적과 전쟁을 피하고, 내부에서 한 가로이 추잡한 다툼이나 벌이기 위한 평화애호주의로 돌아왔습니 다. 그 결과 러시아는 몽골의 지배를 받게 되었고, 공후들의 후손 은 이반 4세 때가 되어서야 역사가 그들에게 가져다준 풍요로운 향연을 경험하게 되었습니다.

공작 당신의 말씀을 전혀 이해할 수 없습니다! 아까는 우리 누구에게 도 일어나지 않았던, 그리고 일어날 것 같지 않은 사건을 이야기 하시더니, 이제는 우리에게 아마도 전혀 존재한 적이 없었을 법 한, 그리고 우리와 전혀 관련이 없는 블라디미르 모노마흐를 상 기시키는군요.

부인 여기에 대해서 어떻게 답하시겠어요Parlez pour vous, monsieur!

Z 씨 공작, 아, 당신은 류릭의 후손이 아니신가요?

공작 사람들이 그렇게들 말합니다. 그런데 당신은 이런 이유로 제가 류릭, 시네우스, 트루보르[22]에 대해 제가 특별히 관심을 기울여야 한다고 생각하십니까?

부인 저는 자신의 조상을 모르는 사람은 자신을 양배추 밭에서 주워왔다고 생각하는 어린아이와 마찬가지라고 생각합니다.

공작 조상이 없는 불행한 이들이 어디 있겠습니까?

Z 씨 모든 이에게는 위대한 선조가 최소한 두 사람은 있기 마련입니다. 후손에게 조국의 역사와 세계의 역사에 관한 자세하고 교훈적인 기록들을 남겨 널리 사용할 수 있도록 한 사람들이 바로 그들입니다.

공작 그러나 이 기록이 우리가 **현재** 어떻게 살아야 하며 **현재** 무엇을 해야 하는지를 결정해줄 수는 없습니다. 블라디미르 모노마흐가 실재했으며, 그가 단지 라브렌티 혹은 이파티 수도승의 상상의 산물이 아니라고 합시다. 또, 나아가 그가 남다르게 선한 사람이었으며 진심으로 "농노smerdy"를 불쌍히 여겼다고 합시다. 그런 경우 그가 폴로베츠인과 싸운 것은 정당했다고 생각합니다. 왜냐하면 야만적이었던 당시 사회의 도덕의식은 기독교에 대한 조잡한 비잔틴적 이해 수준을 채 넘지 못했고, 눈에 보이는 선을 위해 사람을 죽이는 것을 허용했기 때문입니다. 그러나 일단 우리는 살인이 악이고 신의 의지에 반하는 것이며, 고대로부터 신의 계명이 금지하고 있는 것임을 이해하고 있는데 어떻게 살인을 행할 수 있겠습니까? 어떤 형태로든, 어떤 명분으로든 살인은 허용될

---

22 키예프에 러시아의 효시가 되는 루시 공국을 세운 것으로 알려진 전설의 인물들이다(옮긴이).

수 없습니다. 더구나 한 사람 대신 수천 명의 사람이 전쟁의 이름으로 살해될 때, 그것은 악이라고 하지 않을 수 없습니다. 이는 무엇보다도 개인의 양심 문제입니다.

장군　글쎄요, 만약 중요한 것이 개인의 양심이라고 하신다면, 이렇게 말씀드려보겠습니다. 저는 도덕적으로 보아, 물론 다른 사람과 마찬가지로, 중간 정도로 검지도 희지도 않은 회색의 사람입니다. 특별히 선행을 베푼 적도 없고, 그렇다고 특별한 악행을 저지른 적도 없습니다. 그리고 사람의 선행에도 항상 쉽게 판단하기 곤란한 점이 있는 법입니다. 즉 양심에 따른다면 이때 내면에서 무엇이 작용하고 있는지, 참된 선인지 혹은 단순히 정신적인 나약인지, 삶의 습관인지 아니면 개인적인 허영인지 아마 말할 수 없을 것입니다. 게다가 이 모든 것은 사소한 것들이죠. 살면서 사소한 것이라고 부를 수 없는 경우가 한 번 있었습니다만, 저는 확신하건대 중요한 것은 제가 어떤 의심스러운 충동에 이끌린 것이 아니라, 선의 힘에 사로잡혔다는 사실입니다. 인생에서 단 한 번 저는 완전한 도덕적 만족, 심지어는 일종의 엑스터시를 느낀 적이 있었습니다. 따라서 추호의 망설임도 생각도 필요치 않았습니다. 그리고 이 선행은 지금까지도 남아 있고, 그리고 물론, 영원히 가장 좋고 순수한 기억으로 남아 있을 것입니다. 글쎄요, 이것은 저의 유일한 선행이었는데, 그것은 살인, 적지 않은 수의 살인이었습니다. 그 당시 약 25분 동안 천 명 이상의 사람을 죽였기 때문입니다……

부인　이 무슨 농담이세요Quelles blagues! 전 당신의 말씀이 진담이라고 생각하고 있었는데요.

장군   예, 진담입니다. 증인을 세울 수도 있습니다. 실은 저의 죄 많은
      손으로 살인한 것이 아니라, 순수하고 죄 없는 철로 만든 대포 여
      섯 문에서 나오는 가장 선하고 고매한 포탄으로 살인한 것이지요.

부인   도대체 그 일에 어떤 선이 있다는 말씀이시죠?

장군   물론, 비록 제가 군인일 뿐만 아니라, 요즘 식으로 부르자면 '군
      국주의자'이지만, 수천 명의 민간인들을 독일인이든 헝가리인이
      든, 영국인이든 터키인이든 상관없이 그저 없애버린 일을 선한
      일이라고 말하지는 않을 겁니다. 그런데 이것은 매우 특별한 일
      이었습니다. 지금도 무덤덤하게 말할 수가 없습니다. 왜냐하면
      그것은 제 영혼을 고통스럽게 뒤흔들어놓았기 때문입니다.

부인   이런, 이런, 어서 말씀해보세요!

장군   제가 대포 이야기를 했기 때문에 여러분은 당연히 최근의 터키 전
      쟁[23]에서 벌어진 일이라고 추측하셨을 것입니다. 저는 카프카즈
      군대 소속이었습니다. 10월 3일 이후였는데요……

부인   10월 3일이란 어떤 날이죠?

장군   그날은 알라드자Aladzha 고원 전투가 있었던 때입니다. 처음으로
      우리는 '무적의' 가지-무흐타르-파샤의 갈비뼈를 완전히 박살내
      버렸습니다……[24] 그리고 10월 3일 이후, 곧장 이 야만의 땅으로
      진격했습니다. 저는 서부 전선에 배치되어 전방 정찰 부대를 지
      휘하였습니다. 제 수하에는 니즈니-노브고로드의 용기병들과 3백

---

23 러시아와 터키 사이에 벌어진 전쟁(1877~1978)을 일컫는다. 이 전쟁은 발칸 반도에서의
    민족 해방 운동의 고조와 근동에서의 민족 갈등이 첨예해져 발생하였다(편찬자).
24 1877년 10월, 터키의 카르스 평원의 남쪽 지역에 있는 카라다그 산맥 고지에서 벌어진 알
    라드자 전투는 카프카즈에서의 러시아-터키 전쟁의 최후를 결정하였다. 전신이 이 전투
    에서 최초로 러시아 군의 지휘에 사용되었다(편찬자).

명의 쿠바네츠인, 기병 포대가 있었습니다. 이 나라는 그다지 흥미로운 곳은 아니었습니다만, 산은 꽤 보기 좋았고 아름답기까지 했습니다. 그러나 산 밑에는 황량하게 불탄 마을과 유린된 들판만이 보일 뿐이었습니다. 한번은, 이날은 10월 28일이었습니다, 우리는 계곡으로 내려가고 있었습니다. 지도에는 그곳에 커다란 아르메니아 마을이 표시되어 있었습니다만, 실제로 아무 마을도 없었습니다. 그런데 그곳에는 얼마 전까지만 해도 나름대로 상당한 규모의 마을이 존재하였습니다. 마을에서 피어오르는 연기가 수십 베르스타[25] 떨어진 곳에서도 보였으니까요. 저는 근접한 거리로 군대를 접근시켰습니다. 소문에 따르면 강력한 기병대와 맞부딪칠 수 있기 때문이었습니다. 저는 용기병들과 함께 움직였으므로 카자크 병사들이 앞서 갔습니다. 마을 가까이 다가가자 길이 굽어지기 시작했습니다. 카자크 병사들이 말을 타고 다가가더니만, 마치 그 자리에 못 박힌 듯 멈추어 움직이지 않았습니다. 저는 말을 몰아 앞으로 나아갔습니다. 저는 실제 광경을 보기 전에는 고기 타는 악취로 인해 바쉬부주크인들이[26] 요리를 남겨두고 갔다고 생각했습니다. 그런데 사실은 아르메니아 피난민을 태운 큰 마차가 제때 피신하지 못했던 것을 터키인이 포로로 붙잡아 제멋대로 처리했던 것입니다. 그들은 마차 밑에 불을 피우고 아르메니아인을 묶어두었는데, 어떤 사람은 머리를, 어떤 사람은 발

---

25 '베르스타versta'는 미터법 시행 이전의 러시아 거리 단위. 1베르스타는 약 1,067km이다 (옮긴이).

26 '바쉬부주크bashi-buzuk'는 '강도'라는 뜻으로, 터키어를 직역하면, '머리를 베어라'라는 뜻이다(편찬자).

을, 어떤 사람은 등이나 배를 마차에 묶어두고 불에 집어넣어 서서히 태웠던 모양입니다. 여자들은 가슴이 잘리거나 배가 터진 채 죽어 널브러져 있었습니다. 더 이상 자세히 이야기하지 않으렵니다만, 한 장면만은 지금도 눈앞에 생생하게 어른거립니다. 한 여인이 머리를 위로 하고 땅에 쓰러져 있었는데, 머리와 어깨는 마차의 바퀴 축에 매여 고개를 돌릴 수 없도록 되어 있었습니다. 그녀는 불에 타지 않았고 상처도 없었습니다만, 얼굴은 일그러져 있었습니다. 분명히 엄청난 공포로 사망했다는 사실을 증명하는 얼굴이었습니다. 그런데 그녀의 앞에 땅에 고정된 높은 장대가 있었습니다. 거기에 발가벗겨진 어린아이, 아들로 보이는 어린아이가 온몸이 새까맣게 그을리고 눈이 튀어나온 채 묶여 있었습니다. 옆에는 타고 남은 재를 담은 화로가 나뒹굴었습니다. 이때 죽음 같은 우수가 저를 엄습했고, 저는 신의 세계를 바라보는 것이 역겨웠으며, 제대로 생각조차 할 수 없어서 기계적으로 움직였습니다. 저는 부하들에게 급히 말을 몰도록 명령했고 곧 불탄 마을로 들어갔습니다. 마을은 그야말로 깨끗하게 아무것도 남아 있지 않았습니다. 그런데 갑자기 마른 우물에서 어떤 허깨비 같은 사람이 기어 올라오는 것이 보이지 않겠습니까…… 기어 나온 사람은 온몸이 진흙투성이고 옷은 온통 찢겨져 있었습니다. 그는 땅에 엎어져서 아르메니아어로 무엇인가를 슬퍼하며 통곡하기 시작했습니다. 우리는 그를 부축해서 일으켜 이것저것 물어보았습니다. 그는 다른 마을에서 온 아르메니아인이었습니다. 그는 꽤 영민한 사나이였습니다. 그가 장사를 하러 마을에 왔을 때 마침 마을 주민들은 피신을 가려 했답니다. 이제 막 떠나려 하는데 바쉬부주크인들이 마을을 습격한 것입니다. 그가 말하길 그 놈들은 매우 수가 많았는데 최소한 4만 명은 되었다고 했습니다. 물론 그는 정확한 수를 셀 수는 없었지요. 그는 간신히 우물 속에 숨을 수 있었다고 합니다. 그는 사람들의 울부짖음을 들었고, 그래서 모든 일이 어떻게 끝나가고 있는지를 알게 되었습니다. 그러고 나선 바쉬부주크인들이 돌아와서 다른 길로 다시 떠나는 소리를 들었습니다. 그는 아마 그들이 자신의 마을로 가서 똑같은 짓을 할 것이라고 말했습니다. 그러고는 울부짖으면서 절망에 빠져 두 손을 힘껏 맞잡는 것이었습니다.

순간 갑자기 제게 어떤 빛이 비추는 듯했습니다. 마치 심장이 녹아 위안을 받는 듯하고 신의 세계가 다시 미소를 짓는 것 같았습니다. 저는 그에게 악귀들이 여기서 떠나간 지가 오래되었느냐고 물었지요. 그의 생각으로는 약 세 시간 전쯤이라고 했습니다.

—당신네 마을까지 말을 타고 얼마나 걸리나?

—다섯 시간 조금 더 걸립니다.

—이런, 두 시간 안에 따라 잡을 수는 없겠는걸. 이런, 젠장! 자네 마을에 도달하는 지름길 같은 것은 있나?

—있습니다. 있고말고요—그는 즉시 완전히 생기를 되찾기 시작했습니다—협곡을 지나는 길이 있습니다. 매우 짧은 길입니다. 아는 사람이 얼마 되지 않는 길입니다.

—말을 타고 갈 수 있겠나?

—가능합니다.

—대포들은?

—힘들겠지만, 가능합니다.

저는 아르메니아인에게 말을 주도록 명령하고, 전 부대원과 함께 그를 따라서 협곡으로 갔습니다. 그곳 산에서 얼마나 기어 올라갔는지 모르겠습니다. 지나는 길에 무엇도 눈에 보이지 않았습니다. 다시 한 번 저는 기계적으로 행동하고 있었습니다. 그러나 영혼 깊은 곳에서 저는 일종의 가벼움을 느낄 수 있었으며, 마치 날개를 달고 나는 듯하였고, 충만한 확신을 느낄 수 있었습니다. 저는 **무엇을** 해야 하는지를 알고, 무엇이 **행해질** 것인지를 느꼈습니다. 우리는 마지막 계곡에서 나오는 중이었습니다. 다음에는 오던 길이 대로로 가로질러 나 있었습니다. 아르메니아인이 우리에게 되돌아오며 손을 흔들고 있었습니다. "여기 그놈들이 있습니다"라고 말하는 것 같았습니다. 저는 선두 쪽으로 말을 몰아갔지요. 망원경을 꺼내서 보니 기병대가 보일락 말락 했습니다. 그런데 물론 4만 명 정도는 아니었고, 5천 명이 안 된다면, 대략 3,4천 명 될 듯했습니다. 악마의 아들들은 즉시 카자크 병사들을 알아보고, 우리들과 접전하기 위해 방향을 돌렸습니다. 우리는 협곡을 나와 그들의 왼편으로 접근했습니다. 카자크 병사들을 향해 무기가 불을 뿜기 시작했습니다. 아시아 괴물들이 마치 사람인 양, 유럽 무기를 사용해서 사격을 해대는 겁니다, 글쎄. 여기저기서 카자크 병사들이 말에서 떨어졌습니다. 백 명으로 구성된 부대 중의 부대장 한명이 제게 다가왔습니다.

—공격을 명령해주십시오, 각하! 이 저주받을 놈들이 우리가 무기를 장착하는 동안, 마치 메추라기 잡듯이 우리에게 총을 쏘아댈 것입니다. 우리들이 직접 이놈들을 쳐부수고 말겠습니다.

—여보게, 조금만 더 참게나——저는 그렇게 말했습니다——저

놈들을 쳐부숴 쫓아버리는 일이야 무어 그리 어렵겠나만 그게 무슨 즐거움이 되겠는가? 신은 저놈들을 박살내는 것이 아니라, 아예 없애버리라고 명령하셨네.

여기서 저는 백 명으로 구성된 부대의 두 부대장에게 일단 흩어져 가면서 악당들과 교전을 시작하고 싸움이 본격적으로 진행되면 대포 쪽으로 물러나도록 명령했습니다. 백 명으로 구성된 한 부대는 대포를 위장해 놓도록 하고, 니즈니-노브고로드 출신 병사들은 대포의 왼편으로 밀집시켰습니다. 저는 온몸이 참을 수 없이 떨렸습니다. 눈이 튀어나온 채 불탄 어린아이가 눈앞에서 어른거렸습니다. 카자크 병사들이 쓰러지고 있었습니다. 젠장!

부인   그래서 어떻게 끝났어요?

장군   마지막은 최상의 방식으로 추호의 실패도 없이 끝났습니다! 카자크 병사들은 교전에 참가하였고, 즉시 함성을 지르면서 뒤로 물러서기 시작했습니다. 악마의 자식들은 그들을 쫓기 시작했고, 너무 열중한 나머지 사격하는 것조차 멈추고는 떼를 지어서 우리 앞으로 달려들기 시작했습니다. 우리 쪽으로 약 2백 사젠[27]쯤 달려온 카자크 병사들은 갑자기 콩알처럼 여기저기로 각자 흩어져 버렸습니다. 저는 여기서 신의 의지의 시간이 다가온 것을 느꼈습니다.

저는 백인 부대에 명령을 내렸습니다.[28] "군대, 흩어져!"제 엄호 부대는 반으로, 왼쪽과 오른쪽으로 나누어 갈라졌습니다. 모든 준비가 갖추어졌습니다. 주여, 축복하소서! 저는 포병대에 발

---

27 '사젠 sazhen'은 미터법 채용 이전의 러시아 길이 단위로 약 2.134m이다(옮긴이).
28 옛 러시아의 100인 부대. 카자크의 기병중대이다(옮긴이).

사 명령을 내렸습니다.

그리고 신은 저의 여섯 발의 포격을 모두 축복했습니다. 저는 살면서 악마가 그런 단말마의 비명을 지르는 것을 들어보지 못했습니다. 그들에겐 정신을 차릴 겨를이 없었습니다. 두번째 일제 사격을 가했습니다. 제가 보니, 무리 전체가 뒤로 물러서기 시작하였습니다. 뒤이어 세번째로 일제 사격을 가했습니다. 엄청난 아수라장이 벌어졌고, 개미집에 불 붙인 성냥개비를 집어던진 것 같았습니다. 그들은 사방으로 허우적거리며 나뒹굴었고, 서로 부딪히기도 하였습니다. 우리는 카자크 병사와 용기병들과 함께 왼쪽 측면에서 공격을 했고, 마치 양배추를 잘게 자르고 부수듯 그들을 베었습니다. 겨우 수 명만이 총탄을 피해 살아 도망을 갔습니다만, 그들은 칼을 맞았습니다. 어떤 이들은 이미 무기를 버리고 있었고, 말에서 떨어져서 울며 용서를 구하고 있었습니다. 그러나 이때는 이미 명령을 내리기에는 늦어 있었습니다. 제 부하들 스스로도 이제는 용서를 구하기에는 너무 늦었다는 것을 깨닫고 있었습니다. 카자크 병사들과 니즈니-노브고로드 출신 병사들이 이들을 마지막 한 사람까지 모두 베어버렸습니다.

그러나 사실 이성을 상실한 악마들이 첫 두 번의 일제 사격 후, 말하자면, 약 2,30사젠의 거리에서 직접 사격을 가한 후, 도망치지 않고 대포로 달려들었다면, 우리 모두는 끝장났을 것입니다. 세번째 일제 사격은 할 수가 없었을 테니까요!

글쎄요, 하나님께서 우리와 함께하셨습니다! 사태는 종결되었습니다. 그런데 제 영혼 속에서 그리스도의 밝은 부활이 일어났습니다. 우리는 아군 전사자 서른일곱 명의 시신을 수습해서 하나님께 영혼을 되돌려 보냈습니다. 그들을 몇 열로 평평한 장소에 뉘어놓고 눈을 감겨주었습니다. 제게는 제3부대에 오다르첸코라는 늙은 카자크 하사가 있었는데, 그는 놀라운 능력을 지닌 매우 신실한 성경주의자였습니다. 영국에 있었더라면 최초의 수상이 되었을지 모릅니다. 그는 지금 시베리아에 있습니다. 당국이 어느 구교도 사원을 폐쇄하고, 덕망 있는 장로의 무덤을 파헤치는 것에 대해 그가 항의했기 때문에 추방된 것이지요. 저는 그에게 소리쳤습니다. "이봐, 오다르첸코, 전쟁터에서 '할렐루야' 문제를 가지고 논쟁할 수는 없는 노릇이니,[29] 자네가 우리 사제가 되어 고인이 된 우리 병사들의 장례식을 집전하게나." 물론 그것은 그에게 최고의 기쁨이었습니다. "기꺼이 그렇게 하겠습니다, 각하!" 그놈은 기쁨으로 얼굴이 환하게 빛나기까지 하였습니다. 그럭저럭 성가대도 꾸몄고, 절차에 따라 장례를 제대로 거행하였습니다. 단지 사제가 행하는 참회 의식만은 할 수 없었지만, 그곳에서는 필요하지 않았습니다. 자신의 친구들을 위해 목숨을 내놓은 사람들에 대한 그리스도의 말씀이 이미 그들의 죄를 사하였기 때문이었습니다. 지금도 장례식이 생생하게 떠오르는군요. 구름이 잔뜩 낀 가을날이었지만, 그 순간 일몰 전에 먹구름이 흩어져 하늘이 밝아졌고, 아래의 협곡은 어두워졌지만 하늘의 알록달록한 구름들은 하나님의 군대가 모인 듯하였습니다. 제 마음은 영광스

---

29 1666년 니콘 대주교의 종교 개혁에서 비롯된 구교도의 종교 분열을 이해하면 이 문맥을 비교적 쉽게 이해할 수 있다. 당시 러시아의 종교 개혁에서는 종교 서적의 복원 문제뿐만 아니라, 의례 집전에서 성호를 긋는 방법, 또 여기서 언급하고 있는 '할렐루야'를 외치는 횟수 등에서 서로 주장이 엇갈렸다(옮긴이).

런 축일(祝日)로 충일되어 있었습니다. 그것은 일종의 정적과 알수 없는 가벼움으로, 마치 제게서 세속의 모든 불순함이 씻겨지고 지상의 모든 짐이 내려져, 바로 천국에 있는 것처럼 저는 하나님 그분만을 느끼고 있었습니다. 그런데 오다르첸코가 사망한 병사들, 신앙과 차르와 조국을 위해 전쟁터에 자신의 가슴을 내놓은 그들의 이름을 부르며 추도하기 시작하자, 바로 그때 저는 '그리스도를 사랑하는 군대'라는 것은 실제로 존재하며, 그것은 흔히 부르는 형식적 표현도 아니며, 당신이 흔쾌히 부르시는 칭호도 아님을 느꼈고, 전쟁은 예전과 마찬가지로 현재도 앞으로 세상이 끝날 때까지 위대하고 정직하고 신성한 과업이 될 것임을 느꼈습니다……

공작 (잠시 침묵하고서) 그런데 당신은 병사들을 기분 좋게 장사 지내면서 당신이 살해한 그렇게 엄청난 수의 적군에 대해서는 정말 결코 돌이켜보지 않으셨나요?

장군 글쎄요, 감사하게도 우리는 젠장할 짐승의 시체 같은 것들을 떠올리기 전에 더 멀리 이동할 수 있었습니다.

부인 이런, 당신이 모든 감동을 망쳐버렸습니다. 부끄럽지 않으세요?

장군 (공작을 향해) 당신은 제게서 정말로 무엇을 원하십니까? 기독교인도 아니고 이슬람교도도 아닌, 정체를 알 수 없는 들개들에게 기독교 장례식이라도 치러주었기를 바라십니까? 정말로 만약 제가 정신이 나가 실제로 그들을 카자크인과 함께 장사 지내라고 명령했다면, 아마도 당신은 제가 종교적인 폭력을 행사했다고 폭로하셨을 겁니다. 어떻게 그러냐고요? 이 가련한 이들은 생전에는 악마를 경배하고 불에다 기도를 했었는데, 이제 막상 죽고 나자 갑자기 그들을 미신적이고 조악한 사이비 기독교 의식에 처하게 만드는 꼴이니까요! 아닙니다, 그때 제게는 다른 걱정이 있었습니다. 저는 카자크 기병 중위들과 일등 대위들을 불러 그 누구도 악마의 짐승들의 시체 곁으로부터 3사젠 이하의 거리 안으로 다가가지 못하도록 알리라고 명령했지만, 제가 보니 우리 카자크 병사들은 습관대로 저들의 주머니를 뒤지고 싶어 벌써 오래전부터 손이 근질근질했습니다. 그들이 어떤 전염병을 옮겨 퍼뜨리게 될지 누가 알겠습니까. 그놈들은 완전히 뒈져버려야 합니다!

공작 당신의 말씀을 이렇게 이해해도 될까요? 당신은 카자크인들이 바쉬부주크인들의 시체를 약탈하여 당신의 부대로 전염병을 옮길까봐 두려웠던 것이죠?

장군 바로 그 점이 두려웠던 것입니다. 분명히 그랬던 것 같습니다.

공작 바로 이것이 '그리스도를 사랑하는 군대'군요!

장군 카자크인들이 누구입니까!?…… 진짜 강도들입니다! 항상 그래왔습니다.

공작 그런데 이게 다 뭐죠? 우리가 무슨 잠꼬대를 하고 있는 건가요?

장군 저도 이상합니다. 당신이 무슨 질문을 하시는지 정말 모르겠는데요?

정치가 필시 공작은 이상적이며 거의 성인에 가까운 카자크인들이 당신의 말씀에 따르면 갑자기 진짜 강도들이라고 밝혀지게 되어 놀라고 있는 것입니다.

공작 맞습니다. 제 질문은 이것입니다. 당신의 말씀대로 이것이 한 무리의 강도들과 다른 무리의 강도들과의 싸움이라는 결론이 도출된다면 전쟁이 어떻게 "위대하고 정직하고 신성한 과업"이 될 수 있는지요?

장군 　오, 그런 말씀이셨군요. "한 무리의 강도들과 다른 무리의 강도들과의 싸움." 그러나 실은 그 **다른 무리**는 완전히 다른 종류의 사람들이랍니다. 당신은 정말 어머니의 눈앞에서 젖먹이를 숯불 위에서 굽는 것과, 기회가 될 때 약탈을 하는 것이 마찬가지라고 생각하십니까? 그렇다면 저는 이런 말씀을 드리고 싶습니다. 이 경우 저의 양심은 깨끗한데, 저는 지금도 가끔 제가 최후의 사격을 명령한 후 죽지 못한 것을 진심으로 후회합니다. 그때 제가 죽었더라면 저는 전사한 서른일곱 명의 카자크 병사들과 함께 곧장 하나님의 보좌 앞에 갔을 것이고, 낙원에서 복음서의 선한 강도와 함께 나란히 자리했을 것이라는 사실을 추호도 의심치 않습니다. 그가 복음서에 이야기되는 것은 다 이유가 있는 것입니다.

공작 　그렇습니다. 그러나 당신은 아마도, 동일한 지역에 살면서 동일한 신앙을 가진 우리만이 선한 강도와 같을 수 있고, 여타 모든 민족과 모든 종교의 사람들은 같을 수 없다는 사실은 복음서에서 찾을 수 없을 것입니다.

장군 　저를 죽은 사람처럼 취급하시는군요! 제가 언제 민족과 종교를 차별했습니까? 제게 아르메니아인들이 정말 같은 나라 사람이고 같은 신앙을 갖는다고 할 수 있습니까? 그리고 제가 산탄으로 박살을 낸 악마의 후예가 어떤 신앙을 지녔는지 혹은 어떤 종족인지를 물었습니까?

공작 　그러나 당신은 지금까지 이 악마의 후예들도 어쨌든 사람들이며, 인간 모두의 내면에는 선과 악이 있으며, 모든 강도는 카자크인이든 혹은 바쉬부주크인이든 모두 복음서의 선한 강도가 될 수 있다는 점을 미처 기억하지 못하셨습니다.

장군 그럼 당신 말씀은 무슨 뜻인지요! 아까 당신은 악인이 무책임한 짐승과 같다고 말씀하셨는데, 지금 당신 말씀은 어린아이를 불에 태운 바쉬부주크인 역시 복음서의 선한 강도일 수 있다는 것 아닙니까! 이 모든 일은 악을 털끝 하나도 건드리지 않으려 하기 때문입니다. 그런데 제 생각으로는 중요한 것은 인간 모두에게 선과 악의 맹아가 있다는 것이 아니라, 인간의 내면에서 둘 중 어느 것이 승리하였는지가 중요합니다. 모든 포도즙에서 포도주와 식초를 만들 수 있다는 것이 흥미로운 것이 아니라 바로 이 병에 담겨 있는 것이 무엇인가, 포도주인가 아니면 식초인가 하는 것이 중요한 것이지 않습니까. 왜냐하면 병 안의 것이 식초라면, 내가 이것을 몇 잔씩 마시고, 포도주와 동일한 재료로 만들어졌다는 핑계로 다른 사람들에게도 대접한다면, 이런 학식은 위장을 상하게 하는 것 이외에는 아무에게도 어떤 도움도 되지 못할 것이기 때문입니다. 사람들은 모두가 형제입니다. 좋습니다. 매우 기쁜 일이지요. 그런데 그 다음에는 어떻게 됩니까? 실로 형제는 다양할 수 있습니다. 그런데 제가 형제 중 누가 카인이고 누가 아벨이냐에 관심을 갖지 말아야 하는 이유는 무엇입니까? 만약 제 눈앞에서 형 카인이 동생 아벨의 살가죽을 벗긴다면, 그래서 형제들에게 무관심할 수 없었던 제가 카인이 망나니짓을 더 이상 못하도록 형 카인의 뺨이라도 때린다면 당신은 제가 형제애를 잊었다고 갑자기 저를 비난하실 겁니다. 그러나 저는 그것을 잘 기억하고 있습니다. 그래서 개입했던 것이고요. 만약 그것을 기억하지 못한다면 조용히 옆을 지나갔을 테지요.

공작 도대체 그런 딜레마, 즉 지나치거나 혹은 뺨을 때리느냐가 어디서 나온 겁니까?

장군 그런 경우 제3의 대안은 일반적으로 찾을 수 없습니다. 당신은 직접 개입에 대해서, 즉 하나님께서 순간적으로, 그분의 고유한 힘으로 악마의 자식들을 분별 가운데로 이끌도록 하나님께 기도하는 것을 제안할 법도 했습니다만, 당신 스스로는 이 방법을 거절하셨던 것 같습니다. 그러나 제가 말씀드리자면, 모든 일에 있어 기도라는 방법이 좋기는 하지만 어떤 일도 저절로 바뀔 수는 없습니다. 사실 예를 들면 경건한 사람들 역시 점심 전에 기도를 하지만 자신들이 직접 자신들의 턱뼈로 음식물을 씹습니다. 사실 저도 기도하지 않고는 기마 포병대를 지휘하지 않았습니다.

공작 그런 기도는 당연히 신성모독입니다. 신에게 기도하는 것이 아니라, 신의 뜻대로 행하는 것이 필요합니다.

장군 말하자면요?

공작 누군가가 진실로 복음서의 참된 정신으로 충만하다면, 그 사람은 필요한 때에 말과 행동과 자신의 표정으로 살인이나 그 밖의 악을 행하려는 부정한 어둠의 형제를 감화시킬 방법을 내면에서 발견할 것이고, 그가 즉시 자기 잘못을 깨닫고 거짓된 길을 거절하게 만들 수 있을 정도의 놀랄 만한 인상을 그에게 줄 수 있을 것입니다.

장군 성자를 말씀하시는군요! 그러면 당신 말씀에 따르면, 저는 불에 태운 바쉬부주크인들 앞에서 그렇게, 즉 감동적인 몸짓을 하고 감동적인 말을 했어야 했습니까?

Z 씨 거리가 멀고 서로의 언어를 모를 때 말은 아마 전혀 소용없을 것입니다. 놀랄 만한 인상을 줄 몸짓으로 말할 것 같으면, 그 상황

에서 당신의 뜻대로 산탄을 일제히 발사하는 것보다 더 나은 일을 생각해낼 수 없었을 것입니다.

부인 실제로 어떤 언어로, 어떤 도구로 장군은 바쉬부주크인들에게 의사를 전달할 수 있었을까요?

공작 저는 바로 병사들이 바쉬부주크인을 복음서의 방법대로 감화시킬 수 있었다고 말씀드린 것이 전혀 아닙니다. 저는 단지 복음서의 진실한 정신으로 충만한 사람이라면, 그 경우에 다른 모든 일에서처럼 모든 인간 존재의 어두운 영혼 속에 숨겨져 있는 선을 일깨울 가능성을 찾을 수 있을 것이라고 말했을 뿐입니다.

Z 씨 당신은 정말로 그렇게 생각하십니까?

공작 제겐 추호의 의심도 없습니다.

Z 씨 그렇다면 당신은 그리스도가 복음서의 참된 정신으로 **충만해** 있었다고 생각하십니까, 혹은 아니었다고 생각하십니까?

공작 도대체 무슨 질문이신지!

Z 씨 제가 알고 싶은 것은 바로 이것입니다. 왜 그리스도께서는 유다와 헤롯, 유대의 제사장들, 그리고 마지막으로, 그의 **선한** 동료에 관해 말할 때, 보통 완전히 잊곤 하는 그 악한 강도의 영혼 속에 숨겨진 선을 일깨우기 위해 복음서의 정신의 힘으로 역사하시지 않았을까요?[30] 긍정적인 기독교의 관점에서 보면 여기에 불가항력적인 난관은 없는데 말입니다. 글쎄요, 이제 당신은 다음 둘 중에서 무엇인가를 반드시 희생시킬 필요가 있습니다. 즉 그리스도와 복음서를 최고의 권위로 인용하는 당신의 습관을 버리거나 혹

---

30 이는 예수 그리스도와 함께 십자가에 못 박힌 두 강도에 대한 이야기이다(누가복음 23장 39~43절)(편찬자).

은 당신의 도덕적 낙관주의를 버려야만 합니다. 왜냐하면 세번째는 꽤나 진부한 방법으로, 복음서의 사실 자체를 최근에 꾸며낸 허구나, '사제들의' 해석으로 취급하여 복음서를 부정하는 것입니다만, 지금 같은 경우 이 가능성은 당신에게는 완전히 폐쇄되어 있기 때문입니다.[31] 당신이 스스로의 목적을 위해 네 편의 복음서 텍스트들을 아무리 왜곡하고 매만져놓아도, 그 안에 있는 우리의 문제에 중요한 요점은 여전히 논쟁의 여지가 없습니다. 다시 말해 그리스도는 자신의 적들의 사악함으로 인해 잔인한 박해와 죽음의 형벌을 받으셨다는 사실입니다. 그분 자신이 세상 모든 것보다 도덕적으로 우월하셨다는 사실, 그분이 적들에게 대항하기 원치 않으셨고 적들을 용서하셨다는 사실, 이것은 저의 관점에서나 당신의 관점에서나 마찬가지로 이해되는 바입니다. 그러나 적들을 용서하시면서 도대체 왜 그분은 (당신의 말로 말하자면) 그들이 처한 그 끔찍한 암흑으로부터 그들의 영혼을 구원하시지 않았을까요? 왜 그분은 온유한 힘으로 그들의 사악함을 물리치지 않으셨을까요? 왜 그분은 그들 속에 잠자고 있는 선함을 깨우지 않았고 교화하지 않았으며 그들을 영적으로 부활시키지 않으셨을까요? 한마디로, 왜 그분은 유다, 헤롯, 유대인 대제사장을 감화시키지 못하고 선한 강도 **한** 사람만을 감화시킨 것입니까? 또다시 여전히 그분은 할 수 없으셨거나 그러기를 원치 않으셨다는 이야기가 됩니다. **당신의 말씀대로라면**, 이 두 경우 모두, 그분이 참된 복음서의 정신으로 **충만하지** 못하였다는 결론이 나옵니다.

---

31 공작이 복음서를 인정하는 입장이기 때문에 이 가능성은 없다는 뜻이다(옮긴이).

따라서 제가 실수하는 것이 아니라면, 다른 것이 아닌 그리스도의 복음서에 관한 일이기 때문에, 당신의 견해는 그리스도께서 참된 그리스도의 정신으로 충만하지 못하였다는 이야기가 됩니다. 이런 결론을 얻게 되신 것에 축하드립니다.

공작 "그리스도를 사랑하는" 검이라는 문제로 장군과 펜싱 경기를 하고 싶지 않았던 것처럼, 저는 당신과도 언술의 펜싱 경기를 하지 않으렵니다(여기서 공작은 자리에서 일어났고, 분명히 펜싱을 하지 않고도 상대방을 일격에 쓰러뜨릴 수 있는 강력한 말을 하고 싶어 하는 듯했다. 그러나 가까운 종루에서 7시를 알리는 종이 쳤다).

부인 식사할 시간입니다! 그리고 이런 논쟁은 결코 급히 끝내서는 안 됩니다. 식사 후에 카드놀이를 하겠지만, 내일은 꼭, 꼭 반드시 이야기를 계속해야 합니다. (정치가를 향해) 동의하시죠?

정치가 이 대화를 계속하자고요? 저는 이야기가 끝나서 몹시 기뻤는데요! 사실 논쟁이 결정적으로 종교 전쟁 특유의 매우 불쾌한 냄새를 풍기게 되었습니다! 전혀 시의적절하지 않습니다. 제게 무엇보다도 중요한 것은 종교가 아니라 삶입니다.

부인 거짓말하지 마세요. 당신은 꼭, 꼭 반드시 참석해야만 해요. 그렇지 않으면 이게 뭐예요, 당신이 어떤 비밀에 싸인 메피스토펠레스에 의해 나가떨어져 뻗은 꼴이 되었잖아요!

정치가 내일 참석하겠습니다만, 종교 이야기를 좀 줄입시다. 종교를 완전히 제쳐놓는 일은 불가능할 터이니 그렇게 요구하지는 않겠습니다. 다만 더 적게, 제발, 좀더 적게 합시다.

부인 "제발"이라고 말씀하시니 지금 경우에 참 애교스럽네요![32]

Z 씨 (정치가를 향해) 종교 이야기를 덜 하려면 당신이 가능한 더 많이

말씀해주시는 것이 제일 좋은 방법입니다.

정치가　그럼 약속합니다! 비록 듣는 것이 말하는 것보다 더 유쾌합니다 만, 특히 이렇게 맑고 청량한 공기 속에서는 말입니다. 그러나 우리의 작은 사교 모임에 내부 갈등이 생겨 카드놀이에도 악영향을 끼칠까 봐 이것을 막도록 제가 기꺼이 두 시간 정도를 희생하겠습니다.

부인　훌륭하십니다! 그런데 내일모레가 복음서에 관한 논쟁의 마지막 날이에요. 공작께서 그때까지 전혀 반박할 수 없는 모종의 반론을 준비하실 수 있을 거예요. 당신도 역시 참석하셔야 해요. 영적인 일들에 관해서도 어느 정도 배우실 필요가 있으니까요.

정치가　내일모레도요? 안 됩니다! 저의 자기희생이 그렇게까지 오래 가지는 않을 겁니다. 게다가 저는 내일모레에는 니스로 가야만 합니다.

부인　니스로요? 정말 순진한 외교술이군요! 그런 것은 실상 아무 쓸데없습니다. 왜냐하면 당신의 암호는 오래전에 이미 해독되어서, "니스로 가야 합니다"라는 말은 "저는 몬테카를로[33]에서 즐기고 싶습니다"라는 뜻이라는 것을 모두가 알기 때문이죠. 어쩌죠? 내일모레는 당신 없이 우리가 어떻게든 꾸려나가보죠. 당신도 얼마 지나지 않아 곧 영의 세계에 가게 된다는 사실이 두렵지 않으시다면 물질적인 것들의 쾌락에 빠져보세요. 몬테카를로에 가보시라

32　러시아어에서 '제발'을 의미하는 표현 'Radi Boga'는 직역하면 '신을 위하여'로, 여기서 부인은 종교에 대해 더 적게 이야기하자는 정치가의 간청이 역설적으로 종교(신)와 결부되는 단어를 사용하고 있음을 지적하면서 정치가를 놀리고 있다(옮긴이).

33　몬테카를로Monte Carlo는 모나코 북동부에 있는 휴양도시로 국영 카지노와 자동차 경기로 유명하다(옮긴이).

고요. 신께서 당신이 이룬 공로에 따라 보상을 주시길!

정치가 제 공로는 신과 관계되는 것이 아니라, 다만 사회의 이익을 위해 제가 할 수 있는 필요한 대책을 실행하는 것과 관계가 있습니다. 그러나 저는 다른 모든 일에서와 마찬가지로 룰렛에도 행운과 약간의 계산이 영향을 준다는 사실을 인정합니다.

부인 내일만이라도 꼭 반드시 모두 함께 모여야만 해요.

두번째 대화

Audiatur et secunda pars.[1]

다음 날, 점심 전 약속 시간에 나는 다른 사람들과 함께 종려나무 아래에 놓인 차 탁자에 둘러앉아 있었다. 공작만이 오지 않아서 그를 기다려야 했다. 나는 카드놀이에 끼지 않고, 밤새 이 두번째 대화를 모두 처음부터 기록하였다. 이번에는 '정치가'가 이야기를 많이 하였는데, 그가 너무도 '복잡한 늘어진' 문장을 엮어냈기 때문에 모든 것을 문자 그대로 정확하게 기록하기가 불가능하였다. 나는 그의 말 중 많은 부분을 옮겼고, 전반적인 뉘앙스를 보존하려 노력하였지만, 물론 많은 경우 나 자신의 말로 그의 말의 핵심을 옮길 수밖에 없었다.

정치가 오래전부터 저는 이상한 일이 하나 있다고 생각해왔습니다. 최고의 도덕에 특별히 관심을 가진 듯 보이는 사람들이, 가장 단순하고 요긴한, 제가 보기엔 심지어 유일하게 필요한 선이라 생각되

---

1 두번째 부분 또한 들릴 것이다(편찬자).

는 예의를 전혀 갖추고 있지 않다는 사실입니다. 따라서 이러한 최고의 도덕관념에 사로잡힌 사람들이 우리 중에 상대적으로 아주 적은 것을 조물주에게 감사할 뿐입니다. 제가 관념이라고 말하는 것은 제가 실제로는 만나본 적이 없고, 따라서 그것의 존재를 믿을 아무런 이유도 없기 때문입니다.

부인 그건 이미 오래된 문제지만, 예의에 대한 당신의 말에는 진실이 있어요. 우리 대화의 근본 주제le sujet en question를 생각하기 전에 예의가 유일한 필수불가결의 선이라는 것을 어디 한번 증명해 보세요. 서곡 전에 오케스트라에서 악기들을 조율하는 것처럼 그렇게 가볍게 말이에요.

정치가 그러지요. 그런데 오케스트라가 음을 맞출 때는 개별 소리들만 들리지 않습니까. 지금도 저의 논증 때문에 분위기가 그렇게 단조로운 하나의 톤만으로 형성될 것 같아 저어됩니다. 왜냐하면 공작이 오기 전까지는 아무도 다른 의견을 내세우지 않을 것이고, 그렇다고 오늘 공작이 온 후, 예의에 대한 이야기를 하면 완전히 예의에 어긋나게 될 테니까요.

부인 물론이죠. 자, 어떻게 증명하실 건가요?

정치가 우선 순진무구한 사람, 청렴한 사람, 헌신적인 사람이 단 한 명도 없는 사회에서도 훌륭하게 살아갈 수 있다는 것에 동의하시리라 생각합니다. 적어도 저는 항상 그런 집단에서 잘 살아왔습니다.

부인 예를 들면 몬테카를로에서처럼요.

정치가 몬테카를로에서도, 다른 곳에서도 그랬습니다. 그 어디에서도 최고의 선을 대표하는 사람은 단 한 명도 필요하다고 느끼지 않습니다. 하지만 예의바른 사람이 하나도 없는 사회에서 과연 살 수 있을까요.

장군 　어떤 집단에 대하여 말씀하시려는 건지 모르겠습니다만, 히위족²
　　　이나 터키인들에 대한 군사원정³에서는 예의 말고도 다른 선행이
　　　없었다면 살기 힘들었을 것이오.

정치가 　중앙아프리카를 여행하는 사람들에게 예의 하나만 필요한 것은 아
　　　니라고 말씀하시는 것 같군요. 실은 저는 문화적인 인간 사회의
　　　규칙적이고 일상적인 삶에 대하여 이야기하려는 것입니다. 그런
　　　삶에서는 최상의 선도, 소위 기독교도 필요치 않습니다. (Z 씨를
　　　향해) 당신은 고개를 저으시는 건가요?

Z 씨 　며칠 전에 알게 된 슬픈 사건이 생각납니다.

부인 　어떤 일인데요?

Z 씨 　제 친구 N이 갑자기 죽었습니다.

장군 　그 유명한 소설가 말이오?

Z 씨 　네, 그 사람입니다.

정치가 　그의 죽음에 대해서 신문은 왠지 떠들썩하게 얘기하지 않더군요.

Z 씨 　그런 측면이 있지요.

부인 　그런데 왜 이 순간 그 일을 생각하셨어요? 그가 누군가에게 예의
　　　를 지키지 않아 죽기라도 했나요?

Z 씨 　그 반대입니다. 그는 본성상 너무 과도하게 예의를 지키다가 죽

2　1872년 말, 러시아 군부대는 동, 서, 북쪽에서 동시에 히위를 공격할 계획을 세웠다. 1873년
　봄, 이 계획은 1만 2천 명의 러시아 군(56개의 대포 포함)에 의해 실현되었다. 5월 29일 히
　위 군은 항복하였고, 1873년 8월 12일 히위 왕정은 러시아에 대한 예속관계를 인정하였다
　(편찬자).
3　러시아어에서 'kompanija'는 '집단'이라는 뜻과 '군사원정'이라는 뜻을 모두 갖는 단어로 여
　기서 장군은 언어유희를 하고 있다(옮긴이).

었습니다. 그 외에 다른 이유는 없습니다.

장군 이것은 우리가 이 사실에 대해서도 같은 의견을 가지고 있지 않다
    는 것을 보여주는 예가 되겠군요.

부인 괜찮으시다면, 말씀해주세요.

Z 씨 그러지요. 숨길 것도 없습니다. 예의가 비록 유일한 선은 아니지
    만 어쨌든 사회적 도덕성의 일차적 필수 단계라고 생각하던 제 친
    구는 예의가 요구하는 모든 것을 가장 엄격하게 지키는 것을 자기
    의 의무라 여겼습니다. 그리고 이런 것들을 예의와 연관시켰습니
    다. 모르는 사람이 보냈어도 자기가 받은 편지와 비평을 요청하
    는 책과 소책자들을 모두 다 읽었습니다. 또 모든 편지에 답장을
    하고, 비평을 요하는 책들 모두에 관해 비평문을 써주었지요. 그
    를 향한 요구와 청원을 모두 들어주려 애쓰다 보니, 결국 낮에는
    내내 남들의 번거로운 일을 하였고, 자신을 위한 시간은 밤밖에
    남지 않았습니다. 온갖 초대에 응하였고 방문객들도 모두 맞아들
    였습니다. 그나마 제 친구가 아직 젊고 독한 술을 이길 수 있었을
    때는, 예의 때문에 스스로 자초한 고된 생활이 괴롭긴 했지만 비
    극으로 끝날 정도는 아니었습니다. 포도주가 마음을 달래주었고
    절망에서 구해주었기 때문입니다. 갑자기 목을 매고 싶은 충동을
    느끼면, 그는 술병을 잡고 늘어져 더 힘을 내어 자신의 사슬을 질
    질 끌어갔습니다.[4] 그러나 그는 건강하지 못했고 마흔다섯 살 즈
    음에는 독한 술을 이길 수가 없었습니다. 취하지 않은 상태에서
    는 고된 그의 생활은 지옥과 같았고 결국 저는 그가 자살했다는

---

4 '술병을 잡고 늘어지면서potjanuvshi'라는 표현과 '질질 끌고 갔습니다tjanul'라는 표현은 러
  시아어의 일종의 언어유희이다(옮긴이).

소식을 듣게 된 것입니다.

부인 저런! 예의 하나 때문에요?! 그는 단순히 미쳤었군요.

Z 씨 그가 정신적인 균형을 잃은 것은 틀림없습니다만, 여기서 "단순히"라는 말은 그다지 적당한 말은 아니라고 생각합니다.

장군 네, 그런 광증의 사례들을 본 적 있습니다. 그런데 말이오, 그것을 연구하다 보면, 우리가 미치게 될 거요. 그렇게 단순한 일이 아닙니다.

정치가 하지만 어쨌든 그 일이 예의와 아무 관련이 없음은 분명합니다. 스페인의 왕좌가 9등관 포프리쉰[5]의 광기를 책임질 필요가 없듯이 예의는 당신 친구의 광기와 아무런 연관성이 없어요.

Z 씨 물론 저는 예의에 반대하는 것이 아니라, 그것을 절대적인 규칙으로 격상하는 것에 반대할 뿐입니다.

정치가 온갖 절대적인 것들과 마찬가지로 절대적인 규칙도 상식과 건강한 현실 감각이 결여된 사람들이 만들어낸 상상일 뿐입니다. 저는 어떤 절대적인 규칙도 받아들이지 않습니다. 다만 **필수불가결한** 규칙들을 받아들일 뿐입니다. 예를 들어, 단정한 차림을 해야한다는 규칙을 준수하지 않으면, 저는 물론이고 다른 사람들에게도 혐오스러울 것임을 저는 잘 압니다. 불쾌감을 야기하거나 맛보기 싫으므로 매일 씻고 속옷을 갈아입는 등의 규칙을 준수하고 있습니다만, 그 까닭은 규칙이 저 자신이나 다른 사람들에 의해 인정되며 신성한 것이어서 무시하면 죄가 되기 때문이 아니라, 규칙을 파괴하는 것이 현실적으로 ipso facto 불편하기 때문입니다. 일

---

5 포프리쉰은 19세기 러시아 소설가 N. 고골의 작품 「광인일기」에 등장하는 주인공이다. 그는 자신을 스페인의 왕으로 착각한다(옮긴이).

반적으로 예의도 마찬가지이지요. 단정함도 사실상 예의의 일부이니까요. 다른 사람들처럼 예의범절을 벗어나는 것보다 지키는 것이 훨씬 편하기 때문에 저도 규칙들을 지킵니다. 그러나 당신의 친구 분은 예절이란 자신의 개인적인 편의나 이익을 고려치 않고 사람들 모두의 편지와 요구에 답하는 것을 요구한다고 자의적으로 생각하셨는데, 그것은 결코 예의가 아니라 어리석은 자기희생일 뿐입니다.

Z 씨   필시 지나치게 발달한 양심이 점차 그를 광증으로 몰고 가서 결국 파멸시킨 것이겠죠.

부인   하지만 사람이 그런 어리석음 때문에 죽는다는 사실은 너무 끔찍하네요. 당신은 그분을 설득하실 수 없었나요?

Z 씨   온갖 수를 다 써보았지요. 반은 '바보성자'라 할 수 있지만, 아주 훌륭하신 아포스 산에서 온 순례자와 매우 긴밀하게 협력도 해보았습니다. 제 친구는 그 노인을 매우 존경하였고, 종종 그분에게 영적인 문제에 대한 조언을 구했습니다. 그러면 노인은 악의 뿌리가 어디 있는지 즉시 알아차렸습니다. 저는 이 순례자를 매우 잘 알아요. 가끔 이들이 대화할 때 옆에 있기도 했고요. 제 친구가 옳은 일을 했는지, 혹은 죄를 범한 것은 아닌지 등등에 관해 물으며 그분에게 도덕적 불안을 토로하면, 순례자 바르소노피는 즉시 그의 말을 막았습니다. "음, 네가 저지른 죄 때문에 상심하고 있구나, 그만둬라. 쓸데없는 짓이다! 내가 네게 말하노니, 하루에 539번 죄를 지어라. 그리고 중요한 것은 회개하지 않는 거다. 죄를 짓고 회개하는 것은 모두가 할 수 있다. 하지만 너는 계속 죄를 짓되 절대 회개하지 말라. 왜냐하면 죄가 악이라면, 악을

기억하는 것은 악을 기억하는 자가 되는 것을 의미하며, 아무도 이를 칭송하지 않을 것이기 때문이다. 그리고 악을 기억하는 행위 중 가장 나쁜 것은 자신의 죄를 기억하는 것이다. 차라리 다른 사람들이 네게 행한 악을 기억하는 것이 더 낫고, 그것이 득이 될 것이다. 왜냐하면 너는 앞으로는 그런 사람들을 경계해야 할 것이기 때문이다. 반대로 너 자신의 악에 대해서는 잊어버리고, 아예 있지도 않았던 것처럼 생각하라. 죽음에 이르는 죄는 오직 하나뿐이니 그것은 낙담이다. 왜냐하면 이로부터 절망이 자라고 절망이란 이미 그 본질상 죄가 아니라 영적인 죽음이기 때문이다. 자, 또 어떤 죄가 있겠나? 술 마시는 것, 그것이 죄일까? 진실로 영리한 사람은 자신이 마실 수 있는 만큼 마시지 한없이 마시지는 않는다. 반면 바보는 샘물을 들이마시듯 술을 마셔댄다. 즉 원인은 포도주에 있는 것이 아니라, 사람의 어리석음에 있다. 어떤 사람들은 어리석음 때문에 보드카로 검어지며, 내장뿐 아니라 바깥 피부도 전체가 검게 되고, 불꽃들이 그 위를 지나간다. 이것을 내 눈으로 직접 보았다. 그렇게 너에게서 바로 이 불타는 지옥이 생생하게 스며나오는 마당에, 어떻게 죄에 관해 말할 수 있는가? 십계명의 일곱번째 계명[6]을 범하는 여러 경우들에 관해 나는 양심에 따라 말하겠다. 당연히 이러한 죄를 칭찬하는 것은 불가능하지만, 정죄도 쉽지 않다. 내가 죄를 권하는 것은 절대 아니다! 물론 그것은 말할 것도 없이 강렬한 만족감을 주지만, 그 끝은 우울함이며, 생명을 단축시킨다. 나를 믿지 못하겠다면 학식 있는 독

---

6 간음하지 말지니라(출애굽기 20장 14절)(옮긴이).

일 박사가 쓴 이 책을 보거라." 그리고 바르소노피는 선반에서 오래되어 보이는 책을 가져와 뒤적이기 시작했습니다. "자, 제목만으로 가치가 있지! 구-펠란드의 장-명-술(長命術)이라! 여기 176쪽을 보아라."[7] 그는 적당한 간격을 두고 한 면을 읽었는데 독일인 저자는 생의 힘을 계산 없이 낭비하지 말 것을 열정적으로 경고하고 있었습니다. "자, 보아라! 무엇 때문에 영리한 사람조차도 손해를 입게 되는가? 젊고 생각 없는 시절에는 무언가가 중요하게 보이지만, 훗날에 보면 아니다! 너무 값비싼 즐거움인 것이다. 그래서 이전의 모든 것을 회상하면서 낙담하며 말한다. '아, 무엇을 위해 망할 놈의 나는 자신의 순결함을 상실하고 영혼과 육체의 순수함을 더럽혔는가?' 내가 네게 말하노니, 이것은 정말 바보 같고 어리석으며, 자발적으로 자신을 악마의 노리갯감으로 파는 일이다. 악마는 당연히 너의 영혼이 앞으로 나아가거나 위로 상승하지 못하고, 계속해서 더러운 곳에서 제자리걸음하기를 바랄 것이다. 네게 주는 충고는 이것이다. 악마가 너를 후회로 혼란스럽게 만들기 전에, 침을 뱉고 발로 그것을 문질러버려라. 그리고 이렇게 말해라. "자, 보아라. 여기 무거운 나의 죄들이 있다. 이것이 그토록 내게 중요하다니! 당치 않다." 십중팔구 악마는 물러가리라. 내 경험에 따라 말하는 것이다…… 자, 네게 또 어떤 불법적인 것들이 남아 있느냐? 아마 너는 도둑질을 하려 했던 것을 생각하지는 않겠지? 도둑질이라도 커다란 흠은 아니다. 왜냐하면 오늘날 모두가 도둑질을 하기 때문이다. 그러니 너는

---

7 「장명술」은 H. V. 구펠란드의 저서 『인간의 생을 연장시키는 예술』의 다섯번째 판본 제목이다. 이 책은 19세기 초에 큰 인기를 얻었다(편찬자).

이런 사소한 일에 대하여 생각지 말고, 오직 단 하나, 낙심만을 경계하라. 네가 누군가를 모욕하는 죄를 지었을 수 있다고 생각되면 극장이나 즐거운 모임에 가거나 재미있는 글을 읽어라. 네가 내게서 규범을 요구한다면, 바로 이것이 너를 위한 규범이다. 죄에 대한 두려움 때문이 아니라 믿음에 굳건하라, 현명한 사람은 하나님과 함께 살아가는 것이 매우 즐겁고 하나님 없이 살아가는 것은 매우 비참하니 믿음에 굳게 서라. 하나님 말씀을 깊이 탐구하라, 만약 말씀을 주의 깊게 읽으면, 구절마다 돈과 같은 행복이 선사되리라. 매일 한두 차례 너의 영혼을 고양시키는 기도를 하라. 너는 아마 세수를 잊지는 않을 것이다. 진실한 기도는 영혼에게 있어 어떤 비누보다 좋은 역할을 한다. 위장과 다른 장기들의 건강을 위하여 금식하라, 요즈음 모든 의사들이 마흔을 넘은 사람들에게 이렇게 조언한다. 만약 너의 일이 있으면 다른 사람의 일에 대해서는 생각지도 자선을 하지도 말라. 그러나 가난한 사람을 만나면 계산하지 말고 주어라. 교회와 사원에서도 계산하지 말고 헌금하라. 그곳, 하늘의 장부 속에 이 모든 것이 저절로 계산되어 있느니라. 그러면 너는 영혼과 육체가 건강하게 될 것이다. 그러나 자신의 영혼이 공허하여 다른 이의 영혼에 참견하려는 위선자와는 말을 섞지 말라." 이러한 이야기들이 제 친구에게 좋은 영향을 주었지만, 그는 괴로운 생각들이 밀려드는 것을 끝내 극복할 수 없었고, 마지막에는 바르소노피를 거의 만나지도 않았습니다.

정치가 순례자는 저와 본질상 거의 같은 말을 자신의 방식으로 하고 있는 듯합니다.

부인 그것 참 다행이군요. 하지만 사실 정말 놀라운 도덕가이군요! '죄를 짓되 중요한 것은 뉘우치지 않는 일이다'—이 말이 무척 마음에 드네요.

장군 그 순례자가 모든 사람에게 이렇게 이야기할 것 같지 않습니다. 아마도 살인자나 비열한은 다른 어조로 가르칠 것 같은데요.

Z 씨 물론입니다. 하지만 누군가의 도덕적인 소심함을 보면, 그는 즉시 철학자, 아니 운명론자가 되기까지 합니다. 한 번은 그가 매우 지혜롭고 교육도 많이 받은 노부인을 감동시킨 일이 있습니다. 그녀는 러시아 정교 신앙을 갖고 있었지만, 외국에서 교육받았고, 바르소노피에 대하여 수차례 이야기를 듣고서 그를 마치 참회사제directear de conscience 대하듯 했습니다만, 그는 그녀가 정신적인 어려움을 많이 말하지 못하게 했습니다. "도대체 그대는 왜 이런 하잘것없는 일로 자신을 괴롭히는가! 이런 일이 어디에 무슨 쓸모가 있는가? 평범한 촌부인 나도 그대의 이야기를 듣는 것이 지겨운데, 하나님께서 여기에 흥미를 가지실 것이라 생각하는가! 그대는 늙었고 약하며 결코 더 나아지지도 않을 텐데, 무엇에 관해 더 이야기할 필요가 있겠나!" 그 부인은 웃으면서, 다른 한편 눈물지으며 제게 이 이야기를 해주었습니다. 사실 그녀는 반박하려 해보았습니다만, 그는 고대의 은둔자들의 삶에 대한 이야기를 들려주어 그녀를 결정적으로 설복하였습니다. 바르소노피는 N과 제게도 자주 그 이야기를 들려주었습니다. 훌륭한 이야기입니다만, 지금 말하자면 시간이 많이 걸릴 것입니다.

부인 그러면 간략하게 이야기해주시면 되잖아요.

Z 씨 노력해보겠습니다. 니트리 사막에서 두 은둔자가 수도(修道)하고

있었습니다. 그들의 동굴은 서로 멀지 않았지만, 결코 서로 대화하지 않았고 가끔씩 찬송가로만 서로 화답하였습니다. 그들은 그렇게 수년을 보냈고, 이제 그들의 명성이 이집트와 주변 국가들까지 퍼졌습니다. 그러던 어느 날 악마가 두 사람 모두의 영혼 속에 한 가지 생각을 불어넣었고, 그들은 서로에게 한마디 말도 하지 않은 채, 종려나무 잎과 가지로 만든 바구니와 돗자리 들을 들고 함께 알렉산드리아로 떠났습니다. 그곳에서 그들은 자신들이 만든 것들을 팔았고, 그 후 삼일 밤낮을 술과 음탕에 빠져 방탕하게 지낸 후에 다시 사막으로 되돌아왔습니다. 두 사람 중 하나가 슬피 울며 탄식했습니다. "나는 이제 완전히 죽었다, 저주받을 이여! 이런 광란과 이런 오욕을 참회할 길은 없다. 정진, 수행, 기도가 이제 무익해졌고 일시에 돌이킬 수 없이 모든 것을 파멸시켰다!" 그런데 다른 은둔자는 그와 나란히 걸어가며 기쁜 목소리로 찬송을 불렀습니다.

— 지금 뭘 하는가. 자네 미쳤나?

— 어째서 그러는가?

— 왜 자네는 참회하지 않나?

— 무엇을 참회한단 말인가?

— 이런! 알렉산드리아 말일세!

— 알렉산드리아가 뭘 어쨌다고? 그 훌륭하고 경건한 도시를 수호하신 전지전능하신 분께 영광을 돌리세나!

— 우리가 알렉산드리아에서 한 일은 어쩌고?

— 우리가 한 것은 이것이지 않나. 바구니를 팔고는 성 마가에게 경배하였고, 다른 사원을 방문하였고, 신앙심 깊은 시장의 궁

을 방문하고, 수도사에게 너그러운 친절한 여수도원장 레오닐라와 이야기를 나누었고……

—우리는 사창가에서 자지 않았나?

—세상에나! 저녁이고 밤이고 우리는 총주교의 정원에서 시간을 보내지 않았나.

—거룩한 고행자들이시여! 이 사람이 제정신이 아닙니다…… 그러면 우리가 포도주에 취한 곳은 어디인가?

—우리는 성모궁입제를 맞이하여 총주교와 같이한 식사에서 포도주와 푸짐한 음식을 들지 않았는가.

—불쌍한 사람! 술 마신 일을 비밀로 하기 위해 우리와 입맞춤한 사람이 누구였는가?

—교부 중의 교부, 알렉산드리아 시와 전 이집트, 리비아, 펜타폴리스의 성스러운 대주교이자 전(全) 우주의 판관인 쿠르-티모페이는 헤어지면서, 그가 성직자들 가운데 고른 교부들, 형제들 모두와 더불어 그 신성한 입맞춤으로 우리에게 경의를 표하지 않았나.

—자네, 나를 조롱하는 건가? 아니면 어제의 추악한 짓 때문에 자네에게 악마가 들어앉았나? 자네는 더러운 창녀와 입 맞추지 않았나!

—누구에게 악마가 들어앉았는지 난 모르겠네. 하나님의 은총과 교회 성직자들의 호의를 기뻐하고 모든 피조물들과 더불어 창조주를 찬양하고 있는 내가 악마에 들렸는지, 아니면 지금 자네가 미쳐서 우리의 성스러운 교부이자 목자의 집을 매춘굴이라고 부르고, 그분과 그분의 사랑스런 성직자들을 진짜 창녀들을 대하

듯이 모욕하는 자네가 악마에게 들렸는지 말일세.

— 아, 이단자! 아리아족의 후손! 아폴리나리우스[8]의 역겨운 저주받을 입이여!

자신이 죄인으로 추락한 것에 상심한 은둔자는 동료에게 달려들어 온 힘을 다해 그를 매질하였습니다. 그 다음 그들은 각자 조용히 자신의 동굴로 돌아갔습니다. 한 사람은 신음과 통곡으로 사막을 뒤흔들며 밤새 비탄에 젖어, 머리를 쥐어뜯고, 땅바닥에 몸을 내던져 머리로 땅을 내리쳤고, 다른 이는 평온하고 기쁘게 찬송을 불렀습니다. 아침이 되자 참회하던 자에게 이런 생각이 떠올랐습니다. "나는 이미 오랜 수행으로, 기적과 징표 속에서 나타나기 시작한, 성령의 특별한 은총을 얻었지만, **후에** 육체의 더러움에 굴복하여 성령에 반하는 죄를 지었으니, 신의 말씀에 따르면 죄는 현재에도 미래에도 나를 떠나지 않을 것이다. 나는 천상의 깨끗한 진주를 마음속의 돼지들[9], 즉 악마들에게 던져버렸고, 그 악마들은 진주를 짓밟은 후에 이제 필시 나를 갈기갈기 찢어버릴 것이다. 내가 완전히 파멸했다면, 내가 여기 사막에서 무엇을 할 수 있단 말인가?" 결국 그는 알렉산드리아로 가서 방탕한 삶에 몸을 맡겼습니다. 돈이 필요해지자 그렇고 그런 탕자들과 공모하여 부유한 상인을 죽여 돈을 훔쳤습니다. 그 사건이 밝혀져 재판에 회부되었고, 사형을 언도받아 참회하지 못한 채 죽

---

8 아폴리나리우스(Apollinarius, 310?~390?)는 반(反)아리우스주의자로 그리스도의 신성(神性)을 강조한 나머지, 그리스도의 인성을 불완전한 것으로 파악한 것이라는 비판을 받고 381년 콘스탄티노플 공의회에서 이단으로 단죄되었다(옮긴이).

9 돼지를 악마로 간주하는 것은 복음서의 유명한 비유와 관련되어 있다(마가복음 5장 2~15절)(편찬자).

음을 맞이하게 되었습니다. 한편 그의 이전의 동료는 고행을 계속하여 높은 경지의 신성에 이르러, 위대한 기적들을 행해 명성을 얻었는데, 그의 축복 한마디에 오랫동안 임신하지 못했던 여인들이 사내아이를 낳기도 했습니다. 그가 임종하던 날, 그의 쇠약하고 바싹 마른 육체는 다시 미와 젊음으로 소생하는 듯했고, 놀라운 빛을 발하였으며, 그 빛은 대기를 가득 채웠습니다. 그가 죽은 후 위대한 기적을 행한 그의 유해 위에 수도원이 지어졌고 그의 이름은 알렉산드리아 교회에서 비잔틴의 교회까지 널리 퍼졌으며 키예프와 모스크바의 교회력에 기록되었습니다. "바로 여기에 내가 말하는 진리가 있다." 바르소노피가 덧붙였습니다. "모든 죄가 불행은 아니다. 그러나 낙심하는 것, 이것은 불행이다. 둘 다 모든 불법을 저질렀지만, 낙심한 사람만 파멸하였다."

장군　보시오. 수도사도 영의 활력이 필요한데, 오늘날 어떤 이들은 군인에게 낙담의 영을 퍼뜨리려 합니다.

Z 씨　보시다시피, 우리는 예의에 대한 문제에서 꽤 멀어졌지만, 대신 중요한 주제에 다시 가까워졌습니다.

부인　마침내 공작이 오시는군요. 안녕하세요! 당신이 없을 때 우리는 예의에 대하여 이야기하고 있었어요.

공작　죄송합니다. 더 일찍 올 수가 없었습니다. 지인들로부터 한 묶음의 여러 서류들과 여러 종류의 출간된 서적들을 받았습니다. 나중에 보여드리죠.

부인　좋아요, 그러면 저도 나중에 당신이 안 계셨던 동안 우리를 위로해준 두 명의 사제에 대한 신성한 일화를 이야기해드릴게요. 그럼 이제 우리의 진짜 비밀스런 몬테카를로가 말할 차례군요. 자, 어제 대화 이후, 전쟁에 대해 말씀하시려 했던 것을 설명해주세요.

정치가 어제 대화에서 기억에 남는 것은 블라디미르 모노마흐에 대한 그 분[10]의 인용과 장군님의 전쟁 이야기입니다. 여기서 출발하도록 하지요. 블라디미르 모노마흐가 폴로베츠인을 섬멸한 것이나, 장군이 바쉬부주크인을 격파한 것이 잘한 일이 아니라고 논쟁하는 것은 불가능합니다.

부인 그러면 동의하신단 말씀인가요?

정치가 이런 말씀을 드릴 수 있어 영광입니다. 제가 동의하는 것은 모노마흐도, 장군도 **당면한 상황**에서 그들이 해야만 하는 일을 했다는 사실입니다. 그러나 바로 이런 사실로부터 그 상황 자체의 가치를 인정해주거나 혹은 전쟁과 군국주의를 정당화하고 영구화해야 한다는 결론이 뒤따르게 되는 것은 아니지 않습니까?

공작 그 점이 제가 말씀드리고자 했던 것입니다.

부인 그러면 당신은 공작의 의견에 동의하시는 건가요?

정치가 이 문제에 관한 제 의견을 피력케 해주시면 제가 누구와, 또 무엇에 동의하는지 저절로 분명해집니다. 제 견해는 의심할 바 없는 현실과 역사적 사실들로부터 나온 논리적 귀결일 뿐입니다. 국가를 세우고 강화함에 있어 전쟁이 유일한 수단은 아니더라도 만약 중요한 수단이라면, 전쟁의 역사적 의의를 반박하는 논쟁을 벌일 수 있을까요? 전쟁 없이 세워지고 강성해진 국가가 있다면 어디 한 국가라도 말씀해보십시오.

---

10 러시아어 원 텍스트에는 정중하게 경의를 표시할 때 단수형 대신 복수형을 사용했던 러시아어의 옛 관습을 따라 정치가는 여기서 Z 씨를 러시아어의 3인칭 복수형을 사용하여 가리키고 있다(옮긴이).

부인   북아메리카가 있지 않나요?

정치가   훌륭한 예를 들어주셔서 감사합니다. 저는 지금 **국가**의 건설에 대
하여 말하고 있습니다. 물론 북아메리카는 유럽의 식민지로서 다
른 **식민지**들과 마찬가지로 전쟁이 아니라 항해에 의하여 건설되었
습니다. 그러나 이 식민지가 국가가 되고자 하자, 곧장 정치적 독
립을 획득하기 위해 몇 년간의 전쟁을 해야만 했습니다.

공작   국가가 전쟁을 통해 형성된다는 반박할 수 없는 사실에 근거해서
전쟁이 중요하다고 결론지으시는 것 같습니다만, 제 생각으로는
같은 근거로 오히려 국가가 중요치 않다는 결론만이 나올 수 있다
고 생각합니다. 물론 폭력을 숭배하지 않는 사람에 한해서 말입
니다.

정치가   왜 지금 폭력 숭배를 이야기하십니까! 무엇 때문에요? 그렇다면
국가라는 강제적 통치 형식을 벗어난 견고한 인간 공동체를 만들
어보려고 노력하시던가, 아니면 당신만이라도 직접 실제로 국가
에 토대를 둔 것 모두를 거부하시는 것이 더 나을 것 같습니다. 그
러고 난 뒤 국가가 중요하지 않다고 말씀하십시오. 그러기 전에
는 국가와 나와 당신이 국가에 빚지고 있는 것 모든 것은 거대한
사실로 존재하는 반면, 국가에 대한 당신의 공격은 보잘 것 없는
말밖에 되지 않을 것입니다. 그러므로 되풀이하건대, 국가 건설
에서 전쟁이 위대한 역사적 의의를 갖는다는 사실은 논할 필요도
없습니다. 그러나 여기서 제 질문은 국가 건설이라는 위대한 과
업이 이제 본질적으로 완결되었다고 생각해야 하지 않겠냐는 것
입니다. 세부적인 일들은 물론 전쟁과 같은 영웅적인 매개체 없
이도 정리될 수 있습니다. 유럽 문화 세계가 다소간 미개한 종족

들의 대양(大洋)에 둘러싸인 섬에 불과했던 고대와 중세에는 자기 방어를 위하여 전쟁 체제가 직접적으로 필요했었습니다. 그때는 문명의 연약한 싹을 짓밟기 위해 어딘지도 알 수 없는 곳에서 언제 닥쳐올지 모를 몽골군과 같은 알 수 없는 적들의 침입에 항상 대비할 필요가 있었습니다. 그러나 이제는 오히려 비유럽적인 요소들을 섬이라 불러야 하고, 유럽 문화는 섬들을 씻어낼 수 있는 대양이 되었습니다. 우리의 학자, 탐험가, 선교사는 지구 전역을 남김없이 찾아다녔고, 문명 세계에 심각한 위협이 될 것은 아무것도 발견하지 못했습니다. 미개인들은 성공적으로 제거되어 사라지는 반면, 터키나 일본과 같은 호전적 야만인들은 문명화되어 호전성을 잃어갑니다. 그런데 공통의 문화생활 속에서 유럽 민족들의 통합은……

부인 (작은 소리로) 몬테카를로……

정치가 공통의 문화생활 속에서 유럽 민족들은 너무도 강력하고 공고하게 통합되었기 때문에 이들 민족들 간의 전쟁은 국제 분쟁을 평화롭게 해결하는 것이 가능한 상황에서 어떤 이유로도 용서할 수 없는 동족상잔의 성격을 직접 띠게 되었습니다. 오늘날 국제분쟁을 전쟁으로 해결하는 것은 페테르부르크에서 마르세유까지 돛단배를 타고 간다거나 혹은 트로이카¹¹를 타고 가는 것만큼이나 비현실적입니다. 물론 저는 증기선의 기적(汽笛) 혹은 "여러분, 승선하세요!en voiture, messieurs!"라는 외침보다 "고독한 돛단배가 하얗게 보이고" "용감한 트로이카가 질주한다"는 표현이 더 시적이라는

---

11 세 필의 말이 끄는 마차를 일컫는다(옮긴이).

사실에 전적으로 동의합니다. 마찬가지로 외교관들의 서류가방과 탁상보를 씌운 평화회의의 탁상들보다 "강철같이 뻣뻣한 털"과 "흔들리고, 반짝이면서 군대가 움직인다"라는 표현[12]이 미적으로 우월하다는 것을 기꺼이 인정하겠습니다. 하지만 그와 같이 사활을 건 중대한 문제를 진지하게 다루는 것은 아름다움에 대한 미학적 평가와는 전혀 공통점이 없습니다. 이러한 아름다움이라는 것은 실제 전쟁— 확신컨대, 전쟁은 전혀 아름답지 않습니다— 에 속해 있는 것이 아니라, 시인이나 화가의 공상 속에서 전쟁의 상(像)으로만 존재할 뿐입니다. 일단 사람들은 모두 비록 시와 회화에서 전쟁이 매우 흥미로운 주제이지만— 사실 시와 회화를 위해서는 과거의 전쟁들만으로도 충분합니다— 오늘날에는 전혀 필요치 않음을 이해하기 시작하였습니다. 왜냐하면 전쟁은 너무도 대가가 크고 너무 위험한 수단이기 때문입니다. 적은 비용과 보다 신뢰할 만한 방법으로 동일한 목적을 달성할 수 있게 되었습니다. **다시 말해 이는 역사서에서 전쟁의 시기가 끝났음을 의미합니다.** 저는 지금 광의의 의미로en grand 말하고 있습니다. 국가의 즉각적인 무장해제는 불가능할 것입니다. 그러나 저는 우리도, 우리의 아이들도 대규모의 전쟁, 실제의 유럽 전쟁의 발발을 볼 수 없을 것이고, 우리의 손자들 또한, 역사서를 통해서만, 아시아나 아프리카 어딘가에서 일어나는 소규모 전쟁에 대해서 알게 될 것이라고 확신합니다.

블라디미르 모노마흐에 대한 저의 답변은 이것입니다. 새로 탄

---

12 러시아 시인 레르몬토프와 푸슈킨의 시의 구절들이다(편찬자).

생한 루시 국가의 미래를 폴로베츠인으로부터, 그 다음에는 몽골 등으로부터 보호해야만 했을 때, 전쟁은 가장 긴요하고 중요한 과업이었습니다. 러시아의 **유럽** 열강으로서의 미래를 보장할 필요가 있던 표트르 대제의 시대에 대해서도 어느 정도는 같은 이야기를 할 수 있습니다. 그러나 그 후, 전쟁의 의의에 관해서는 논란의 여지가 점점 커졌고 오늘날에는 제가 말씀드렸다시피, 역사에서 전쟁의 시대는 다른 모든 곳에서와 마찬가지로 러시아에서도 끝났습니다. 실은 지금 제가 말씀드린 우리 조국에 대한 이야기는 반드시, 물론 필요한 변화 mutatis mutandis를 겪겠지만, 유럽의 다른 나라에도 적용됩니다. 한때 전쟁은 어디서든 국가와 민족의 존재를 지키고 강화하기 위한 중요하고 불가피한 수단이었던 적이 있었습니다만, 이제는 어디에서나 이 목적이 달성되었기 때문에 전쟁은 의의를 잃고 있습니다.

부연하자면, 몇몇 현대 철학자들이 **전쟁의 의미**를 시대와 무관한 것으로 해석하니 경악을 금치 못하겠습니다. 전쟁이 의미가 있는 것일까요? 그것은 상황에 달려 있습니다 C'est selon. 어제는 어디에서나 의미가 있었지만, 오늘은 아직 미개인이 남아 있는 아프리카나 중앙아시아 어딘가에서나 의미가 있으며, 내일은 그 어디에서나 의미를 잃어버릴 수 있습니다. 전쟁이 현실적 의미를 상실하는 것과 병행하여, 비록 더디기는 하지만 신비스런 후광 역시 잃어버리고 있다는 사실은 매우 긍정적입니다. 이러한 현상은 심지어 우리처럼 전체적으로 계몽되지 못한 민중에게서도 발견됩니다. 판단해보십시오. 여기 장군께서 자랑스럽게 지적하신 바에 의하면 우리 성인 모두가 사제가 아니면 군인이라고 합니다.

그러나 묻건대, 이 모든 전쟁의 신성함 혹은 신성한 군국주의는 역사의 어느 시대와 관련된 것입니까? 전쟁이 **실제로** 필수불가결하며 구원의 성격을 가졌던, 원하시는 표현을 사용한다면, '성스러운' 과업이었을 시대와 연관되지 않겠습니까? 신성한 우리 군인은 모두 키예프와 몽골 시대의 공후였습니다. 제 기억에 이들이 중장이나 소장이었던 적은 없습니다. 이것은 무슨 의미입니까? 두 명의 유명한 군인이 개인적으로 성스러움에 대한 권리를 각각 주장할 수 있을 때, 그중 한 군인은 성스럽다고 인정해주고 다른 한 군인은 인정해주지 않는데, 그것은 왜입니까? 제 질문은 이것입니다. 왜 13세기에 리보니아인들과 스웨덴인들을 격파한 알렉산드르 네프스키는 성자이고, 18세기에 터키인들과 프랑스인들을 격파한 알렉산드르 수보로프는 아닙니까? 수보로프는 성스러움에 반하는 어떤 점도 없었기 때문에 그를 비난할 수 없습니다. 그는 진실로 경건했고, 성가대에서 큰 목소리로 찬송을 불렀으며, 교단에서 설교를 하였고, 삶은 나무랄 데 없었으며 심지어 정부(情婦)도 없었고, 그의 바보성자와 같은 행위들은 그를 성자의 반열에 올리기에 장애가 되기보다는 오히려 차고 넘칠 만큼의 증거를 제공합니다. 문제는 무엇일까요? 알렉산드르 네프스키는 이미 동쪽의 반은 황폐해지고 서쪽은 새로운 붕괴 위협에 간신히 맞서고 있었던 조국의 민족적이며 정치적인 미래를 위해 싸웠고, 국민은 상황의 중대성을 직감하여 그를 성인의 반열에 포함시켜 공후에게 주어지는 최고의 포상을 하였습니다. 그러나 수보로프의 업적은, 특히 알프스를 가로지른 그의 한니발 원정을 생각해보면,[13] 비록 군사적 의미에 있어서는 비할 데 없이 훌륭한 것이었지만, 절박한 필요성에 따른 것이 아니었습니다. 즉 그는 러시아를 꼭 구해야 했던 것이 아니었고, 그래서 그에게는 전쟁의 명성만이 남아 있는 것입니다.

부인   그러나 1812년 나폴레옹으로부터 러시아를 구한 장군들도 성인의 반열에 들지 못했잖아요?

정치가   나폴레옹으로부터 러시아를 구했다는 것, 이것은 애국적인 수사학입니다. 그는 우리를 먹어치우지 않았을 것이고, 또한 먹어치우려 의도하지도 않았을 것입니다. 우리가 결국 그를 물리쳤다는 사실, 이것은 우리의 민족적, 국가적 힘을 보여주었고 민족적 자의식을 고양하였습니다. 그러나 1812년의 전쟁이 어떤 절박한 요구에 의해 일어났다는 것에는 저는 결코 동의하지 않습니다! 나폴레옹과 협상하여 훌륭하게 합의점을 끌어낼 수 있었을 것입니다. 글쎄요, 그를 건드리는 일은 당연히 위험을 무릅써야 했고 비록 위험을 무릅쓴 일이 성공적이었으며 전쟁의 결말이 민족적 자존심을 매우 드높였지만, 그 후 전쟁의 결과가 진실로 유익한 것이었다고 인정하기는 힘듭니다. 만약 두 장사가 이유 없이 싸움을 벌여 서로의 건강에 적잖이 해를 끼치고 한 사람이 다른 사람을 이긴다면, 저는 승리자에 대해 "훌륭합니다"라는 말은 하겠습니다. 그러나 소위 이런 용감함을 발휘해야 할 필요성에 대해서는 저로서는 여전히 모호하다고 생각합니다. 당시 국민들의 용기를 보여준 1812년의 영광이 우리 시대에 와서는 전쟁을 할 이유

---

13 A. V. 수보로프는 1799년 이탈리아와 스위스 원정 중 에드와 트레비 강에서 나폴레옹의 군대를 물리쳤고 그 후에는 스위스의 알프스 산을 넘어 포위망에서 탈출하였다. 로마와 카르타고의 포에니 전쟁에서는 한니발의 군대가 알프스 횡단을 실현했다(편찬자).

가 과연 있었는가 하는 의문으로 남습니다.

아직도 1812년의

신성한 과거가 살아 있다······[14]

시에서 "신성한 과거"라는 건 멋있는 표현이죠! 그러나 제가
보기에 이 과거에서 비롯된 것은 한편으로는 포티, 마그니츠키,
아락체예프 등의 승원관장들이고, 다른 한편으로는 12월 당원들
의 음모입니다. 그 결과 en somme 세바스토폴의 패배[15]를 가져온,
시대에 뒤쳐진 군국주의 기나긴 삼십 년의 정치체제를 맞게 된 것
입니다.

부인 그럼 푸슈킨은요?

정치가 푸슈킨이요?······ 푸슈킨이 왜요?

부인 얼마 전 저는 신문에서 푸슈킨의 국민시가 1812년 전쟁의 영광에
의해서 탄생했다고 읽었거든요.[16]

Z 씨 시인의 성(姓)에서 알 수 있듯이, 포병대의 특별한 개입이 없는 것
은 아니지요.[17]

정치가 네, 정말 그럴 수도 있습니다. 계속해보죠. 시대가 갈수록 전쟁의
무용성과 무익성은 훨씬 더 분명해집니다. 우리는 크림 전쟁의
실패로 인해 알렉산드르 2세의 개혁과 농노 해방이 가능했다고

---

14 작자 미상의 시(편찬자).

15 크림 전쟁을 일컫는다(옮긴이).

16 1899년 러시아에서는 푸슈킨 탄생 100주년을 맞이하여 신문과 잡지에 시인의 작품과 생
    애에 대한 다양한 글들이 실렸다. 블라디미르 솔로비요프 또한 푸슈킨에 대하여 다음과 같
    은 몇몇 글을 썼다. 「푸슈킨의 운명」(1897), 「푸슈킨에 대한 특별한 축하」(1899), 「푸슈
    킨 창작에서 시가 갖는 의미」(1899)(편찬자).

17 푸슈킨은 러시아어의 대포('푸슈카')와 같은 어근을 갖는다(옮긴이).

생각하기 때문에 크림 전쟁을 높이 평가합니다. 만약 그렇다고 해도, 사실 실패한 전쟁이 낳은 선한 결과들 때문에, 그리고 단지 실패했기 때문에, 전쟁을 일반적으로 옹호할 수는 없습니다. 만약 제가 설명할 수 없는 이유로 발코니에서 뛰어내려 손을 부러뜨렸고 골절 때문에 제가 부도가 난 날 어음에 서명하지 않을 수 있었다면, 그 후 저는 일이 그렇게 된 것을 기뻐하겠지만, 그래서 일반적으로 계단으로 내려가지 말고 발코니에서 뛰어내려야 한다고 주장할 수는 없겠지요. 정상적인 사람이라면 부도난 어음에 서명하지 않기 위해 팔을 다칠 필요가 있다고는 생각지 않을 테니까요. 상식이 있는 사람이라면 어리석게도 발코니에서 뛰어내리는 행동이나 혹은 어리석은 서명을 사전에 예방하겠지요. 크림 전쟁이 없었어도 알렉산드르 2세의 개혁은 훨씬 견고하게, 다양한 측면에서 행해졌을 것입니다. 우리의 주제를 벗어나지 않도록, 그 증거를 더 이상 들지 않겠습니다. 어떤 경우든 부차적이고 예기치 않은 결과에 따라 과업을 평가해서는 안 됩니다. 마찬가지로 크림 전쟁 역시 그 자체로서 평가해야 하는데, 다시 말해 전쟁이 발발하던 1853년 우리 러시아군의 도나우 강(江) 진격에는 이성적인 정당성이 전혀 없었습니다. 어느 날은 이집트의 메흐메트 알리 파샤의 공격으로부터 터키를 구함으로써 이슬람 세계가 이스탄불과 카이로의 두 중심으로 분열되는 일을 막았다고 했다가 (그렇게 되어도 우리에게 어떤 큰 재앙이 될 것 같지는 않습니다만), 다음 날엔 구원받아 강력해진 동일한 터키를 유럽 동맹군과의 충돌의 위험을 무릅쓰면서까지 쳐부수려는 정책을 과연 건전하다고 부를 수는 있겠습니까. 이것은 정책이 아니라 돈키호테의 행동

같습니다. 장군께는 죄송합니다만, 저는 최근에 있었던 우리의 터키 전쟁을 이와 달리 평가하기 힘듭니다.

부인 아르메니아의 바쉬부주크인은요? 당신은 장군이 그들을 섬멸한 것을 지지하셨잖아요.

정치가 죄송합니다! 저는 오늘날 전쟁이 **무익해졌다고** 주장하며, 일전의 장군의 일화가 가장 좋은 예라 주장하는 바입니다. 저는 어떤 사람이 국방의 의무로 전쟁에 적극적으로 참가하게 되어 민간인들에게 짐승 같은 잔인한 행위를 저지른 터키의 비정규군과 맞부딪쳤다면, 어떤 사람이든…… (공작을 바라보며) '절대적 원칙'의 선입견에 사로잡히지 않은 사람이라면 모두 장군과 마찬가지로 감정과 의무감에 따라 그들을 무자비하게 제거했어야만 하고, 공작이 말씀하시는 그들의 도덕적 부활에 관해서는 고려할 필요가 없다는 것을 이해합니다. 그러나 제가 묻고 싶은 것은, 첫째, 누가 이 모든 끔찍한 사건의 참된 원인이며, 둘째, 군사적 개입으로 얻은 것은 도대체 무엇이냐 하는 것입니다. 첫번째 질문에 대한 답으로 저는 양심에 따라 터키의 비회교도들의 열망과 주권 요구 주장을 자극해 터키인을 화나게 한 어리석은 군사정책을 지적할 수밖에 없습니다. 사실 불가리아인들을 살해하기 시작한 것은 불가리아에 혁명 위원회들이 넘쳐나게 되고, 터키인들이 외국의 간섭에 의한 자체 정부의 붕괴를 두려워하게 되었을 때입니다.[18] 이것

---

18 1393년 이후 터키(튀르크)의 지배하에 있던 불가리아는 16세기에 오스만 튀르크 세력의 약화와 함께 몇 차례나 독립하기 위해 반란을 일으켰으나 모두 진압되었다. 1876년에는 불가리아 민족 해방(불가리아의 약 85% 가량이 러시아인들과 같은 슬라브족이고, 약 10% 정도가 터키인들로 구성되어 있다) 투쟁이 격화되어 다시 심한 탄압을 받았으며, 이 때문에 시작된 러시아-터키 전쟁(1877~1878)의 결과 불가리아는 터키의 지배에서 벗어났다(옮긴이).

은 아르메니아도 마찬가지입니다. 두번째 질문, 전쟁으로부터 무엇을 얻었는가에 대한 답은 최근의 사건이 명확히 보여주어 누구나 알 수 있게 되었습니다. 직접 보십시오. 1877년 우리의 장군은 터키의 비정규군 수천을 무찔렀고, 이로 인해 아마도 아르메니아인 수백 명을 구했을 것입니다. 그러나 1895년에는 동일한 장소에서 터키의 비정규군들이 수천 명, 아니 수만 명의 주민을 살상했습니다. 만약 여러 통신원들의 말을 믿는다면, 저는 그들을 믿으라고 충고하지는 않겠습니다만, 50만 명에 이르는 사람들이 학살당했습니다. 뭐, 이건 터무니없는 이야기겠지만 말입니다. 그러나 여하간 아르메니아 학살은 전의 불가리아 학살보다 훨씬 더 대규모였습니다. 바로 이것이 우리의 애국적이며 박애적인 전쟁이 가져온 선한 결과입니다.

장군 누구 여기서 이해가 가는 사람 있소! 어리석은 정책이 잘못인지, 아니면 애국 전쟁이 잘못인지 말이오. 누군가는 고르차코프 공작[19]과 기르스[20]가 군인이었다거나, 혹은 디즈레일리[21]와 비스마르크가 러시아의 애국자이자 박애주의자였다고 생각하게 되겠군요.

정치가 정말 제 지적이 이해되지 않으십니까? 저는 의심할 바 없는 연관성, 다시 말해, 추상적이거나 이상적인 것이 아니라, 어리석은 정

---

19 고르차코프(Aleksandr M. Gorchakov, 1798~1883)는 러시아의 정치가이자 알렉산드르 2세 통치 시기의 외무대신이다. 러시아의 터키 전쟁을 반대했고, 비스마르크 등을 비롯한 당대 서유럽의 정치가들 사이에서 명망 있는 러시아 외교관이었다(옮긴이).

20 기르스(Nikolaj K. Girs, 1820~1895)는 러시아 알렉산드르 3세 통치 시기의 정치가이자 외무대신이다(옮긴이).

21 디즈레일리(Benjamin Disraeli, 1804~1881)는 영국 빅토리아 여왕 시대의 보수당 정치가로 유태인 출신으로는 특이하게 두 차례나 영국의 수상을 역임하였다(옮긴이).

책의 결과로 빚어진 1877년의 전쟁과 최근 아르메니아의 기독교인 대량학살 간의 전적으로 현실적이며 실제적인 상관성을 말한 것입니다. 잘 아시겠지만, 혹은 모르신다면 알아두시는 것이 유익할 겁니다. 1878년 이후 성 스테파노 조약[22]을 통해 유럽에서의 자국의 미래를 전망하게 된 터키는 최소한 아시아에서만이라도 자국의 존재를 보장할 수 있도록 훌륭한 결정을 하였습니다. 무엇보다도 터키는 베를린 의회에서 영국의 보장을 확보하였습니다.[23] 그러나 터키 정부는 "영국에 기대하되, 스스로는 조심하라"는 식으로 올바른 판단을 내렸고, 아르메니아에서 비정규군, 즉 장군이 상대했던 바로 그 악마들로 된 군대를 강화하고 조직했습니다. 이것은 매우 적절한 조치였습니다. 디즈레일리가 키프로스 섬을 교환하는 조건으로 터키의 아시아 지배권을 보장한지 겨우 15년 후, 영국의 정책은 주변 상황의 변화로 인해 반(反)터키, 친(親)아르메니아적이 되었고, 언젠가 불가리아에서 슬라브주의자가 나타났던 것처럼 아르메니아에도 영국의 선동요원들이 나타났기 때문입니다. 그런데 바로 그곳에서는 장군께서 '악마'로 알고 계시는 이들이 소위 **고위층**을 차지하고 있었고, 바로 그들이 그동안 먹을 수 있었던 기독교라는 고깃덩어리 중 가장 큰 덩어리를 가장 완전

---

22 성 스테파노 평화 조약은 1877~1878년의 러시아-터키 전쟁을 종결지었다. 조약은 콘스탄티노플 근처의 성 스테파노에서 조인되었다. 이 조약에 따라 몬테네그로, 세르비아, 루마니아가 완전한 독립을 획득했고, 그들의 영토는 크게 확장되었다. 보스니아와 유고슬라비아에는 터키 제국령의 자치구가 만들어졌다. 도나우 강에서 에게해, 흑해에서 오흐리드 호수에 이르는 불가리아는 터키 술탄의 가신임을 인정하는 공후를 선출할 권리를 갖는 자치 공국으로 선포되었다(편찬자).

23 영국과 오스트리아-헝가리는 국제회의에서 사전에 협의되어 공포되었던 성 스테파노 평화 조약에 반대했다. 이 회의는 1878년 베를린에서 개최되었다(편찬자).

무결한 방식으로 먹어치운 것입니다.

장군 듣기 괴롭군요! 그러면 도대체 여기서 왜 전쟁이 잘못입니까? 큰
일이군요! 만약 1878년에 행정부 사람들이 군인이 임무를 완수하
듯 자신의 일을 제대로 끝냈더라면, 사실 아르메니아에서의 비정
규군 조직과 강화 및 조직 정비는 없었을 것이고, 그 결과, 대량
학살 같은 일도 없었을 것이오.

정치가 그러니까 당신은 터키가 완전히 붕괴되어야 했었다는 말씀이신가
요?

장군 네! 비록 터키인을 진심으로 사랑하고 존경하지만 말입니다. 아
주 훌륭한 민족이오. 특히 각양각색의 에티오피아인[24]들과 비교할
때 그렇습니다. 그럼에도 불구하고, 저는 이미 오래전에 터키 제
국을 제거할 때가 되었다고 생각합니다.

정치가 만약 그곳에 에티오피아인들이 자신들의 제국을 건설할 수 있었
더라면, 저는 지금 말씀에 반대할 수 없었을 것입니다. 그러나 오

---

24 에티오피아는 아프리카의 동부에 뿔처럼 튀어나온 아비시니아 고원과 소말리아 반도 지역
에 위치해 있다. 지형적 특징 때문에 흔히 '아프리카의 뿔'로 불린다. 에티오피아는 홍해
를 사이에 두고 중동과 접해 있으며 나일 강 하류로는 이집트와 연결되어 있어 일찍부터
유럽과 중동 지역에 알려져왔다. 일찍이 기독교를 접해 고유한 기독교 전통을 유지해왔으
나 남부 지역은 이슬람의 영향을 받기도 했다. 고원과 평야 지역에 수많은 민족이 각기 다
른 생계 양식을 영위했고 종교나 문화적 전통도 다양하다. 16세기 남부 지역의 이슬람 세
력이 집결하여 지하드jihad 공세를 벌일 때 포르투갈과 터키가 무력으로 개입하여 지역을
관할하려 했으나 에티오피아인에 의해 축출되었다. 지하드의 영향으로 셈어계 기독교 민
족들이 위축되었으나 새로운 실력자로 등장한 메니렉Menilek이 1889년 황제 즉위를 선포
하며 새로운 전기를 맞는다. 메니렉은 1896년 에티오피아에 식민지배체계를 구축하려 한
이탈리아군과 전쟁을 벌여 승리하고 이탈리아와 새로운 조약을 체결한 후 1905년에 이르
러 현재의 에티오피아 영토 전역을 차지하게 되었다. 메니렉은 아디스아바바에서 항구인
지부티에 이르는 철도를 건설하고 인접국가를 통치하는 유럽 식민 세력의 착취를 방지했
다(옮긴이).

늘날까지 그들이 할 수 있는 일이란 그저 서로 싸우는 것뿐이고, 따라서 터키 정부의 존재 역시 에티오피아인에게 불가피한 것입니다. 이것은 다양한 기독교 종파의 안녕과 평화를 위해 예루살렘에 터키군의 주둔이 불가피한 것과 마찬가지지요.

부인 그래요, 저도 당신이 터키인들에게 그리스도의 무덤을 영원히 넘겨주는 것에 찬성할 것이라고 예상했어요.

정치가 당신 또한 이것이 제 무신론이나 무관심의 결과라고 생각하시겠군요?! 그런데 정말이지 제가 터키인의 예루살렘 체류를 희망하는 것은 오로지 제게 어린 시절부터 남아 있는, 작지만 결코 꺼지지 않는 불꽃 같은 종교적인 감정의 영향이랍니다. 예루살렘의 보초병 가운데 터키군을 쫓아내는 순간 그곳의 모든 기독교인은 우선 기독교 성물을 죄다 파괴한 후, 서로를 살해하게 되리라는 것을 저는 확실히 알고 있죠. 만약 제가 갖고 있는 인상과 결론이 미덥지 않으시면, 당신이 신뢰하는 순례자에게 물어보십시오, 아니 직접 보시는 편이 제일 좋겠군요.

부인 예루살렘으로 가라고요? 그럴 수는 없어요! 거기서 또 무엇을 보게 될지…… 안 갈래요. 저는 두려워요, 두렵다고요!

정치가 그것 보세요!

부인 그런데 이상하군요! 당신과 장군은 논쟁을 벌이고 계시면서, 두 분 모두 터키인을 높이 평가하시다니요.

정치가 장군께서는 그들을 용감한 군인으로서 높이 평가하시겠지만, 저는 동방 평화와 질서의 파수꾼으로 보고 있습니다.

부인 평화도, 질서도 좋아요. 그런데 갑자기 수만의 사람이 살육당하다니요! 그럴 바에야 차라리 무질서가 더 낫겠어요.

정치가 이미 증명해드렸듯이 살육은 혁명적 선동에 의해 야기되었습니다. 기독교인이라면 모를까 다른 어느 국민에게도 요구치 않는 기독교적인 완전한 용서와 자비라는 고차원적 자질을 왜 터키인에게 요구합니까? 잔혹한 불법적 수단 없이 무장봉기를 진압한 국가는 현실적으로 존재할 수 없습니다. 그런 국가가 있으면 말씀해보세요. 그리고 이 경우에도 첫째, 살육의 주도자는 터키인이 아니었습니다. 둘째, 실제 원(原) 터키인들은 그런 일들에 거의 참여하지 않았고, 대부분 장군이 말씀하신 "악마들"을 통해서 이루어졌습니다. 셋째, 저는 이 사실에 동의합니다만, 우리의 이반 4세가 만 명의 죄 없는 노브고로드인들을 익사시켜 봉기를 진압했듯이, 혹은 프랑스 국민공회 의원들이 수장형(水葬刑, Noyades)²⁵과 총살형으로 봉기를 진압했듯이, 혹은 영국인들이 인도에서의 1857년의 주민 봉기²⁶를 강제 진압했듯이, 이번에 터키 정부도 이 "악마들"을 풀어놓음으로써 주민 봉기를 진압한 것입니다. 어쨌든 만약 같은 신앙의 여러 교파와 민족 분파들로 구성된 에티오피아인들을 제멋대로 놓아둔다면 터키인에게서 일어났던 것보다 더 큰 살육이 일어나리라는 점은 분명합니다.

장군 제가 정말로 터키의 자리에 에티오피아인을 두고자 하는 걸까요? 문제는 간단하오. 우리가 콘스탄티노플과 예루살렘을 점령하여 터키 제국 대신에 사마르칸트와 아슈하바트에서와 마찬가지로 러

---

25 프랑스 혁명의 어두운 일면으로 평가되기도 하는 사건으로, 국민공회가 반혁명 세력에 대한 탄압의 일환으로 행한 1793년 11월의 '낭트Nantes 지역의 수장형'을 일컫는다(옮긴이).
26 영국의 식민 통치에 저항하여 일어난 인도 민족 봉기 운동(1857~1859)을 일컫는다. 봉기는 잔인하게 진압되었다(편찬자).

시아 군사 영지(領地)를 몇 군데 설치하게 되면, 즉 무장해제시키면, 종교와 그 밖의 모든 것에서 여러 가지 방법으로 터키인들을 만족시킬 수 있을 것입니다.

정치가　그 말씀이 진담이 아니길 바랍니다. 그렇지 않으면 저는 당신의…… 애국심을 의심할 수밖에 없습니다. 우리가 그런 급진적인 의도를 가지고 전쟁을 시작한다면, 해방된 혹은 해방되기로 예정된 우리의 에티오피아인들도 종국에는 가입하게 될 유럽 동맹을 자극하여 그들이 다시 우리에게 대항하게 만들 것입니다. 사실 그들은 러시아의 지배하에서는 불가리아인들이 말하고 있듯이, 자신들의 "민족적 특성"을 그다지 잘 발현할 수 없으리란 것을 잘 이해하고 있기 때문입니다. 그러므로 터키 제국의 멸망 대신에 세바스토폴의 대패en grand와 같은 일이 반복될 것입니다. 아닙니다. 비록 우리가 자주 어리석은 정책에 깊이 빠져들곤 하지만, 그럼에도 불구하고 저는 우리가 터키와 새로운 전쟁을 벌이는 어리석은 짓은 보지 않게 될 것이라고 믿습니다. 그러나 만약 보게 된다면, 모든 애국자들은 러시아에 대해 절망적으로 이렇게 말할 수밖에 없을 것입니다. "quem Deus vult perdere, prius dementat."

부인　그게 무슨 말이죠?

정치가　신이 멸하려는 자는 처음에 이성부터 잃는다는 뜻입니다.

부인　그러나 역사가 당신의 이성에 따라서 만들어지는 것은 아니지요. 당신은 아마 터키와 마찬가지로 오스트리아 편이신 것 같습니다.

정치가　그 점에 대해서는 상세한 이야기가 필요 없을 것 같군요. 저보다 뛰어난 능력을 가진 보헤미아의 민족 지도자들이 이미 이렇게 공포했기 때문입니다. "만약 오스트리아가 없으면 만들어내기라도 해야 한다." 최근 빈의 국회 격전은 이 금언에 대한 훌륭한 실례이자, 합스부르크 제국 멸망 시 이 나라들에서 틀림없이 벌어질 일의 좋은 축소판입니다.

부인 그런데 프러시아 동맹[27]은 어떻게 생각하십니까? 이 문제에 대해서는 항상 입을 다물고 계시는군요.

정치가 네. 저는 지금도 이 까다로운 문제에 상세하게 개입할 생각이 없습니다. 대략 말씀드릴 수 있는 것은 프랑스처럼 선진적이고 부유한 나라와 친선 관계를 맺는 것은 우리에게 전적으로 이익이라는 점이고, 다른 한편, 이 동맹은 당연히 평화와 안보 경계의 동맹이라는 점입니다. 최소한 동맹을 체결하고 지지하는 고위 상부에서는 이것을 그렇게 이해합니다.

Z 씨 두 나라의 친선 관계에 따라 얻어지는 도덕적, 문화적 이익을 볼 때 이 문제는 매우 복잡하기 때문에, 지금의 저로서는 이해하기 어렵습니다. 그러나 본래의 정치적 측면에서 보면, 당신은 유럽 대륙에서 두 적대적 진영 중 하나와 연합하면, 우리가 제삼자적인 공평한 판관 혹은 중재자로서의 자유로운 위치가 갖는 이점 또는 초(超)당파성을 상실하게 될 것이라는 생각은 하지 않으십니까. 한 편에 가담해서 양편의 세력 균형을 맞추려 하면, 우리는 그들에게 무력 충돌의 가능성을 조장할 수도 있지 않습니까? 프랑스 홀로 삼국동맹[28]에 대항하여 전쟁을 벌일 수는 없지만 러시

---

27 1891~1917년 동안의 프랑스-러시아 간의 군사 정치 동맹을 말한다. 1891년의 동의를 거쳐 1892년 비밀 군사 협약에 의해 성립되었다. 양국은 독일 혹은 오스트리아-헝가리가 러시아를 침략하는 경우, 아니면 이탈리아와 독일이 프랑스를 침략할 경우 군사적인 도움을 주기로 의무화하였다(편찬자).

28 1879~1882년 사이에 성립되었던 독일, 오스트리아-헝가리, 이탈리아의 군사적, 정치적

아와 함께라면 가능하기 때문입니다.

정치가 만약 누군가에게 유럽 전쟁을 모의할 열의가 있다면, 당신 말씀이 전적으로 옳을 것입니다. 그러나 확신컨대 이는 아무도 원치 않습니다. 그리고 어떤 경우에도 러시아가 프랑스를 평화의 길에 묶어놓는 것이 프랑스가 러시아를 전쟁의 길로 유혹하는 것보다 훨씬 더 쉽습니다. 사실 전쟁은 근본적으로 두 국가 모두에게 바람직하지 않습니다. 무엇보다도 현대의 국가들이 전쟁을 원치 않을 뿐 아니라, 더 중요한 것은 전쟁을 하는 **법을 잊기 시작했다**는 사실이라는 점에 안심이 됩니다.

가장 최근 예로 스페인-미국 간의 충돌[29]을 보십시오. 이것이 과연 전쟁인지 묻고 싶군요. 이게 정말 전쟁이었습니까? 어떤 코미디 인형극이 아닙니까! 길거리 난봉꾼과 경찰의 싸움일 뿐이죠!! "치열한 전투가 계속된 끝에 사망자 한 명과 부상자 두 명을 내고 적이 패배하였다. 우리 편의 손실은 없었다"라든가 아니면 "적의 군함은 우리의 순양함 만금전(滿金錢, Money enough)호에 필사적으로 대항한 후 무조건 항복하였다. 양쪽의 사망자나 부상자는 없었다"라는 식입니다. 전쟁이 모두 이런 식입니다. 제가 놀라는 것은 사람들이 모두 전쟁의 이와 같은 새로운 특징, 즉 무혈성에 그리 놀라지 않는다는 사실입니다. 눈앞에서 변화가 이루어졌는데 말입니다. 우리는 1870년과 1877년의 전황 보고서가 어떠했는지 모두 기억하고 있지 않습니까.

결합으로, 1882년 5월 20일 빈에서 체결되었다(편찬자).

29 스페인-미국 전쟁은 1898년, 스페인의 식민 통치에 대항하여 쿠바와 필리핀 민족들이 봉기한 전쟁이다. 미합중국은 봉기한 측에 가담하였다(편찬자).

장군   놀라는 것은 잠깐 기다려보세요. 두 실제 전쟁 당사국이 충돌하
도록 내버려두면, 전쟁이 발발한 후에 어떤 전황 보고서가 나오
는지 당신은 보게 되실 겁니다.

정치가   저는 그렇게 생각하지 않습니다. 스페인이 최강의 전쟁 국가였던
것은 꽤 오래전이 아닙니까? 신에게 감사할 일은 과거는 되돌아
오지 않는다는 것입니다. 육체에서 불필요한 기관은 모두 퇴화하
듯이, 인류도 마찬가지라 생각합니다. 호전적인 기질은 필요 없
어졌고 따라서 사라지고 있는 것입니다. 그런데 갑자기 다시 나
타난다면, 저는 박쥐에게 갑자기 독수리의 눈이 달리거나, 사람
에게 꼬리가 자라기 시작한 것마냥 놀랄 겁니다.

부인   그런데 당신은 어째서 지금 터키 군인을 칭찬하시나요?

정치가   저는 국가 내부 질서의 수호자로서 그들을 높이 평가하였습니다.
이런 의미에서 군사력, 혹은 소위 "무력의 손manus militataris"은 인
류에게 오랫동안 필수불가결한 것이었습니다. 그러나 이러한 점
이 국제전을 일으킬 능력과 성향을 의미하는 전쟁 성향, 즉 국가
적인 **호전성**은 완전히 사라져야 하며, 비록 완벽한 형태는 아니라
도 이미 우리 눈앞에서 국회의 언쟁과 같은 무혈전쟁의 형태가 되
어 사라져가고 있다는 사실과 상치되지는 않습니다. 그리고 전쟁
성향이 나타날 가능성은 적대적인 당파나 견해들이 존재하는 한
여전히 남아 있을 것입니다. 때문에 그것을 억제하기 위해서는
국가가 불가피하게 "무력의 손"을 유지해야 합니다. 심지어 외부
와의 전쟁, 즉 두 민족, 두 국가 사이의 전쟁이 단지 이미 오래된
역사적 회상거리가 될 때까지는 "무력의 손"이 필요합니다.

장군   말하자면 당신은 키예프 마녀의 꼬리에나 어울릴 만한, 여전히

인간에게 남아 있는 꼬리뼈에 경찰을 비교하십니다! 매우 재치 있습니다! 그러나 우리의 형제를 사라진 꼬리에 비교한 것은 너무 성급하지 않습니까? 당신은 여러 민족들이 쇠퇴하고, 힘이 없어져 더 이상 제대로 싸울 수 없으므로 전 세계에서 군사적 자질이 쇠퇴하고 사라졌다고 결론짓는 것입니다. 어떤 "입법수단"과 "시스템"이 도입된다면 심지어 러시아군도 젤리처럼 물컹거리게 되는 것이 가능하다는 말씀이지요. 하늘이여, 제발 그런 일이 없도록 도우소서!

부인 (정치가에게) 그런데 당신은 동방문제 같은 역사적 문제를 전쟁이 아닌 다른 어떤 수단으로 해결할지 아직 설명하지 않으셨어요. 이미 동방에 있는 기독교 민족들은 반드시 독립하고자 하는 자신들의 바람을 나타냈고, 터키인들은 이를 이유 삼아 그들을 벨 것이 분명하다면, 비록 동방의 기독교 민족들이 사악하기는 하지만, 그래도 우리는 수수방관해야 되나요? 당신이 이전의 전쟁들을 적절하게 비판하셨다고 해도 저는, 비록 다른 의미에서지만, 공작과 마찬가지로 당신께 묻겠어요. 만약 어디에선가 다시 살육이 시작된다면 우리는 어떻게 해야 하나요?

정치가 지금, 아직 살육이 시작되기 전에, 우리는 무엇보다도 신속하게 머리를 쥐어짜서 어리석은 정책 대신에, 하다못해 독일의 정책일지라도, 좋은 정책을 취해야 합니다. 다시 말해서 터키인을 자극하거나 만취하여 성 소피아 성당에다가 십자가를 다시 꽂아야 한다고 소리쳐서도 안 되며[30], 대신 양국, 즉 우리와 그들의 이익을

---

30 1453년 오스만 튀르크에 의해 동로마 제국이 멸망한 후, 콘스탄티노플의 성 소피아 성당의 십자가가 이슬람의 상징인 초승달로 교체된 것을 가리킨다(옮긴이).

위하여 조용히 우호적으로 터키를 계몽해야 합니다. 우리는 터키로 하여금 본국에서의 주민 살육이 어리석을 뿐더러, 핵심적인 사실은 그것이 아무에게도 도움이 안 되는 완전히 무익한 일이라는 점을 가능한 빨리 깨닫게 만들어야 합니다.

Z 씨 글쎄요, 이런 훈계의 말씀은 철도 이권과 모든 종류의 무역 및 상업적 이익을 포함하는데, 아마도 십중팔구 이런 일들에서는 독일이 우리를 앞설 것이고, 그들과의 경쟁은 희망 없는 일 같습니다.[31]

정치가 왜 경쟁해야 합니까? 만약 누군가가 저 대신 힘든 일을 한다면 저는 기뻐하고 감사하겠소. 제가 반대로 도대체 왜 제가 아니라 그가 했느냐고 화를 낸다면 제대로 된 인간이 할 일이 아니겠지요. 마찬가지로 러시아가 건초 위의 먹이를 자기가 먹지 않으면서 다른 개도 못 먹게 하는 개를 모방하는 것은 옳지 않습니다. 만약 다른 나라가 스스로의 수단으로 우리보다 빨리, 우월하게 우리 역시 바라는 좋은 사업을 한다면 우리에게도 이익이 됩니다. 제가 묻겠습니다. 19세기 터키와의 전쟁은 모두 다만 터키 내(內) 기독교인의 인권을 보호하기 위해서가 아니었습니까? 만약 독일인이 터키를 **계몽하면서**, 평화로운 방법으로 더 올바르게 목적을 달성한다면 어떨까요? 이집트에서의 영국인처럼 만약 1895년에 독일인들이 소아시아에서 세력을 잡았다면 우리는 아르메니아인 학살 이야기를 할 필요가 없었을 것이오.

부인 당신의 의견에 의하면, 터키의 멸망이 필요하고, 바로 이런 이유

---

31 내가 1899년 10월에 쓴 이 말들은 한 달 후 바그다드 철로와 소아시아 문제에 대한 독일-터키 조약에 그대로 들어맞았다(지은이). 1899년에 체결된 독일-터키 조약은 소아시아에서의 독일의 경제적 영향력을 강화하였다(편찬자).

에서 당신은 독일인이 터키를 먹어치우길 원하시는군요.

정치가 그러나 제가 독일의 정책이 현명하다고 인정하는 것은 그 정책에 소화가 안 되는 것들을 삼킬 의향이 들어 있지 않기 때문입니다. 독일의 정책의 목적은 좀더 섬세합니다. 터키를 문명국으로 이끌어 터키인들이 교육을 받을 수 있도록 하고, 나아가 이제는 터키인들이 상호 미개한 적대감 때문에 스스로의 일을 평화적으로 처리하지 못하는 민족들을 정의롭고 인본주의적으로 통치할 능력을 가질 수 있도록 도와주려는 것입니다.

부인 당신은 동화를 이야기하고 계시군요! 그리스도인을 터키의 영원한 지배하에 두는 것이 가능키나 한가요? 저는 터키인을 대체로 좋아하지만 어찌되었든 그들은 야만인이고 항상 폭력적이라는 사실은 재론의 여지가 없습니다. 유럽 문명은 그들을 더 망칠 뿐입니다.

정치가 표트르 대제 시대의 러시아에 대해서도, 또 훨씬 후대에 대해서도 같은 이야기를 할 수 있습니다. 우리는 러시아에도 "터키의 야만성"이 있었음을 기억합니다. 그러나 그게 아주 오래된 일입니까? 다른 나라에서도 "터키의 야만성"이라는 것이 사라졌나요? "이슬람의 멍에 밑에서 신음하는 불행한 기독교인"이라구요? 그러면 우리나라에서 어리석은 지주의 멍에 아래에서 신음하는 이들은 누구였습니까? 기독교인들이었나요, 아니면 이교도들이었나요? 태형과 채찍의 멍에 아래 신음했던 군인들은요? 그러나 러시아 기독교인들의 신음에 대한 공정한 해결책은 러시아 제국의 붕괴가 아니라 농노제와 태형의 폐지였습니다. 왜 불가리아인들과 아르메니아인들의 신음 때문에 지금 신음 소리가 들린다고 해

서 신음이 들리지 않게 될 수도 있는 국가를 반드시 파괴해야만
합니까?

부인   쉽게 개혁할 수 있는 기독교 국가 내에서 추악한 일들이 발생하는
것과, 기독교인이 비기독교인에게 핍박받는 것은 전혀 별개의 문
제입니다.

정치가   터키 개혁이 불가능하다는 것은 적대적인 편견일 뿐입니다. 독일
인이 우리의 목전에서 이 같은 편견을 반박하기 시작하였습니다.
마치 그들이 러시아인은 천성적으로 잔인하다는 그들의 편견을 스
스로 당대에 제거할 수 있었던 것처럼 말이지요. "기독교도"와
"비기독교도"라는 당신의 구분에 관해 말씀드리자면, 이런 구분
이 온갖 야만성에 의해 **희생되는 당사자들**에게는 전혀 상관없다 la
question manque d'intérêt는 사실을 언젠가 알게 될 것입니다. 만약 누
가 제 살을 벗겨낸다면, 저는 절대 그에게 "자비로운 군주여, 당
신의 종교는 무엇입니까?"라고 묻지 않을 것입니다. 그리고 저를
괴롭히는 사람이 정말 제가 싫어하고 불편해하는 사람일뿐 아니
라, 또 기독교인으로서 하나님에게도 매우 추악하고, 하나님의
명령을 조롱하는 사람이라는 사실이 밝혀진다 할지라도 결코 위
안을 삼지 않을 것입니다. 객관적으로 말해서, 이반 4세[32] 혹은 살
트이코바 혹은 아락체예프의 "기독교"는 장점이 아니라, 심지어
는 다른 종교에서조차 보기 힘든 저열한 부도덕성을 드러냈다는
것이 너무도 분명하지 않습니까.[33] 바로 어제 장군은 미개한 쿠르

---

32 이반 4세(Ivan IV, 1530~1580)는 러시아의 전제군주로 카잔, 아스트라한, 시비르의 몽
골의 한국(汗國)들을 정복하여 러시아의 영토를 확장하였다. 한편 그는 폭정을 펼친 것으
로도 유명하다(옮긴이).

드족의 악행에 대하여 말씀하셨고, 특히 그들의 악마 숭배에 대해 언급하셨습니다. 어린아이뿐 아니라 어른을 불에 지지는 것은 매우 사악한 행위입니다. 따라서 저는 이런 행위를 기꺼이 악마적이라 말하겠습니다. 이반 4세가 사람들을 불에 지지는 것을 특히 좋아했고 심지어 자신의 지팡이로 숯불을 긁어모았다는 사실은 잘 알려져 있습니다. 그런데 그는 미개인도 악마 숭배자도 아니고, 당대 폭넓은 교육을 받은 날카로운 지성인이며 신학자요 신실한 정교 신자였습니다. 역사적으로 그리 멀리 갈 것도 없습니다. 불가리아의 스탐불로프[34]나 세르비아의 밀란[35]은 터키인들인가요? 그들은 소위 기독교 민족의 대표자들이 아닙니까? 그렇다면 당신의 "기독교"란, 아무것도 보장하지 않는 공허한 명칭에 불과한 것 아닌가요? 만약 그렇지 않다면 도대체 무엇입니까?

부인 그런 판단은 공작의 입에서나 나올 법한데요!

정치가 어떤 주장이 명백한 진리라면, 저는 존경하는 공작님뿐 아니라 발람의 당나귀[36]가 말하는 의견에도 기꺼이 동의하겠습니다.

---

33 살트이코바(Dar'ya N. Saltykova, 1730~1801)는 모스크바의 여지주로 농노들을 학대하여 수십 명을 죽인 것으로 악명 높았고, 아락체예프(Aleksej A. Arakcheev, 1769~1834) 장군은 알렉산드르 1세의 총애를 받고 자신의 권력에 기대어 사람들을 잔인하게 다룬 것으로 악명이 높았다(옮긴이).

34 스탐불로프(Stefan Stambulov, 1854~1895)는 불가리아의 정치인으로, 오스만 튀르크의 불가리아의 지배에 저항하여 1876년 반란을 일으켰으나 실패했다. 러시아-터키 전쟁에서는 러시아 쪽에 가담하여 싸웠다. 불가리아가 세워지고 난 뒤, 의회 지도자, 수상 등을 역임했다(옮긴이).

35 밀란(Milan Obrenović, 1854~1901)은 세르비아의 군주로, 헝가리와 전쟁(1885~1886)을 벌였다(옮긴이).

36 구약성서(민수기 22~29장) 일화들 가운데 하나로, 예언자 발람의 당나귀가 여호와에 의해 사람의 말을 하며 발람과 대화하는 것을 일컫는다(옮긴이).

Z 씨   하지만 각하께서는 오늘 대화에서 당신의 역할이 기독교나 성경
의 동물들을 인용하는 것이 아니라 이야기를 주도하는 것이라는
데 동의하셨습니다. 지금 저의 귓가에 어제 당신의 "진심어린 외
침"이 아직도 들립니다. "가능하면 종교 이야기는 제발 좀 줄입시
다!"라고 하셨지요. 따라서 당신은 본론으로 돌아가 제가 가진 한
가지 의혹을 해결해주시는 것이 옳지 않을까요. 당신이 맞게 지
적하셨듯이 우리가 터키 왕국을 파괴할 것이 아니라, "문명화"시
켜야 한다면, 그리고 한편, 당신 역시 기본적으로 동의하셨듯이,
만약 독일인에 의한 터키의 문명화가──이미 그렇게 하고 있습
니다만──우리에 의한 것보다 훨씬 더 낫다면, 동방에 대한 러시
아 정책의 특별한 과제는 대체 어디에 있습니까?

정치가 어디에 있냐고요? 분명한 것은 어디에도 없다는 것입니다. 당신
이 말씀하신 러시아의 **특별한** 과제란 다른 유럽국과 달리 독립적
으로 러시아가 마련하여 수행해야 할 과제를 뜻하신 것 같습니다.
그러나 그런 특별한 정책은 결코 없었다는 사실을 말씀드리고 싶
군요. 1850년대, 그리고 이후 1870년대에 그와 같은 경향의 흐름
이 간혹 있었지만, 바로 그와 같은 경향이 바로 제가 **어리석은** 정
책이라고 말한 큰 실패를 가져왔습니다. 일반적으로 동방에 대한
러시아 정책을 독립적인 것이나 고립된 것으로 인정하면 안 됩니
다. 16세기부터 18세기까지 정책상 과제는 폴란드, 오스트리아와
함께 당시 위협적이었던 터키의 침략으로부터 문명 세계를 지켜
내는 것이었습니다. 따라서 그와 같은 방어에서 폴란드, 신성 로
마 제국, 베네치아 공화국과의 공조(비록 공식적인 연합은 없었을
지라도)가 불가피하였고, 명백히 그것은 특별한 정책이 아니라 보

편적인 정책이었습니다. 그리고 19세기와 20세기 초에 역시 비록 불가피하게 목적과 수단이 달라졌음에도 불구하고 정책의 보편적 성격은 전과 같습니다. 이제는 터키의 야만으로부터 유럽을 방어 하는 것이 아니라 터키인들을 문명화시켜야 합니다. 이전에는 목 적을 위해서는 전쟁이라는 수단이 필요하였지만, 오늘날에는 평 화로운 수단이 필요합니다. 그러나 과제 자체는 전자의 경우나 후자의 경우나 모두 동일합니다. 예전에 유럽 국가가 군사 방위 의 요구에 의해 연합하였듯이, 지금 그들은 문명 확장이라는 요 구로 연합하였습니다.

장군   그러나 과거 유럽의 군사적 연대는 리슐리외[37]와 루이 14세가 터 키와 군사 동맹을 체결해 합스부르크에 대항하는 것을 막지 못했 습니다.

정치가   그것은 부르봉 왕가의 나쁜 정책으로, 어리석은 대내 정치와 함 께 연관되어 있었습니다. 당대에 역사로부터 마땅한 처벌을 받았 습니다.

부인   당신은 그것을 역사라 부르시나요? 예전에는 국왕 시해régicide라 고 불렸는데요.

Z 씨   바로 그것이 추악한 역사에 걸려들었음을 의미하지요.

정치가   (부인을 향해) 중요한 것은 말이 아니라, 어떤 정치적 실수든 대 가를 치르지 않고 그냥 지나가는 법은 없다는 사실입니다. 사람 들에 따라서는 여기서 어떤 신비스런 점을 찾아내기도 합니다만,

---

37 추기경 리슐리외(Cardinal Richelieu, 1585~1642)는 프랑스의 성직자이자 귀족이고, 정 치가였다. 대내적으로는 전제군주정과 중앙집권정의 확립을 위해 노력했으며, 대외적으로 는 오스트리아-스페인 합스부르크 왕조의 견제에 주력하였다(옮긴이).

원하는 사람들은 그러라지요. 그런 경향과 저는 별로 상관없습니다. 예를 들어 제가, 제 나이의 몸 상태에서 크바스[38]를 먹는 대신 젊은 사람처럼 매일 샴페인 몇 잔씩을 마시기 시작한다면 저는 필시 병이 나겠지요. 그런데도 제가 이 구체제ancien régime를 계속 고집하고 완강히 버틴다면 부르봉 왕가처럼 완전히 파멸할 것입니다.

부인 크바스라는 당신의 정책이 장황하리만큼à la longue 지루해지기 시작했다는 것에 동의하시겠지요?

정치가 (모욕을 느끼며) 만약 제 이야기를 끊지 않으셨다면 저는 이미 오래전에 논제를 해결하고 보다 재미있으신 분이 말씀하시도록 양보했을 겁니다.

부인 언짢아하지 마세요. 농담인걸요. 반대로 당신은 나이와 지위에 비해 무척 기지가 풍부하세요……

정치가 말씀드리고자 하는 것은 지금 우리는 터키의 문화 개혁이라는 과제에 있어 다른 유럽 국가와 연합해 있으며 우리만의 특별한 정책은 없고 있을 수도 없다는 점입니다. 유감스럽게도, 시민, 산업, 무역에 있어서 우리의 상대적인 낙후성으로 인해 터키 제국 문명화라는 공동 사업에서 러시아가 참여할 부분의 비중이 그리 크지 않다는 점을 덧붙여야겠습니다. 우리의 조국이 군사국으로서 지녀왔던 것과 같은 그러한 최고의 중요성은 물론 이제 우리에게 남아 있지 않을 수 있습니다. 그것은 거저 주어진 것이 아니라 얻어낸 것입니다. 우리는 단지 호언장담이 아니라 실제 원정과 전투

---

38 러시아의 곡류로 만든 청량음료의 일종(옮긴이).

에 의해서 군사적 중요성을 얻었습니다. 마찬가지로 문명화 사업에서 러시아의 중요성은 평화의 영역 내에서 실제적인 노력과 성공에 의해서 얻어져야만 합니다. 터키인이 우리 군대의 승리에 항복했다면, 이제 그들은 평화로운 개화의 영역에서 가장 강한 자에게 굴복할 것입니다. 그렇다면 우리가 어떻게 해야 하나요? 단순히 성 소피아 성당에 십자가를 꽂는 것을 공상만 한다면 독일인들의 실제적 노력의 우월함과 맞설 수 없습니다. 그것은 요즘 보기 힘든 무지의 소산일 테니까요.

장군 중요한 것은 바로 그 십자가가 단지 공상으로 그치게 해서는 안된다는 것입니다.

정치가 그러면 누가 당신에게 그 십자가를 실체화해 줄 것입니까? 당신이 그런 매개자를 발견할 때까지는, 우리의 국가적 자긍심을 위로하기 위해 요청되는 유일한 것이라면 우리보다 앞선 다른 국가들을 재빨리 따라잡고, 여러 슬라브 위원회나 기타 해로운 잡무들에 낭비된 힘과 시간을 벌충하기 위해, 일반적으로 이런 감정을 허용하는 이성적 한계 내에서 노력을 배가해야 한다는 것입니다. 더불어 만약 터키에서 우리가 한동안 무기력한 채로 머물게 된다면, 우리는 전 세계 역사의 무게 중심이 이동되고 있는 중앙아시아, 특히 극동의 개화에 있어서는 가장 중요한 역할을 할 수 있을 것입니다. 지리적 상황과 여타 조건을 볼 때 러시아는 여기서 영국을 제외한 다른 어떤 나라보다 많은 일을 할 수 있습니다. 즉 이런 측면에서 우리의 정책 과제는 영국인과 우리의 문화 공조가 무의미한 적대감과 무가치한 경쟁으로 변질되지 않도록 그들과 항구적이고 진실한 협정 관계를 유지하는 것입니다.

Z 씨   불행히도 그런 변질은 사람에게도, 민족에게도 운명의 일부처럼
        항상 일어나곤 합니다.

정치가 네, 그렇습니다. 그러나 다른 측면에서, 저는 개인의 삶에서나,
        민족의 삶에서나 협력 관계에서 동료에 대한 적대와 시기가 그를
        강하게, 부유하게 혹은 행복하게 하는 일을 한 번도 보지 못했습
        니다. 현명한 사람들은 이러한 예외 없는 보편적 경험을 지식으
        로 받아들이는 법이며, 러시아인과 같은 현명한 민족도 마침내
        그것을 사용하게 될 거라고 생각합니다. 타인 앞에서 우리끼리
        욕설을 퍼붓는 행위는 말할 것도 없고, 극동에서 영국인과 적대
        적으로 지내는 것은 실로 어리석음의 극치일 것입니다. 아니면
        당신은 우리가 셰익스피어나 바이런의 동포들보다 황색 피부의 중
        국인들에 **보다 더 가깝다고** 생각하시는 건가요?

Z 씨   흠, 매우 까다로운 질문이군요.

정치가 그러면 이 질문은 당분간 보류하죠. 그렇지만 다음과 같은 사실
        에 주목해주십시오. 저와 견해를 같이하신다면, 작금의 러시아
        정책에는 단지 다음과 같은 두 가지 과제만이 있다는 점에 동의하
        시라 생각합니다. 첫번째 과제는 유럽 세계를 유지하는 것으로,
        이는 역사의 현 단계에서 어떤 유럽 전쟁이든 전쟁은 비이성적이
        며 범죄적인 내분이 될 수 있기 때문입니다. 두번째 과제는 우리
        영향권 안에 있는 미개한 민족에게 문화적 영향을 주는 일입니다.
        러시아에 이 두 가지의 과제가 있다는 점을 인정한다면, 두 과제
        가 자체의 내적 가치와 별도로 자체의 존재 이유를 서로 조건 지
        으며 놀랍도록 서로를 지지하고 있음을 보게 될 것입니다. 명백
        한 것은 우리가 타 유럽 국가들 역시 관심을 갖는 야만 국가들의

114

문명화를 위해 노력하면, 우리는 우리와 다른 유럽국과의 결합을 보다 공고히 할 수 있고, 이러한 유럽 단일체의 강화가 이번에는 야만국으로 하여금 저항 가능성을 포기하게 하여 이들에 대한 우리의 영향을 강화시킨다는 사실입니다. 만약 유럽이 러시아 편에 있음을 황인종이 안다면 아시아에서 우리에게 어떤 규제를 가할 것이라 생각하십니까? 그런데 만약 반대로 그들이 유럽이 러시아 편이 아니라 적이라는 사실을 안다면, 그들은 망설이지 않고 우리 러시아를 공격할 것이고, 우리는 1만 베르스타의 거리에 이르는 두 전선을 방어해야 할 것입니다. 저는 몽골의 침입이라는 허수아비를 믿지 않는데, 그것은 제가 유럽 전쟁의 가능성에 동의하지 않기 때문입니다. 그러나 만약 **유럽전**이 일어난다면, 우리는 몽골인들 역시 두려워할 수밖에 없을 것입니다.

장군 당신에게는 유럽 전쟁과 몽골의 침입이 아주 신빙성이 없어 보이겠지만, 저는 당신이 말씀하신 "유럽 국가의 연대"나 임박한 "전 세계의 평화"가 전혀 믿기지 않습니다. 이것은 부자연스럽고 어쩐지 진실 같지 않습니다. 그리스도의 탄생에 관해 교회에서 "지상에는 평화, 사람들 사이에는 호의"라고 노래하는 것에는 다 이유가 있습니다. 이것은 지상의 평화는 오직 사람들 사이에 호의가 있을 때 가능함을 뜻합니다. 그러나 호의라는 것이 어디에 있습니까? 당신은 그것이 무엇인지 본 적이 있습니까? 진실을 말하자면 우리는 단지 하나의 유럽 국가, 즉 모나코 공국에만 진실한 호의를 느낍니다. 우리와 모나코 공국 간에는 깨지지 않는 평화가 있습니다. 반면 독일인 혹은 영국인을 직접 **우리 자신**이라고 간주하고, 마음속으로 그들의 이익이 우리의 이익이고 그들의 만족이 우리의 만족이라는 느낌을 갖는 것, 즉 당신이 말하는 그런 유럽 국가들과의 "연대감"은 아마 앞으로 결코 우리에게 없을 것입니다.

정치가 그 연대감은 이미 현재에 존재하고 있고, 여러 일들 가운데 자연적으로 나타나는데, 어떻게 이것이 미래에 없을 수 있습니까? 우리는 우리 스스로가 유럽인이라는 매우 단순한 이유로 유럽인들과 연대하고 있습니다. 이것은 18세기부터 실현된 사실이므로est un fait accompli 러시아의 대다수 민중이 미개하고, 슬라브주의자들이라는 비극적인 키메라들이 출현한다고 해도 이 사실을 바꿀 수 없습니다.

장군 그런데 유럽인들의 상호 연대가 사실인가요? 즉 프랑스인들은 독일인들과, 영국인들은 또 프랑스인들, 독일인과 연대를 하고는 있습니까? 심지어 스웨덴인들과 노르웨이인들 간의 연대도 어떤 점에서는 상실되었다는 이야기가 들리던데요!

정치가 그건 분명 매우 강력한 반증이 될 수 있습니다! 단지 반증의 설득력이 온통 하나의 불완전한 토대, 즉 역사적 사실에 대한 완전한 망각에 의해 유지되고 있다는 사실이 유감스러울 뿐입니다. 당신께 묻겠습니다. "이반 3세나 이반 4세 때에 모스크바 공국과 노브고로드 공국 간에 연대가 있었습니까?" 그때 연대가 존재하지 않았다고 해서 당신은 공동의 국가적 이익에 있어서 모스크바 지방 정부와 노브고로드 지방 정부의 현재의 연대 관계 또한 부정하실 겁니까?

장군 아니요, 전혀 그렇지 않습니다. 단지 이것만 말씀드리죠. 우리 러시아에서 지방 정부들이 단결되었던 것처럼, 유럽 국가들이 그와 같은 서로 강력한 연대를 맺는 역사적 순간이 오기 전까지는 우리

스스로를 유럽인이라고 선언하는 것을 기다리자는 것입니다. 그러지 않으면 유럽인들이 서로 적대시하고 있는 상황에서 우리가 부분으로 나뉘어 단번에 그들 유럽인들 모두와 연대할 수는 없습니다.

정치가 이미 적대시하고 있는 것은 사실입니다만 걱정하실 필요는 없습니다. 노르웨이와 스웨덴 사이에서뿐 아니라 프랑스와 독일 사이에서 당신을 나눌 필요는 없을 것인데, 왜냐하면 그들은 결코 단절에는 이르지 않을 것이기 때문입니다. 현 상황에서 분명한 일이 있습니다. 실은 감옥에 갈 만한, 그리고 가야만 하는 많은 쓸모없는 모험가들의 그룹을 유독 우리 러시아에서만 많은 사람들이 프랑스라고 여긴다는 점입니다. 그들은 감옥에서나 자신들의 민족주의를 발휘해서 독일과의 전쟁을 선동하도록 내버려둡시다.

부인 만약 민족적 적대감을 모두 감옥에 가둘 수 있다면 얼마나 좋을까요. 그렇지만 저는 당신이 틀렸다고 생각합니다.

정치가 저는 이것을 아이러니로cum grano salis 말했을 뿐입니다. 물론 유럽은 외관상 표면적으로 아직 하나의 전체로 결합되지 않았습니다. 그러나 저는 여전히 역사적 유추를 통해 주장하려 합니다. 예를 들어, 16세기의 우리 주(州)들 사이에 여전히 분리주의가 있었지만, 그러한 분리주의는 이미 막바지에 다다라 국가적 통일이 결코 환상이 아니라 실제로 일정한 형태를 갖추어가고 있었던 것처럼, 마찬가지로 지금 유럽에서도 비록 국가간 적대의식이 특히 교육받지 못한 대중들과 충분한 교육을 받지 못한 정치배들 사이에 여전히 남아 있지만, 어떤 의미 있는 행동으로 옮겨지기엔 힘이 약합니다. 그러므로 국가간 적대감은 유럽 전쟁을 불러일으킬 수 없습니다. 불가능합니다! 그리고 장군님, 당신은 호의에 관해서 말씀하고 계십니다만, 제 진심을 말하자면, 저는 그런 호의란 것을 국가와 국가 사이에서뿐만 아니라 개별 국가의 국민들 내부에서도, 심지어는 개별 가족 내에서도 거의 보지 못했습니다. 만약 그것이 존재한다면 한 세대도 가지 못할 것입니다. 그렇다면 이로부터 어떤 결론을 내릴 수 있습니까? 이것이 내란과 형제를 살해하는 이유는 되지 않는다는 것입니다. 국제관계에서도 마찬가지입니다. 프랑스인들과 독일인들이 서로를 미워하더라도 그러라지요, 만약 그들 사이에 실제 싸움만 일으키지 않는다면 말입니다. 확신컨대 그들 사이에서 분쟁이 일어나는 일은 없을 것입니다.

Z 씨   매우 그럴듯합니다. 그러나 유럽을 하나의 전체로 인정한다 해도 이로부터 우리가 유럽인이라는 사실을 도출할 수 없습니다. 아시다시피 최근 20년 동안 우리들 사이에는 유럽, 즉 게르만-라틴 민족들의 결합은 그 자체가 실제로 그 안에 문화 역사적으로 연대된 하나의 유형이지만, 우리는 이것에 속하지 않는 우리의 고유한 그리스-슬라브 유형을 구성한다는 견해가 더욱 설득력을 얻고 있습니다.[39]

정치가   그 문제에 관해 저는 슬라브주의자의 다양한 이견을 들었고, 그와 같은 입장을 지지하는 이들과 이야기를 나누어보기도 했습니다. 저는 이 이론을 통해 이것이 모든 문제에 대한 결정적 해답을 줄 수도 있을 것 같다는 사실을 깨달았습니다. 즉, 문제는 유럽과

---

39 다닐렙스키와의 논쟁인 솔로비요프의 논문 「러시아와 유럽」을 보라(편찬자).

우리의 서구주의에 반대하는 사람들은 우리가 가진 그리스-슬라브적 독자성을 지지하고 추구하는 대신, 지금 모종의 중국풍, 불교, 티베트풍, 그리고 인도-몽골의 야만적인 것을 따르고 선전하는 데 몰두한다는 점에 있습니다. 이들이 유럽으로부터 멀어지며 아시아에 이끌리는 것은 직접적으로 비례합니다. 도대체 이것이 무슨 의미일까요? 그들의 서구주의에 대한 관점, 즉 유럽이 정신적으로 잘못되었다는 그들의 시각이 옳다고 칩시다. 그러나 그들은 왜 반대편의 극단, 즉 아시아주의로 빠지게 되는 걸까요? 왜 그렇습니까? 그들의 그리스-슬라브적인, 그리스 정교적인 본질은 도대체 어디로 증발했습니까? 어디로 사라졌냐는 말입니다. 바로 그 속에 본질이 들어 있는 것으로 보이지 않았습니까? 그렇지 않나요? 바로 이 점입니다! 본성을 문으로 쫓아내면 결국 창문으로 날아들어옵니다. 그런데 여기서 본성은 어떤 독창적인 그리스-슬라브적인 문화 역사적 유형은 전혀 존재하지 않으며, 러시아가 아시아 쪽으로 향한 유럽의 거대한 변경으로서 존재했고, 지금도 존재하며 앞으로도 있게 될 것이라는 사실에 있습니다. 이와 같이 독특한 변방의 위치 속에서 우리 조국은 자연스럽게 다른 유럽 나라에 비해 훨씬 더 아시아적인 요소의 영향을 받고 있고, 바로 이것이 우리의 허위의 독창성을 이루는 것이죠. 사실 비잔틴도 또한 자체적인 무엇으로 독창적인 것이 아니라, 다만 아시아적 생태의 혼합물이기 때문에 독창적인 것입니다. 반면, 우리는 처음부터, 특히 바투의 몽골 압제 시대부터 아시아적인 요소가 본성 속으로 들어와 제2의 영혼이 되었습니다. 그래서 독일인들은 한숨을 내쉬며 우리에 대해 이렇게 말할 수 있을지도 모르겠습니다.

Zwei Seelen wohnen, ach! *in ihrer* Brust
Die eine will sich von der andern trennen.[40]

　우리가 우리의 두번째 영혼에서 스스로를 분리하는 것은 불가능하며, 또 그럴 필요도 없습니다. 오히려 우리는 두번째 영혼에게 빚이 있습니다. 그러나 양자의 충돌에서 조각들로 분열되지 않으려면, 장군의 말씀처럼 반드시 하나의 영혼, 즉, 최상의, 더 강력한 지성을 보유하며 이후의 진보를 보장하는 더 풍부한 내적 가능성을 가진 영혼이 나머지 것에 대한 결정적인 지배권을 확보해야만 합니다. 이와 같은 우위 관계는 표트르 대제 시대에 이미 확립되었습니다. 그런데 그 후에 어떤 지성들이 우리와 아시아와의 근절할 수 없는 정신적인 친화성을 비록 그것이 최종적으로 제압된 것임에도 불구하고 도입하여 돌이킬 수 없게 결정된 역사적 문제를 어떤 망상적인 방식으로 다시 해결하고자 하는 부조리한 꿈을 꾸게 되었습니다. 여기에 슬라브주의, 즉 독창적인 문화 역사적 유형에 대한 이 이론, 그 모든 것이 있습니다. 사실은 우리는 실제로 영혼의 심연에만 아시아적인 퇴적물을 가진, **바꿀 수 없는 유럽인들**입니다. 제게 이 사실은 심지어 문법상으로도 명백합니다. 문법상 '**러시아인**'[41]이란 도대체 무엇입니까? 그것은 형

---

40 나의 커다란 영혼 속에 두 개의 영혼이 살고 있다./서로서로에게 낯선 두 영혼은, 그래서 분리를 갈구한다(번역: N. 홀로드콥스키). 괴테, 『파우스트』(편찬자).
41 러시아어의 '러시아의russkij'는 문법적 형태상 형용사로서, 형용사와 명사의 두 품사로 모

용사입니다. 그런데 이 형용사가 수식하는 명사는 무엇입니까?

부인 그것은 명사 '**사람**'이겠지요. 러시아 사람, 러시아 사람들 말예요.

정치가 아니요, 그것은 너무 광범위하고 한정되지 않습니다. 사실 파푸아인들도, 에스키모인들도 사람입니다. 그러나 저는 저와 파푸아인, 에스키모인에게 공통적으로 쓰는 명사를 제게 쓰는 것에 동의하지 않습니다.

부인 하지만 모든 사람에게 공통적인 매우 중요한 것도 있잖아요, 예를 들면 사랑 같은 것 말이에요.

정치가 아니요, 그것은 훨씬 더 광범위합니다. 사랑이 동물, 심지어 모든 생물의 속성임을 알고 있는데, 어떻게 사랑이 자신만의 구체적인 본질이라고 인정할 수 있습니까?

Z 씨 네, 이것은 복잡한 문제입니다. 예를 들어, 저는 온순한 사람이기 때문에 사랑에 있어서도 검은 피부의 모로코인인 오셀로가 비록 사람이라고 불리기는 하지만, 그 사람보다는 흰색 혹은 회청색 비둘기에 훨씬 연대감을 느낍니다.

장군 일정 연령의 분별 있는 남자는 모두 흰 비둘기[42]에 연대감을 느끼죠.

부인 그건 또 무슨 뜻이죠?

장군 이건 당신이 아니고, 각하와 우리를 위한 말장난입니다.

정치가 이 이야기는 그만둡시다, 그만둬요. 다 농담이니까요 Trêve de

두 사용된다. 명사로는 '러시아인'을 의미하고, 형용사로는 '러시아의' '러시아적인' 등을 뜻한다. 정치가는 형용사 형태의 이 단어가 명사로서 '러시아인'이라는 뜻을 가질 때, 그 다음에 생략된 명사가 무엇인지를 묻고 있다(옮긴이).

42 러시아의 한 이교 종파에 대한 명칭(편찬자).

plaisan teries. 우리는 미하일롭스키 극장 무대에 있는 것이 아닙니다. 형용사 '**러시아의**'에 상응하는 진짜 명사는 **유럽인**임을 말씀드리고 싶습니다. 우리는 **러시아의 유럽인들**, 다시 말해 영국의, 프랑스의, 독일의 유럽인입니다. 만약 제가 스스로를 유럽인이라고 생각한다면 제가 어느 정도 슬라브-러시아인인지 혹은 그리스-슬라브인인지를 논쟁하는 것이 어리석은 게 아닐까요? 자신이 러시아인이라는 사실을 알고 있는 것처럼 저는 제가 유럽인이라는 사실 또한 논쟁의 여지없이 잘 알고 있습니다. 저는 모든 동물에게 그러하듯이 모든 인간을 동정하고 보호할 수 있고 그래야만 합니다. 동물에게조차 자비를 베푸는 사람은 행복하니까요. 그러나 제가 연대감을 느끼고 **제 사람들**이라고 인정하게 되는 것은 어떤 줄루인들이나 혹은 중국인들이 아니라, 제가 정신적인 영양분을 섭취할 수 있는 것이자, 제게 최상의 즐거움을 제공하는 그런 최고의 문화적 보물들을 창조하고 소유하고 있는 민족들과 사람들뿐일 것입니다. 무엇보다도 이 선택받은 민족들이 형성되고 강화되고, 저급한 요소들에 대항하여 버티기 위해서는 전쟁이 필요했고, 따라서 전쟁은 성스러운 사업이었습니다. 이제 그들은 민족을 이루고 강해졌기 때문에, 국내적 분쟁을 제외하면 어느 것도 두려워하지 않습니다. 이제 도처에서 평화의 시대, 유럽 문화의 평화로운 확장의 시대가 도래하고 있습니다. 모든 사람은 유럽인이 되어야 합니다. 유럽인이라는 개념은 인간이라는 개념과 일치해야 하고, 유럽의 문화 세계라는 개념은 인류의 문화 세계라는 개념과 일치해야 합니다. 여기에 역사의 의미가 있습니다. 처음에는 단지 그리스인들만이 있었고, 이후에는 로마의 유럽인이, 다음에는 다른 모든 유럽인들이 나타났습니다. 처음에는 서쪽에서, 그 후 동쪽에서 나타났고, 러시아의 유럽인들도 나타났습니다. 대양 너머에는 미국의 유럽인들이 있고, 이제는 터키, 페르시아, 인도, 일본, 심지어 중국의 유럽인들이 나타나야만 합니다. 유럽인, 이것은 일정한 내용을 지닌 개념이자 확장되는 용량을 지닌 개념입니다. 여기, 어떤 차이가 있는지 보십시오. 모든 인간은 다른 모든 인간과 동일한 인간입니다. 따라서 만약 우리가 이 추상적인 개념을 우리의 본질로 인정한다면 우리는 평등주의적인 무차별을 추구해야 하고, 뉴턴과 셰익스피어의 민족에게 파푸아인보다 더 큰 가치를 부여해서는 안 됩니다. 이것은 무엇보다도 어리석으며 사실상 매우 유해합니다. 그런데 만약 제가 제기한 명사가 일반적 의미의 인간, 다시 말해 단순히 두 다리를 가진 이가 아니라 문화의 담지자로서의 인간, 즉 유럽인이라면 어리석은 평등주의를 위한 자리는 그곳에 존재하지 않습니다. **유럽인**이라는 개념 혹은 **문화**라는 개념은 상대적인 장점 혹은 다양한 인종, 민족, 개인의 가치를 정의하기 위한 견고한 기준을 내포합니다. 건전한 정책은 항상 가치의 이러한 차이를 고려해야 합니다. 그러지 않고 만약 우리가 비교적으로 문화적인 오스트리아와 다른 반(半) 야만의 헤르체고비나인을 한 평면 위에 놓는다면 이것은 우리를 슬라브주의의 마지막 대표자들이 아직도 동경하고 있는 어리석고 위험한 모험으로 내몰 것입니다. 유럽인은 유럽인입니다Il y a européen et européen. 심지어 유럽, 즉 문명 세계가 실제로 지구의 인구 모두를 완전히 포함할 멀지 않은 시기, 그 바라마지 않는 시간이 도래한 후에도 통일되고 화해된 인류라 할지라도 그 내부에는 여전히 천연적이기도 하고 역사적으로 결정되기도 한 문화적 가치의 단계적 차등과 뉘앙스가 남아 있을 것입니다. 그리고 우리는 이와 같은 단계적 차등과 뉘앙스에 따라 타 민족들에 대한 우리의 태도를 다양하게 결정지어야만 할 것입니다. 그리고 심지어 하늘의 왕국 같은 최고 문화를 갖는 장엄하고 모든 것을 갖춘 왕궁에서도 태양의 영광, 달의 영광, 별의 영광은 각기 다를 것인데, 왜냐하면 하나의 별은 그 영광에 있어 다른 별들과 다르기 때문입니다. 이것은 교리문답 책에도 나와 있지 않나요? 그렇죠?! 그런데 비록 목표가 가까이 있지만 도달하지는 못한 지금, 차별 없는 평등주의의 오류를 더욱 조심할 필요가 있습니다. 예를 들어 바로 오늘 신문은 영국과 트란스발[43] 사이의 불화에 대해서 썼는데,[44] 마치 아프리카인들이 전쟁으로 영국을 점점 위협할 것 같다는 이야기입니다. 저는 이제 다양한 신문 나부랭이들과 정치배들이 우리나라에서 그리고 아마도 전 대륙에서 영국에 대항해 일어서는 것을, 또 박해받는 불쌍한 아프리카인을 위해 분골쇄신하는 꼴을 보게 되겠지요.[45] 이는 마치 훌륭하고 명예로우며 유명하며 교양 있는 표도르 표도로비치 마르텐스[46]가 용무 상 잠시 근처 작은 상점에 들렀을 때 더러운 바텐더 소년이 갑자기

---

43 오늘날 남아프리카 공화국의 동북부 지역 이름이다. 남아프리카로 이주했던 네덜란드계 이주민인 보어인들이 영국 식민세력에 밀려나 1830년대의 대이동을 통해 새로운 식민지를 건설한 지역이다(옮긴이).

44 대화는 4월에 이루어졌다(편찬자).

45 영국과 보어인들 사이의 전쟁(1899~1902)은 오렌지 자유 공화국, 트란스발과 대영제국의 전쟁으로 그 결과 두 공화국은 영국의 식민지가 되었다(편찬자).

46 마르텐스(Fedor Fedorvich Martens, 1845~1909)는 러시아의 유명한 국제법학자이다(옮긴이).

주먹을 쥐고 그에게 달려들어 '상점은 사람들이 그러는데 우리 것이래, 너는 이방인이니 나가지 않으면 네 목을 졸라 죽이거나 칼로 베어버릴 거야'라고 말하며 그곳에서 목을 조르는 일과 마찬가지입니다. 물론 친애하는 표도르 표도로비치가 그런 어처구니없는 사건을 맞닥뜨릴 수밖에 없었던 것을 가엾게 여길 수도 있겠습니다만, 만약 그런 일이 실제로 일어났으면, 저는 존경하는 제 친구가 난폭자를 적당히 때려주고 그를 경찰에 넘겨 청소년 감호소로 보내야만, 도덕적인 만족감 정도는 느낄 수 있을 것입니다. 그런데 그러지는 않고 우리가 보게 되는 것은 고상하게 차려입은 여러 신사들이 갑자기 아이를 고무하고 부추기기 시작하는 겁니다. '잘했어! 이런 거물에게 작은 아이가 덤비다니, 대단하구나! 얘야, 사력을 다해 싸워 넘어뜨려라, 지지 말라고!' 이게 무슨 꼴불견입니까! 왜 아프리카의 마부와 목축인[47]은 자신들이 혈통상 직접적으로 네덜란드인이라는 사실을 인정할 만한 머리가 없습니까. 네덜란드는 높은 문화수준과 많은 업적을 지닌 진정한 국가입니다. 그러나 그럴 수는 없습니다! 그들은 스스로를 구별된 민족으로 여기고 그들만의 고유한 아프리카 조국을 창조하고 있습니다. 아, 악당 놈들!

부인 첫째, 욕하지 마시고, 둘째, 제게 설명해주세요. 트란스발이 무엇이고 어떤 사람들이 그곳에 살고 있는지 말예요.

Z 씨 그곳에는 유럽인과 흑인의 혼혈이 살고 있습니다. 즉 그들은 백인도, 흑인도 아닌 보어인입니다.

---

47 아프리카로 이주한 네덜란드계 후손인 보어인을 뜻하며, 아프리카인을 의미하지 않는다 (옮긴이).

부인   이것은 아마 또 다른 말장난인가 보네요?[48]

정치가 그리 수준 높은 말장난은 아닙니다.

Z 씨   보어인의 모양새가 말장난 같은 모양새죠. 만약 이 색깔이 당신
       마음에 들지 않으신다면 그곳에는 또한 **오렌지** 공화국도 있습니다.

정치가 진지하게 말해서 보어인은 물론 유럽인이지만, 질이 낮습니다.
       위대한 본국과 분리된 후 그들은 과거 문화 역시 대부분 잃어버렸
       습니다. 그들은 야만인에게 둘러싸여 점점 야만스럽고 난폭해졌
       습니다. 지금 그들을 영국인과 같은 수준에 놓고 게다가 영국과
       의 전쟁에서 그들의 승리를 바라기까지 하다니 말도 안 됩니다cela
       n'a pas de nom!

부인   그런데 당신의 유럽인들은 카프카즈인이 독립을 위하여 러시아와
       싸울 때에 카프카즈인의 편을 들지 않았나요? 러시아가 카프카즈
       보다 훨씬 더 문화적인데 말입니다.

정치가 유럽이 카프카즈의 야만인에게 공감한 동기에 대해서 장황하게 설
       명하고 싶지는 않습니다. 우리가 동화해야 할 것은 어중이떠중이
       유럽인들의 어리석음이 아니라, 보편적 유럽의 이성입니다. 물론
       저는 영국이 거만해진 야만인을 진압하기 위해 역사적 이성에 의
       해 비난받은 수단이자 시대에 뒤떨어진 전쟁이라는 수단을 사용
       할 수밖에 없을 듯하여 진심으로 유감입니다. 그러나 만약 전쟁
       이 줄루인의 야만성으로 인해 불가피하다면(우둔하게도 유럽 대륙
       이 영국을 질투하는 바람에 의기양양해진 보어인을 말합니다), 전쟁
       에서 아프리카의 난폭자들이 가능한 한 대패하여 그들이 독립에

---

48 러시아어의 'bury'는 '갈색'이라는 의미와 '보어인'이라는 뜻을 다 갖고 있다(옮긴이).

126

연연하는 일이 더 이상 없게 되길 열렬하게 바랄 것입니다. 그런데 전쟁에서 야만인이 승리한다면, 이것은 아마 나라 간의 거리 때문에 가능하겠지만, 문명에 대한 야만의 승리이며, 러시아인이자 유럽인인 제게는 국가적 슬픔의 날일 것입니다.

Z 씨   (장군을 향해 조용히) 고관 분들은 참 말주변이 좋지요? 꼭 "명예의 결투가 내 생애 가장 아름다운 날이다Ce sabre d'honneur est le plus beau jour de ma vie"라는 프랑스인의 이야기 같군요.

부인   (정치가에게) 아뇨, 저는 당신의 말씀에 동의하지 않습니다. 왜 우리가 보어인을 동정해서는 안 됩니까? 빌헬름 텔은 동정하잖아요.

정치가   네. 만약 그들이 시적 전설을 창조하고, 실러나 로시니 같은 예술가에게 감흥을 주었으며, 장 자크 루소와 비등한 인물 혹은 학자들을 배출해냈다면, 문제는 완전히 다를 것입니다.

부인   네, 그러나 그런 문명화는 모두 뒤에 이루어졌습니다. 즉 처음에는 스위스인들도 사실 마찬가지로 목동이었고…… 그리고 그들 외에도, 미국인들이 영국인들에 대항하여 독립운동을 일으켰을 때만 해도, 그들도 문화에 있어 어떤 차이가 있었나요? 아니에요, 그들은 비록 보어인이 아니었지만, 메인 리드[49]의 작품에 보면 그들도 인디언들의 머리털이 붙은 붉은 살가죽을 벗겼답니다. 그런데 라파예트[50]은 그들에게 공감했던 것이고, 그가 옳았습니다. 왜냐하면 이제 미국인들이 활동을 시작하더니 시카고에서 전 종교

---

49 메인 리드(Mayne Reid, 1818~1883)는 아일랜드 출신의 미국 소설가로, 비문명권을 배경으로 하는 모험소설들을 썼다(옮긴이).

50 라파예트(Marie-Joseph La Fayette, 1757~1734)는 프랑스의 정치가이자 귀족으로, 당시의 계몽주의 사상의 영향을 받았다. 미국 독립전쟁 당시, 식민지인들을 지원하기 위해 자원자들과 함께 함대를 만들어 참가하였다(옮긴이).

를 규합하고 거기서 지금까지 아무도 본 적이 없는 박람회를 만들었잖아요.[51] 파리에서도 사람들은 미래의 박람회[52]를 위하여 같은 방법으로 전 종교를 규합하기를 원했지만 아무 성과도 없었습니다. 단 한 사람, 수도원장 빅토르 샤르본넬이 규합을 위해 그곳에서 많이 노력하였습니다. 그는 내게 편지 몇 통을 썼는데, 매우 호감이 가는 사람이더군요. 그러나 각 종교 모두 참가를 거절하였습니다. 심지어 위대한 랍비는 이렇게 공표했습니다. "종교를 위해 우리는 성경이 있고, 박람회는 아무에게도 필요치 않다." 불쌍한 샤르본넬은 환멸에 빠져 그리스도를 버렸고, 자신이 사퇴할 것이며 르낭[53]을 매우 존경한다고 신문에 발표하였습니다. 그리고 그는 사람들이 쓴 편지에 의하면 매우 불행하게 생을 마쳤다고 해요. 그는 결혼을 했다든가, 아니면 술로 세월을 보냈다든가 그랬다고 해요. 그 후 우리의 네플류예프[54]와 같은 사람이 열심히 노력했습니다만, 그도 모든 종교에 실망했습니다. 그는 제게 쓴 편지에서 자신은 통합된 인류를 반드시 기대한다고 말하는 이상주의자입니다. 그러나 파리 박람회에서 통합된 인류를 어떻게 보여준단 말입니까? 저는 이것이 환상이라고 생각합니다. 그런데 미국인들은 자신들의 이 사업을 훌륭하게 조직하였습니다. 전 종교교단에서 그들에게 정신적 지도자를 보냈고, 가톨릭 주교가 대표가 되었습니다. 그는 그들에게 영어로 **주기도문**을 읽어주었습니

---

51 시카고 세계 박람회는 1893년에 열렸다(옮긴이).
52 1889년 파리 만국 박람회를 일컫는다(옮긴이).
53 르낭(Ernest Renan, 1823~1892)은 프랑스의 사상가이자 종교사가, 언어학자이다(옮긴이).
54 네플류예프(Nikolaj N. Nepljuev, 1851~1908)는 러시아의 사회 활동가이자 작가로, 기독교 정신에 입각한 사회사업과 공동체 운동을 전개하였다(옮긴이).

다만, 불교도과 우상을 숭배하는 사제들은 공손히 이렇게 답하였습니다. "네, 좋습니다! 선생님!Oh yes! All right, Sir! 우리는 아무에게도 해를 끼치기 원하지 않으며, 오직 한 가지를 요구하겠습니다. 바로 당신의 선교사들이 우리로부터 멀리 떠나는 것입니다. 당신들의 종교는 당신들에게는 매우 훌륭하니 그것을 지켜나가십시오. 그것은 우리와 아무 관계가 없습니다. 대신 우리에게는 우리 종교가 그 무엇보다도 훌륭합니다." 이렇듯 모든 일이 순조롭게 끝났고 어떤 분쟁도 없었기 때문에 모두가 놀랐습니다. 지금 미국인들은 이렇게 되었습니다. 현재의 아프리카인들로부터 이다음에 이러한 미국인들이 나올지 누가 알겠어요?

정치가 물론 모든 것이 가능합니다. **빈민굴**에서 위대한 학자가 나올 수 있습니다. 그러나 그전까지는 여전히 그를 위해서 먼지 날 때까지 그를 패주는 것도 나쁘지 않습니다.

부인 무슨 표현이 그런가요! 분명 당신은 불한당 패거리와 접촉하셨을 거예요. 이런 말들은 모두 몬테카를로에서 온 것들인 게 분명해요. 그곳에서 당신은 누구를 만나시나요? 아마 조직배의 도박장 지배인이겠지요Qui est ce que vous fréquentez là bas? Les familles des croupi ers sans doute. 하지만, 그건 당신 일이니 제가 상관할 바 아니고, 저는 여러분께 여러분의 넘치는 정치적인 지혜를 좀 줄여달라고 부탁드려요. 안 그러면 여러분의 점심이 늦어질 테니까요. 끝낼 시간이 이미 많이 지났어요.

정치가 예, 저 역시 이제 이야기를 요약하고, 시작과 연결시켜 이야기를 끝맺고 싶었습니다.

부인 전 당신을 믿을 수가 없어요! 스스로 끝내신 적이 없잖아요. 자신의 생각을 설명하도록 제가 도와드리겠습니다. 시대가 변했고 이전에는 하나님과 전쟁이 있었지만 지금은 하나님 대신 문화와 평화가 있다고 말씀하길 원하셨던 거죠? 그렇지 않나요?

정치가 대체로 그렇습니다.

부인 좋습니다! 하나님이 무엇이냐 하는 것에 대해 저는 비록 아는 바가 없고 또 설명할 수도 없지만, 느끼고는 있습니다. 그런데 당신이 말씀하시는 문화에 대해서 저는 어떤 느낌도 없어요. 따라서 문화가 무엇인지 짧게 설명해주셔야 합니다. 문화가 무엇인가요?

정치가 문화가 무엇으로 구성되는지, 무엇을 포함하는지 당신도 알고 있습니다. 즉 선택받은 민족들의 선택받은 지성들에 의해 창조된 사상과 천재의 보물 전체가 바로 그것입니다.

부인 네, 그러나 그것은 하나가 아니라 아주 다양합니다. 예를 들어 볼테르, 루소, 마돈나, 나나[55], 알프레드 뮈세[56], 사제 필라레트[57]가 있죠. 그런데 어떻게 이들을 모두 하나의 덩어리로 쌓아, 하나님 대신 이 덩어리를 세울 수 있지요?

정치가 제가 말하고 싶은 것은 역사적 보고로서의 문화에 대해 우리가 염려할 필요는 없다는 것입니다. 문화는 창조되어 다행히 현재 존재하고 있습니다. 미래에도 여전히 새로운 셰익스피어와 뉴턴이 나오길 바라지만, 이는 우리 힘으로 할 수 있는 것도 아니고 실제적 관심을 끌지도 않는 문제입니다. 그러나 문화에는 다른 측면,

---

55 프랑스의 자연주의 소설가 에밀 졸라Émile Zola의 장편소설 『나나Nana』의 여주인공(옮긴이).

56 알프레드 뮈세Alfred de Musset는 19세기 전반 프랑스 낭만파의 시인이자 극작가 겸 소설가이다(옮긴이).

57 사제 필라레트(Philaret, 1554~1633)는 러시아 정교의 대주교이다(옮긴이).

즉 실질적 측면이 존재하는데, 혹은 여러분이 원하시는 표현으로 부른다면, 도덕적 측면이 존재하는데, 이것이 바로 소위 우리가 사적 삶에서 예절 혹은 예의라고 부르는 것입니다. 이것은 피상적으로 보면 별로 중요치 않게 보일 수 있지만, 이것 하나만이 일반 공통적이고 필수적인 것이기 때문에 — 즉 결코 타인에게 최상의 선, 최상의 이성 혹은 천재성을 요구하면 안 되지만, 예절은 모두에게 요구할 수 있고, 또 요구해야만 하기 때문에 — 크고도 유일한 중요성을 갖습니다. 예절은 윤리와 합리성의 **최소**이고 그 덕분에 사람은 인간적으로 살 수 있습니다. 물론 예절이 문화의 **전부**는 아니지만, 모든 문화의 필수 **조건**인 것은 사실입니다. 이것은 마치 읽고 쓰는 것이 교육의 전체가 아니라 반드시 필요한 조건이라는 점과 마찬가지입니다. 예절은 전 세계에서 사용되는à l'uasage de tout le monde 문화입니다. 그리고 우리는 예절이 같은 계급의 사람들 사이의 개인적 관계에서 다양한 계급 간의 사회적, 정치적 혹은 국제적 관계로 폭넓게 확장되는 것을 실제로 보고 있습니다. 우리는 아직도 어린 시절 우리 계급의 사람들이 평민들에게 얼마나 예의 없이 행동하였는가를 기억합니다. 그러나 지금은 의무적이고 강제적인 예절은 계급 간의 경계를 넘어섰고, 이제 국가 간의 경계도 넘을 준비가 되어 있습니다.

부인   오, 제발 짧게 말씀해주세요. 당신은 국가 간의 평화 정책이 개인 사이의 예절과 마찬가지라고 결론지으시는 건가요?

정치가   물론입니다. 프랑스어로 *politesse*과 *politique*이 어원상 매우 가까운 친연 관계에 있는 것도 다 이유가 있습니다.[58] 그런데 놀랍게도 이것을 위해서는 어떤 감정도, 장군께서 불필요하게 언급하신 **호**

의도 필요하지 않습니다. 제가 누군가에게 덤벼들거나 그의 머리를 물어뜯지 않는 것이 제가 그에 대해 호의를 가진다는 의미는 아닙니다. 반대로 저는 마음속에 그에 대해 사악한 감정을 키우고 있을 수도 있습니다. 그러나 문화적인 인간인 저는 싸움이 혐오스럽고, 무엇보다도 중요한 것은 제가 싸움에서 얻을 것이 혐오감 외에는 아무것도 없으며, 반면 싸움을 피해 그와 예의를 지키며 지내면 잃는 것이 전혀 없고 오히려 많은 이익을 얻게 되리라는 점을 이해하고 있다는 사실입니다. 마찬가지로 두 국가 간에 반감이 있을지라도 만약 그 두 국가가 일정한 문화적 수준에 도달했다면 그들은 결코 무력행위voies de fait, 즉, 전쟁은 하지 않을 것입니다. 그것은 다음과 같은 명백한 이유에서입니다. 첫째, 시나 회화 작품에서 묘사된 전쟁이 아니라, 실제 경험되는 전쟁은 시체와 썩는 냄새가 나는 상처, 거칠고 더러운 수많은 이재민들을 양산하고, 일상적인 삶의 질서를 정지시키고, 유용한 건물, 기관, 다리, 철도, 전선 등의 파괴를 가져오는 등, 그야말로 전쟁의 일체의 과정이 빚어내는 추악성은 저나 당신이 얻어맞아 부은 눈과 부서진 턱, 물린 코에 느끼는 혐오감과 마찬가지로, 문화적인 민족에게 직접 혐오감을 주기 때문입니다. 둘째, 어느 정도 지적 발전 단계에 이르면 국민들은 다른 나라와 예의를 갖추어 지내는 것이 유익하고 그들과 싸우는 것이 얼마나 손해가 되는지를 이해하게 됩니다. 물론 여기에는 많은 단계가 있습니다. 즉 이빨보다는 주먹이, 주먹보다는 막대기가, 막대기보다는 상징적인 따귀

---

58 각각 프랑스어로 '예절'과 '정치'를 의미한다(편찬자).

가 훨씬 더 문화적입니다. 마찬가지로 전쟁을 수행하는 것은 어느 정도는 야만적인 모습이고, 19세기 유럽의 전쟁들은 만취한 두 명의 직공 사이의 주먹다짐보다는 두 명의 점잖은 사람들 사이의 공식적으로 합의된 결투와 좀더 비슷합니다만, 그러나 이것 역시 단지 지나가는 단계일 뿐입니다. 진보 국가에서는 결투 역시 폐지되고 있음을 명심하십시오. 낙후된 러시아가 결투로 죽은 최고의 시인 두 사람에 대해 슬퍼하고 있을 때[59], 보다 문화적인 프랑스에서 결투는 이미 오래전에 어리석고 **사장**(死藏)된 전통의 무혈 제물로 변해 있었습니다. 팔리스[60]가 죽음이 있는 곳에 더 이상의 삶도 없다 Quand on est mort c'est qu'on n'est plus en vie고 말했다면, 아마 우리는 결투가 전쟁과 더불어 영원히 역사의 문서 보관소에 보관되는 것을 목도하게 될 것입니다. 지금의 절충적인 것은 오래 계속되지 않을 것입니다. 진정한 문화는 사람들 사이에서 또 여러 국가들 간에 **싸움**이 모두 완전히 폐지되길 요구합니다. 어떤 경우에도 평화 정책은 문화적 진보의 기준점이자 징후입니다. 그리고 바로 이유 때문에 저는 존경하는 장군을 만족시켜드리고 싶음에도 불구하고, 전쟁을 반대하는 문학적 선동이 매우 기쁜 현상이라고 언명한 것을 고수하는 것입니다. 문학을 통한 선동은 바야흐로 무르익은 과제의 궁극적인 해결을 예고하는 것일 뿐만 아니라 이것을 가속화합니다. 때로 기이하고 과장되기도 하지만, 이런 반전 선전은 사회의 공공 의식 속에 역사 진보의 중심 노선,

59 푸슈킨과 레르몬토프를 일컫는다(옮긴이).
60 팔리스(Jacques de la Palice 또는 la Palisse, 1470~1525)는 프랑스의 귀족이자 장군이다(옮긴이).

말하자면 역사 진보의 본 노선을 강조하기 때문에 중요합니다. 평화적으로, 다시 말해 예의바르게, 즉 모두에게 유익하게 국제 관계와 충돌을 조정하는 것, 바로 이것이 문화적 인류의 건전한 정책이 갖는 확고부동한 원칙입니다. 그렇지 않습니까? (Z 씨를 향해) 무언가 하실 말씀이 있습니까?

Z 씨   아니, 없습니다. 다만 당신이 앞서 언급하신 "평화 정책은 진보의 징후"라는 말씀에 관한 것인데요, 당신의 말씀은 투르게네프의 작품 『연기』의 등장인물이 "진보, 이것은 징후이다!"라고 아주 정확하게 말한 것을 상기시키는군요. 그러면 평화 정책이 징후의 징후라는 결론이 나오지 않나요?

정치가   그렇습니다. 그래서요? 물론 모든 것은 상대적입니다. 하지만 당신의 생각은 정확히 어떤 건가요?

Z 씨   제 생각은 이렇습니다. 만약 평화 정책이 다만 그림자의 그림자일 뿐이라면 그렇게 많이 언급할 가치가 있을까요? 그리고 이것에 관해, 이 모든 그림자 같은 진보에 대해서도 말입니다. 순례자 바르소노피가 경건한 노부인에게 "당신은 늙었고, 약해서 더 이상 나아질 수 없소"라고 말했던 것처럼, 인류에게 직접적으로 말하는 것이 더 낫지 않을까요.

부인   이것을 지금 이야기하기엔 늦었습니다. (정치가를 향해) 그러나 당신의 politique-politesse가 당신 자신을 조롱했다는 사실은 알아두세요.

정치가   무슨 말씀이시죠?

부인   몬테카를로든, 둘러말해서par euphémisme 니스로든, 당신은 내일 그곳으로 떠날 수 없을 거예요.

정치가 그건 왜죠?

부인 이분들은 당신에게 반박하고 싶으신데, 당신이 너무도 장황하게 prolixité 말씀하시는 바람에 이분들이 말할 시간이 없어서, 반박할 시간이 내일로 미루어졌기 때문이지요. 그런데도 당신은 정말로 여기서는 문화적인 사람들이 당신의 주장을 논박하고 있을 때, 몬테카를로에서 비문화적인 도박장 지배인과 그들 조직이 제공하는 여하간 금지된 향락에 몸을 맡기실 생각이세요? 정말 그렇게 되면, 그것은 무례를 넘어선comble 일일 것입니다. 당신의 "불가피한 최소 도덕"은 어디로 간 거죠?

정치가 경우가 그렇다면 니스로의 출발을 하루 더 미루어야겠네요. 저도 제 공리에 대한 반박을 듣는 것이 매우 흥미로울 것 같습니다.

부인 좋습니다. 그런데 지금 모두들 무척 시장하실 거예요. 만약 우리의 "고도의 문화"만 아니었다면 벌써 오래전에 식당으로 달려들 가셨을 텐데요.

정치가 하나 덧붙이자면, 문화와 요리 기술은 서로 아주 밀접한 관계를 맺고 있습니다 Il me semble du reste que la culture et l'art culinaire se marient très bien ensemble.

부인 아, 아! 전 귀를 막을 거예요.

우리 모두 가벼운 재담을 주고받으며 서둘러 여주인을 따라 식사를 하러 갔다.

세번째 대화

Audiatur et tertia pars.[1]

우리는 이번에는 대화를 급하게 끝내지 않도록 모두의 희망대로 평소
보다 일찍 정원에 모였다. 모두들 웬일인지 어제보다 훨씬 진지했다.

정치가　(Z 씨에게) 제가 요전에 말한 것에 대해 반박하거나 뭔가 코멘트
　　　　를 하고 싶어 하셨던 것 같은데요.

Z 씨　네, 평화 정책이 진보의 징후라는 당신의 정의에 대해서입니다.
　　　　저는 또 "진보는 징후이다"라는, 투르게네프의 『연기』에 나오는
　　　　한 인물의 말을 인용했었지요. 투르게네프 소설의 인물이 이 말
　　　　을 어떤 의미로 사용했는지는 알지 못하지만 이 말의 문자 그대로
　　　　의 의미는 전적으로 옳습니다. 진보라는 것은 진실로 징후입니다.

정치가　무엇의 징후인데요?

Z 씨　역시 현명한 사람들과 이야기를 나누는 것은 즐겁군요. 바로 그
　　　　질문에 대해서 이야기하고 싶었거든요. 저는 진보, 다시 말해 눈

1　세번째 부분 또한 들릴 것이다(편찬자).

에 띄도록 빠른 속도로 진행되는 진보는 항상 종말의 징후라고 생각합니다.

정치가 만약 문제가 예를 들어, 진행성 중풍에 관한 것이라면 그것이 종말의 징후인 것을 이해할 수 있겠습니다. 그러나 왜 문화 혹은 고도의 문화의 진보가 항상 종말의 징후이어야만 하나요?

Z 씨 비록 이것이 중풍의 경우에서처럼 명확하지는 않을지라도, 종말의 징후인 것은 맞습니다.

정치가 당신이 그 점에 대해 확신하고 있다는 것은 분명합니다만, 저는 사실상 당신이 무엇을 확신하는지 잘 모르겠습니다. 먼저, 당신의 칭찬에 고무되어 당신이 현명하다고 하셨던 단순한 질문을 여기서 다시 재개하겠습니다. 당신은 '종말의 징후'라고 말씀하시는데, 무엇의 종말인 것입니까?

Z 씨 우리가 이미 이야기를 했던 그것의 종말입니다. 실은 우리는 인류의 역사에 대해서, 의심할 바 없이 점점 가속이 붙어가기 시작한, 그래서 저는 확신컨대, 대단원에 다가가고 있는 역사의 '진보'에 대해서 이야기했습니다.

부인 그것은 세상의 끝이 아닌가요C'est la fin de monde, n'est ce pas? 무척 흥미롭군요.

장군 마침내 가장 흥미로운 지점에 이르렀군요.

공작 필시 당신은 적그리스도의 문제도 염두에 두시겠지요?

Z 씨 당연하죠. 적그리스도는 첫번째 문제입니다.

공작 (부인을 향해) 죄송합니다. 이렇게 흥미로운 이야기들을 정말이지 듣고 싶지만, 전혀 미룰 수 없는 문제들이 너무 많아 집에 가봐야겠습니다.

장군 돌아가신다고요? 그럼 카드놀이는 어쩌고요?

정치가 저는 벌써 그저께 무언가 좋지 않은 일이 일어날 것임을 예감했습니다. 일단 이미 종교가 개입됐으면 어떤 선(善)도 기대할 수 없는 법이죠. 종교는 나쁜 일들을 사주하는 데 그토록 강력했습니다 Tantum religio potuit suadere malorum.[2]

공작 어떤 나쁜 일도 일어나지 않을 겁니다. 9시에 돌아오도록 애써보겠습니다. 지금은 정말 시간이 없군요.

부인 그런데 왜 이렇게 갑자기 가시는 건가요? 왜 당신은 그렇게 중요한 일에 대해 미리 말씀해주시지 않았나요? 전 당신 말을 믿을 수가 없어요! 이 적그리스도가 갑자기 당신을 놀라게 한 것 아닌가요?

공작 저는 어제 예의가 가장 중요하다는 것에 대해 충분히 들었고, 이 훈계를 따라서 예의를 위해 거짓말을 하기로 결심했었습니다. 그러나 지금은 그 결심이 무척이나 어리석은 듯 보이는군요. 사실대로 말씀드리면, 비록 많은 중요한 일들이 있는 것은 사실이지만, 제가 이 대화에서 떠나는 주된 이유는 파푸아인 같은 이에게나 의미를 지닐 수 있는 그런 문제를 토론하는 데 시간을 낭비하고 싶지 않기 때문입니다.

정치가 당신의 그 과도한 예절이라는 무거운 죄가 이제 용서된 것 같군요.

부인 그런데 왜 화가 나신 거죠? 만약 우리가 어리석다면 우리를 깨우

---

2 루크레티우스(Titus Lucretius Carus, BC 94?~BC 55?), 『만물의 본성에 대하여 De rerum natura』(1권, p. 101)(편찬자). 로마의 시인·유물론 철학자로서 운문으로 씌어진 6권의 철학시 『만물의 본성에 대하여』가 전해진다. 고대 원자론의 원칙에 의해, 자연현상, 사회제도·관습을 자연적·합리적으로 설명하고 에피쿠로스를 찬미하였고, 영혼, 신, 종교의 편견을 비판하였다(옮긴이).

쳐주세요. 저를 보세요, 당신이 저를 파푸아인이라 불렀는데도 화를 내지 않잖아요. 사실은 파푸아인도 정말 올바른 생각을 가질 수 있어요. 하나님이 어린아이들을 지혜롭게 만드시기 때문입니다. 그러나 만약 당신이 적그리스도에 대한 말을 듣는 것이 어렵다면 이렇게 합의하죠. 당신의 별장은 여기서 두어 걸음 거리밖에 안 되니까 지금 가셨다가 다음 대화의 끝 무렵, 적그리스도 이야기가 끝난 다음에 오세요.

공작 좋습니다, 그때 오도록 하겠습니다.

장군 (공작이 그들을 떠나자, 웃으며 지적했다) 고양이는 누구 고기를 먹어치웠는지 아는 법입니다!

부인 어떻게, 당신은 우리 공작이 적그리스도라고 생각하시나요?

장군 그분 개인을 이야기하는 것은 아닙니다. 그가 적그리스도가 되려면 많은 시간이 걸릴 테니까요. 그러나 어쨌든 그런 노선 안에 있는 것이죠. 사도 요한도 또한 성경에서 이렇게 말하고 있습니다. "아이들아, 너희도 들었거니와 적그리스도가 올 것이다, 그러나 지금은 수많은 적그리스도가 있다. 이 많은, 수많은 이들 중에서……"

부인 누군가는 뜻하지 않게 이 "수많은 적그리스도" 가운데 하나가 될 수도 있겠군요. 신은 그를 벌하지 않을 거예요. 신이 그를 갈팡질팡하게 만든 것이니까요. 그는 자신이 큰일을 할 능력 있는 인물은 아니지만, 존경을 받기 위해서는 유행하는 제복을 입어야 한다고 알고 있어요. 마치 군대들 가운데서 황제 근위대로 배속되는 것과 같은 것이죠. 위대한 장군들에게는 별 상관없지만 하찮은 장교에게는 영광이죠.

정치가 매우 신빙성 있는 심리분석이군요. 하지만 저는 왜 그가 적그리스도 이야기에 대해 화를 냈는지 도무지 이해할 수가 없습니다. 예를 들어 저는 어떤 신비적인 것도 믿지 않고, 그렇기 때문에 그런 것이 저를 화나게 하지도 않을 뿐더러, 오히려 보편적 인류의 관점에서 그런 것이 흥미롭습니다. 저는 많은 사람들에게 있어 이것이 중대한 문제라는 것을 잘 압니다. 즉, 여기에는 인간 본성의 어떤 측면이 표현되어 있지요. 이것이 제게는 위축되어 있는 것 같기도 하지만, 여전히 제게도 자체의 객관적 흥미가 있는 인간 본성의 측면입니다. 예를 들어 저는 그림에 대해서는 완전히 문외한입니다. 다시 말해 스스로 그림을 그려본 적도, 심지어 선 혹은 원을 그려본 적도 없고, 화가가 그림을 잘 그렸는지 아닌지도 구분할 수 없습니다. 그러나 교육 일반적이고 미학 일반적인 토대에서는 그림의 문제들에 관해서도 관심을 갖고 있습니다.

부인 그처럼 무해한 일에 대해서 화를 내서는 안 되지요. 그런데도 당신은 종교를 증오하고, 조금 전에도 라틴어로 종교를 비방하는 욕을 하셨잖아요.

정치가 욕이라뇨! 제가 사랑하는 시인 루크레티우스처럼 저도 피 묻은 제단과 인간의 제물에 담긴 통곡 때문에 종교를 비난하는 겁니다. 저는 방금 자리를 뜬 공작의 참을 수 없이 음울한 견해 속에서도 피로 물든 잔인함의 반향을 듣습니다. 하지만 종교 사상들 자체, 특히 "적그리스도" 사상에는 무척 관심이 가는군요. 유감스럽게도 이 문제에 대해서는 르낭의 책[3]밖에 읽어보지 못했는데, 이 책

---

3 이는 19세기 말 러시아에서 여러 차례 재출판된 르낭Ernest Renan의 『적그리스도』를 염두에 둔 것이다(편찬자). 이 책은 르낭의 8권으로 된 『그리스도교 기원사 *Histoire des origines*

은 해박한 역사적 지식의 차원에서만 문제를 다루면서 모든 것을 네로에게 귀결시키고 있더군요. 그러나 이것으로는 부족합니다. 실로 적그리스도 사상은 네로보다 훨씬 이전에 있었지요. 유태인들이 황제 안티오코스 에피파네스[4]를 적그리스도라 여긴 것이 그것입니다. 그리고 지금까지도 적그리스도 사상은 예를 들면, 우리의 구교도들 사이에도 남아 있습니다. 이로 볼 때 여기에는 어떤 보편적 사상이 있습니다.[5]

장군 그래요, 각하께서는 한가하시니, 이런 문제에 대해 왈가왈부하는 것이 각하께는 좋겠지요. 하지만 불쌍한 공작은 복음서의 교훈적 말씀들을 실천하는 일들에 너무도 몰두한 나머지 그리스도에 관해서 혹은 적그리스도에 관해서 신중하게 생각할 겨를이 없습니다. 심지어 카드놀이를 할 시간이 하루에 세 시간도 채 안 됩니다. 거짓이 없는 사람이에요. 그건 인정해줘야 합니다.

부인 아니에요, 당신은 공작에게 너무 엄격하군요. 물론 그가 하는 일들이 모두 다 한결같이 비정상적인 일들이지만, 그 대신 가엾은 일들이기도 해요. 그 일들에서는 어떤 유쾌함이나, 만족, 안락함을 전혀 찾아볼 수가 없으니까요. 하지만 사실 성경 말씀에는 어딘가에 기독교는 성령에 대하여 기뻐하는 것이라고 씌어 있어요.

장군 정말이지 매우 어려운 경우는 그리스도의 성령을 품고 있지 않으면서 가장 진실한 그리스도인으로 행세하는 것입니다.

---

du christianisme』 가운데 한 권이다(옮긴이).

4 시리아의 왕으로 유대교를 박해한 안티오코스 4세(Antiochos IV, BC 215?~BC 163)의 다른 이름이다. 안티오코스 에피파네스는 '빛나는 이'라는 뜻이다(옮긴이).

5 마카베오 1서, 1장 10절(편찬자). 마카베오서는 개신교에서는 정경으로 인정받지 못하지만, 러시아 정교와 가톨릭 등에서 사용하는 구약성서들 가운데 하나이다(옮긴이).

Z 씨 기독교의 우월성을 구성하는 요소들이 없을 때에 **주로** 그리스도인
      인 척합니다.

장군 그러나 이것은 안타까운 경우이고, 다름 아닌 적그리스도의 경우
      라고 생각합니다. 이것은 결국에는 어떤 도움도 되지 않는 지식
      을 갖고 더 섬세하고 지혜로운 이들에게 부담을 주니까요.

Z 씨 어떤 경우에도 의심할 바 없는 것은 성경의 견해, 즉 구약과 신약
      에 따르면 역사적 비극의 최종 단계에 오는 적그리스도는 단순한
      불신이나 기독교의 부정, 혹은 물질주의 등과 같은 것이 아니라,
      종교적 **참칭**이 될 것인데, 그 시기는 그리스도의 이름이 그리스도
      와 그의 영에 실제로도 본질적으로도 낯설고, 또 직접적으로 적
      대적인 그런 세력들을 자신의 편으로 인류 가운데서 만드는 그때
      입니다.

장군 만약 사탄이 드러내놓고 활동한다면, 사탄이 아닌 거죠.

정치가 그러나 두려운 일은 그리스도인 모두가 참칭자, 즉 당신의 말대
      로 적그리스도가 되지 않을까 하는 것입니다. 단지 예외는 여러
      분처럼 특별한 몇몇 사람들과 무의식적인 대중들일 텐데, 물론
      이런 사람들이 기독교 세계에 여전히 존재한다는 가정하에서입니
      다. 그런데 여하간 어떤 경우든 '적그리스도인들'로 취급되는 이
      들은, 우리 중에도, 프랑스에서도, 우리나라에서도 존재하는데,
      모두 특별히 기독교의 일로 바쁘게 활동하고, 기독교에서 자신의
      특별한 일거리를 찾아내고, 기독교라는 이름을 빌어 자신들의 독
      점권이나 특권을 만들어내는 사람들입니다. 현재 그런 사람들은
      두 부류들 가운데 어느 한 부류에 속하는 이들이지만, 둘 다 모두
      마찬가지로 예상컨대 그리스도의 영과는 낯선 이들입니다. 즉 이

들은 사람의 살갗을 벗길 것 같은 어떤 광포한 사람들입니다. 지금 당장 종교 재판[6]을 부활시키고 종교적 대량학살을 자행할 사람들로서, 얼마 전 한 우연한 사기꾼[7]의 사건에서 그야말로 자신들의 고상한 감정을 드러냈던 "경건한" 수도원장들, "용감무쌍한" "가톨릭" 장교들과 비슷한 사람들이거나, 아니면 마치 어떤 아메리카 신대륙이나 되는 듯 덕과 양심이라는 것을 발견하였지만 대신 내면적 진실과 상식을 잃어버린 새로운 금욕주의자들이자 독신주의자들[8]입니다. 전자의 사람들이 도덕적 메스꺼움을 불러일으킨다면, 후자의 사람들은 물리적 하품을 불러일으키지요.

장군 그렇습니다. 예전에는 기독교가 어떤 이들에게는 이해할 수 없는 것, 어떤 이들에게는 증오스런 것이었습니다만, 지금에 와서는 기독교가 그야말로 혐오스럽고 죽을 정도로 지겨운 것이 되어버렸습니다. 이렇게 성공을 거둔 사탄이 얼마나 배꼽 잡고 웃으며 손뼉을 쳐댈지 상상이 갑니다. 이런, 맙소사!

부인 그러니까, 당신 생각으로는 이 사탄이 적그리스도라는 건가요?

Z 씨 그건 아닙니다. 여기서 적그리스도의 존재에 대해 분명히 암시되

---

6 종교 재판에 대한 솔로비요프의 시각에 대해서는 고보루흐-오트로크 Ju. N. Govorukh-Otrok의 보고서 『중세 세계관의 붕괴 원인에 대하여 *O prichinakh upadka srednevekovogo mirosozertsanija*』(모스크바, 1892)에 대한 논쟁을 보라(편찬자).

7 분명 **정치가**는 "자살한" 앙리를 기념하는 서약서를 암시하고 있다. 이 서약서에서 한 프랑스 장교는 자신이 새로운 '바돌로메의 밤Varfolomeevskaja noch''을 희망하여 서명한다고 언명하였고, 다른 장교는 자신이 모든 프로테스탄트, 프리메이슨, 유태인들을 교수형시키길 열렬히 원한다고 언명하였고, 어떤 수도원장은 위그노, 프리메이슨, 유태인들의 살가죽으로 짠 값싼 양탄자가 만들어져 자신이 선한 기독교인으로서 그 양탄자를 발로 영원히 밟을 때와 같은, 그런 밝은 미래에 대한 열망으로 살고 있다고 밝혔다. 이 언명들은 그와 유사한 종류의 수많은 다른 것들과 함께 신문 *Libre Parole*에 게재되었다(지은이).

8 톨스토이주의자들의 종교적인 견해에 반대하는 하나의 공격이다(편찬자).

지만, 적그리스도는 좀더 나중에 올 것입니다.

부인 도대체 뭐가 뭔지 가능한 한 단순하게 설명해주세요.

Z 씨 단순함을 보장할 수는 없습니다. 진실한 단순성은 만나기 어렵고, 인위적이고 거짓된 가짜 단순성은 제일 나쁜 것이기 때문이죠. 이미 고인이 된 제 친구가 즐겼던 오래된 격언이 있죠. **단순함이 과하면 왜곡되기 쉽다.**

부인 그 말도 별로 단순하진 않군요.

장군 민간 속담도 비슷해요. **어떤 단순성은 도둑질보다 더 나쁘다**고요.

Z 씨 바로 그겁니다.

부인 이젠 저도 알겠군요.

Z 씨 적그리스도의 모든 것을 한마디의 속담으로 설명할 수 없으니 유감스럽습니다.

부인 아시는 대로 설명해보세요.

Z 씨 우선 이것부터 말씀해주세요. 당신은 이 세상에 악이 존재한다는 것과 그 악의 힘을 인정하십니까?

부인 인정하고 싶지는 않지만 부득이 그럴 수밖에 없네요. 사람 하나 죽는 것은 아무것도 아닌 것이 되어버렸어요. 바로 이런 악을 피할 길이 없어요. "최후의 적인 죽음이 정복되리라"라는 말씀을 믿습니다만, 아직 그렇게 되지 못했기 때문에, 악은 강할 뿐만 아니라, 더 나아가 선보다 더 강한 것이 분명해요.

Z 씨 (장군에게) 당신도 그렇게 생각하시나요?

장군 저는 총탄과 대포 탄환 앞에서도 눈을 감지 않았던 사람입니다. 마찬가지로 훨씬 민감한 문제라도 눈살을 찌푸리지 않겠습니다. 물론입니다. 악도 선과 마찬가지로 실제로 존재합니다. 하나님은 존재하시고, 물론 사탄도 그분께서 인내하시는 동안에는 존재한다고 생각합니다.

정치가 글쎄요. 저는 당분간 아무 답도 하지 않겠습니다. 제 견해는 문제의 근본에까지는 이르지 못했고, 어제는 제가 이해하는 부분만을 힘닿는 데까지 설명했을 뿐입니다. 그러나 다른 관점을 알게 되는 것도 저로서는 꽤 흥미롭군요. 저는 공작의 사고방식이 너무도 잘 이해가 됩니다. 다시 말해 거기에는 참된 사상이란 것은 전혀 없고, 형식도 의미도 없는qui n'ani rime, ni raison 요구사항들만 적나라하게 돌출되어 있다는 것을 잘 알고 있습니다. 음, 반면에 긍정적인 종교적 관점은 물론 그 내용이 훨씬 더 풍부하니까, 저도 훨씬 더 관심을 갖게 됩니다. 다만 저는 지금까지 공식적인 진부한 형식의 종교적 관점만을 알고 있었기 때문에, 이런 형식들은 저로서는 그다지 만족스럽지 못했습니다. 그래서 저는 이런 문제들에 관해 거룩한 좋은 말씀들이 아니라 자연스런 인간적인 말을 듣고 싶은 마음 간절할 따름입니다.

Z 씨 성경의 여러 책들을 주의 깊게 읽는 사람은 그의 이성적 지평에 여러 별들이 떠오르지만, 저는 복음서의 말씀을 읽을 때 반짝이며 떠오르는 별보다 더 빛나고 감동적인 별은 없다고 생각합니다. "내가 세상에 화평을 주려고 온 줄 아느냐. 내가 너희에게 이르노니 아니라 도리어 분쟁케 하려 함이라."[9] 그분은 지상에 **진리를** 가져오기 위해 오셨지만, 그 진리는 선과 마찬가지로 무엇보다도 **분쟁을 일으킵니다.**

---

9 누가복음 12장 51절(편찬자).

부인 좀더 설명해주실 필요가 있습니다. 그럼 왜 그리스도를 평화의 왕prince de la paix이라 부르고, 왜 그분은 평화를 만드는 자들이 하나님의 아들들이라 일컬음을 받을 것이라고 했나요?

Z 씨 당신은 너무도 선량하신 분이십니다. 그러니까 당신은 제가 모순되는 텍스트 간의 화해를 통해 더 높은 가치를 얻길 바라시는 거지요?

부인 말하자면 그래요.

Z 씨 그렇다면 그 화해는 선하거나 진실한 평화와 악하거나 거짓된 평화를 분리시켜야만 가능하다는 사실을 기억해주십시오. 이러한 사실은 진실한 평화와 선한 적대감을 가져온 그분이 직접 언급하셨습니다. "곧 나의 평안을 너희에게 주노라. **내가** 너희에게 주는 것은 **세상이** 주는 것 같지 아니하니라."[10] 말하자면 그리스도가 세상에 가져온 선한 평화는 **구별**, 즉 선과 악, 진실과 거짓 사이의 구별에 토대를 둡니다. 그리스도의 선한 평화가 있는가 하면, 내적으로 서로 반목하며 외적인 통일 혹은 혼합에 토대를 둔 악하고 세속적인 평화도 있습니다.

부인 선한 평화와 악한 평화의 차이점을 어떻게 설명하실 거죠?

Z 씨 그저께 장군이 우스갯소리로 예를 들면 니스타드와 쿠추크-카이나르드쥐르가 체결한 조약에 의한 선한 평화가 있을 수 있다고 언급하셨던 것과 거의 비슷합니다. 이런 농담의 기저에는 보다 보편적이고 중요한 의미가 담겨 있습니다. 정치적 싸움과 마찬가지로 영적 싸움에서도 선한 평화란 전쟁의 목표가 달성될 때만 완결

---

10 요한복음 14장 27절(편찬자).

되는 평화입니다.

부인 그렇지만 무엇 때문에 궁극적으로 선과 악 사이에 전쟁이 있게 되나요? 사실상 서로 싸울 필요가 있나요? 선악이 서로 대면하여 corps acòrps 실제로 충돌하는 것이 가능한가요? 사실 일반적인 전쟁에서야 한쪽 편이 더 강하게 되면 다른 반대편, 즉 적 또한 지원군들을 찾게 되고, 그래서 결국 다툼은 대포와 총검을 갖고 싸우는 실제 전투들로 결판나야만 하지요. 그러나 선과 악의 싸움은 그렇지 않아요. 선한 편이 강해지면 악한 편은 어느새 약해져서 실제 전투는 결코 일어나지 않게 되죠. 그러니까 이 모든 얘기는 단지 비유적 의미에서만 존재할 따름이죠. 즉 사람들 사이에 선이 더 많아지도록 애를 쓰면 악은 저절로 적어지게 됩니다.

Z 씨 당신이 생각하는 대로라면, 악한 사람들이 악을 상실하여 마침내 선하게 될 때까지, 선한 사람들만 더욱 선해질 필요가 있다는 건가요?

부인 저는 그렇게 생각합니다.

Z 씨 그럼 당신은 선한 사람의 선행이 악한 사람을 선한 사람으로 만들거나, 적어도 덜 악한 사람으로 만든 경우들을 알고 계신가요?

부인 아니요. 솔직히 저는 그런 경우를 보거나 듣지는 못했습니다……그런데 잠깐만요. 지금 당신이 말씀하신 것은 그저께 당신이 공작과 나누신 말씀, 즉 심지어 그리스도 역시 자신의 선 전체로도 가룟 유다 혹은 악한 강도[11]의 영혼을 선하게 만들 수 없었다는 점과 연관이 있는 이야기 같네요. 따라서 대답은 공작을 위해 남겨

---

11 첫번째 대화에서도 언급된 누가복음 23장 39절~43절에 관한 이야기이다(편찬자).

두지요. 그가 올 때까지 이 문제를 잊지 마세요.

Z 씨 글쎄요. 저는 그가 적그리스도라고 생각하지 않기 때문에, 또 그
가 오리라는 확신도 없거니와 그의 신학적 재치에 대해서는 더더
욱 확신을 가질 수 없습니다. 그렇다면, 우리 이야기가 이 미해결
의 난제로부터 벗어나도록, 제가 잠시나마 공작이 **자신의 관점에
서** 틀림없이 내세울 것 같은 반론을 제시해 보겠습니다. "왜 그리
스도는 자신의 선으로 유다와 그 일당들의 사악한 영혼을 변화시
키지 않았는가?"―이유는 간단합니다. 왜냐하면 시대가 너무도
어두웠고, 또 내면의 힘이 진리를 감지할 수 있을 만큼 도덕적 발
전의 수준에 다다른 이들이 매우 극소수였기 때문입니다. 그런데
유다와 그 일당들은 더구나 너무도 뒤처져 있었습니다. 그러나
그리스도 자신은 나아가 제자들에게 이렇게 말씀하셨습니다. "나
의 하는 일을 저도 할 것이요 또한 이보다 **더 큰 것도 하리니**"[12]
즉, 오늘날처럼 인류가 최고의 도덕적 진보 단계에 다다랐을 때,
참된 그리스도의 제자들은 자신들의 온유함과 악에 대한 무저항
의 힘으로 천 팔백 년 전에 가능했던 것을 능가하는 큰 도덕적 기
적을 행할 수 있습니다.

장군 잠깐, 잠깐만요! 만약 행하는 것이 **가능하다면**, 그들은 왜 행하지
않는 건가요? 아니면 당신은 이 새로운 기적들을 본 적이 있나
요? 여기 우리의 공작은 "기독교 의식이 도덕적적으로 발달한 천
팔백 년 후"인 지금도 제 몽매한 영혼을 계몽시킬 수 없습니다. 제
가 그를 만나기 전에 야만인이었다고 해도, 지금도 야만인으로

---

12 요한복음 14장 12절(편찬자).

남아 있고, 예전의 저와 마찬가지로 지금도 제가 하나님과 러시아 다음으로 세상에서 그 무엇보다 좋아하는 것은 대체로 전쟁, 특히 대포와 관련된 일입니다. 그리고 사실 저는 살아오는 동안 우리의 공작뿐 아니라 그보다 더 강력한 많은 무저항주의자들을 만난 적도 있습니다.[13]

Z 씨 무엇 때문에 그런 개인적인 태도를 취하시는 겁니까? 저한테 무엇을 원하시는 겁니까? 저는 지금 이 자리에 없는 반대자를 위하여 그가 잊었던 복음서 내용을 제시하였던 것이고, 그 다음으로 저는 이렇게 말하고 싶습니다.

"여기에 이유가 있든 없든,

나는 낯선 꿈에 답하지 않으리."[14]

부인 이제 저도 불쌍한 공작의 편을 들어야겠네요. 그가 현명했더라면 장군께 이렇게 대답했겠지요. "저나 당신이 만났던 저와 같은 생각을 갖고 있는 사람들이 스스로를 그리스도의 진정한 제자로 여기는 것은 우리가 선을 행할 수 있는 큰 힘을 이미 갖게 되어서가 아니라 단지 사상과 행위의 방향성에 따른 것입니다. 그러나 우리보다 더 완전한 기독교인들이 아마도 어딘가에 있거나 혹은 조만간 나타날 것이고, 그러면 그들이 당신들의 어두운 벽을 허물어줄 것입니다."

Z 씨 그런 대답은 물론 실용적으로 편리할 것입니다. 왜냐하면 새로운

---

13 크림 전쟁 시에 포병 대원이자 유명한 제4능보에서 포병대를 지휘한 레프 톨스토이에 대한 암시이다(편찬자).

14 마지막 행들은 A. K. 톨스토이의 시 「사제의 꿈Son Popova」의 일부이다(1982년 모스크바에서 출판된 A. K. 톨스토이의 『드라마 삼부작, 시Dramaticheskaja trilogija, Stikhotvorenija』를 참고하라)(편찬자).

미지의 단계에 호소할 수 있게 될 테니까요. 그러나 사실 이것은 그다지 심각한 문제가 아닙니다. 가령 그들이 이렇게 말할 것이라고, 혹은 말할 것임에 틀림없다고 가정해봅시다. "우리는 그리스도가 행했던 것보다 더 큰 일이든, 혹은 그가 행했던 것과 동등한 일이든, 심지어 그가 행했던 것보다 더 작은 일이라 할지라도, 그런 일과 조금이나마 근접한 그 어떤 일도 우리는 전혀 할 수 없습니다." 이렇게 건강한 논리에 따라 그들이 인정한다면 이로부터 어떤 결론을 내릴 수 있습니까?

장군 아마도 결론은 그리스도가 하신 "나의 하는 일을 저도 할 것이요 또한 이보다 더 큰 것도 하리니"라는 말씀이 이 신사 분들에게 하신 말씀이 아니라, 그들과는 전혀 닮지 않은 누군가 다른 사람에게 하신 말씀이라는 것이 되겠지요.

부인 그렇지만 어떤 사람이 적을 사랑하고 모욕을 용서하라는 그리스도의 계율을 끝까지 지키고, 그래서 그 사람이 그리스도를 통해서 자신의 온유함으로 악한 영혼들을 선한 영혼들로 변화시키는 힘을 얻게 되는 것을 생각할 수 있는 것 아닌가요.

Z 씨 얼마 전에 이런 유의 시도가 있었습니다. 그러나 그 시도는 성공을 거두지 못했을 뿐더러 오히려 당신이 생각하시는 것과는 정반대의 결과를 보여주었습니다. 어떤 한 사람이 있었습니다. 그 사람은 끝없는 온유함으로 온갖 모욕을 용서할 뿐 아니라 온갖 새로운 악행들을 보다 큰 새로운 선행으로 보답하는 이가 있었습니다. 그런데 그래서 어떻게 되었습니까? 과연 그가 적의 영혼에 감동을 주어 그를 도덕적으로 다시 태어나게 했나요? 아니요! 그는 단지 악인의 마음을 노하게 하여 애처롭게 그의 손에 의해 죽었습

니다.

부인 어떤 일을 말씀하시는 거죠? 그게 누구죠? 언제, 어디에 그런 사람이 살았었나요?

Z 씨 얼마 전, 페테르부르크에 그런 사람이 있었습니다. 여러분이 그를 아실 것이라 생각했는데요. 그는 궁정 시종 델라류입니다.

부인 저는 페테르부르크라면 손바닥처럼 훤한데, 그런 이름은 들어본 적이 없어요.

정치가 저도 기억나지 않는군요. 그런데 그 시종의 이야기라는 것이 대체 무엇인가요?

Z 씨 알렉세이 톨스토이의 미출판 시는 그 이야기를 훌륭히 묘사하고 있습니다.

부인 출판되지 않았다고요? 그렇다면 아마도 소극(笑劇)이겠군요. 이렇게 진지한 대상을 이야기하고 있는 마당에 어떻게 소극을 연결시키는 건가요?

Z 씨 제가 확실히 말씀드리는 것은 비록 이 작품이 형식상 소극이라도 매우 진지하고, 그리고 중요한 점은, 사실적이고 현실적인 내용을 갖춘 작품이라는 것입니다. 여하간 이 농담조의 시는 인간 삶의 선악이 가질 수 있는 실제 관계를 제가 진지한 산문으로 표현할 수 있는 것보다 훨씬 더 잘 그려냈습니다. 그리고 제가 추호의 일말의 의심도 하지 않는 것은 능숙하고 진지하게 인간 심리라는 흑토를 개간해내고 있는 세계적으로 유명한 여타 소설들의 주인공들이 한낱 독서가들의 문학적 회상거리가 되어버릴 때에도, 우습고 거친 회화적 특징을 띤 채 도덕적 문제의 기저의 심연을 다루는 이 소극은 그 자체의 모든 예술적이며 철학적인 진실을 보존

할 것이라는 점입니다.

부인 저는 당신의 패러독스를 믿지 않아요. 당신은 역설의 정신에 사
     로잡혀 보편적 견해를 항상 고의로 무시하세요.

Z 씨 만약 보편적 견해가 존재한다면 저는 분명 그것을 "무시했을 겁니
     다." 그러나 당신이 모르고 계시기 때문에 어쨌든 제가 시종 델라
     류에 대한 이야기를 해드리겠습니다. 저는 이 이야기를 암기하고
     있습니다.

     암살자는 델라류의 가슴에
     불신의 단검을 꽂았다.
     그런데 델라류는 모자를 벗고는 그에게 정중하게 말했다.
     "감사합니다."
     이번에는 그의 왼편에서 그를 향해 무서운 단검을 들고
     악인이 달려들었다.
     그러나 델라류는 이렇게 말했다.
     "당신은 참 좋은 검을
     갖고 있군요."
     그러자 악인은 오른쪽에서 다가와
     그를 찔렀다.
     그러나 델라류는 능청스런 미소를 띠며
     단지 위협할 뿐이었다.
     그러자 악인은 그의 온몸을
     관통하여 찔러댔지만,
     델라류는 이렇게 말했다. "차 한잔 마시러 저희 집에

세 시에 오십시오."

악인은 넙죽 엎드려 눈물을 철철 흘리면서

나뭇잎처럼 몸을 떨었다.

그런데 델라류는 이렇게 말했다. "아, 제발 일어나세요!

여기 마루가 더럽습니다."

그러나 악인은 그의 발밑에서 마음의 진심어린 고통 속에

계속해서 흐느꼈다.

그런데 델라류는 팔을 벌리면서 말했다.

"전혀 뜻밖입니다!

울 수가 있어요? 어떻게요?! 그렇게 심하게 울다니요?—

그렇게 사소한 일에 대해서요?!

사랑하는 이여, 제가 당신을 위해 임대료를 구해드리겠습니다.

당신에게 임대료를요!

당신의 어깨에 스타니슬라프 훈장을 달아줄 거예요,

다른 이들에게 본이 되도록요.

저는 그렇게 청원할 권리가 있습니다.

저는 시종이니까요.

제 딸 두냐와 결혼하길 원하십니까?

그러면 저는 지참금으로 지폐 십만 루블을 세어

드리도록 하겠습니다.

여기 우정의 증표로 제 초상화를 드립니다.

아직 초상화를 표구하지 않았으니

그대로 받으십시오."

그러자 악인의 표정은

신랄해져서, 심지어 후추보다 더 쓰디쓸 정도였다.

타락한 마음은

아! 악을 위한 선행을 용서하지 못하느니.

고매한 정신은 평범함을 초조하게 하고,

빛은 어두움보다 더 두려운 법.

암살자는 초상화는 용서할 수 있으나

임대료는 용서할 수 없다.

너무도 뜨겁게

악인 속에서 질투의 독이 불타올라

파렴치한은 어깨에

스타니슬라프 훈장을 달자마자

뻔뻔스런 사악함으로 자신의 단검을

독에 담갔고

몰래 조심스럽게 델라류에게 다가가

뒤에서 친구를 찔렀다.

끔찍한 고통으로 인해 의자에 앉을 힘이 없었기 때문에

델라류는 바닥에 쓰러졌다.

그동안 악인은 이층에 있는

두냐를 겁탈하고,

탐보프로 도망가서 그곳에서 현지사가 되어

매우 사랑을 받았다.

그 다음에는 모스크바에서 열정적인 의원이 되어

모든 이들로부터 존경을 받았다.

그 다음에는 짧은 기간이지만

내각의 위원이 되었다……

이것은 우리에게 어떤 예를 보여주는가,

어떤 교훈을!¹⁵[15]

부인 아, 너무도 감미롭군요! 예상치도 못하게 훌륭했어요!

정치가 정말 훌륭합니다. "지폐로 세어서 주겠다!"라는 표현은 굉장합니다. "임대료는 용서할 수 없다"와 "탐보프로 도망갔다!" 등의 표현은 걸작이 될 가치를 갖고 있습니다 deux vrais coups de maître!

Z 씨 그러나 얼마나 사실성이 뛰어납니까, 여러분도 깨달으시겠지요. 델라류는 자연에서 만날 수 없는 "순수한 선인"이 아닙니다. 그는 모든 인간적인 약점들, 허영("저는 시종입니다!")과 탐욕(십만 루블을 마련한 것)을 지닌 살아 있는 인간이고, 반면 그가 악인의 단점에 대해 환상적일 정도로 꽉 막혀 있는 것은 단지 그의 무한하고 주체하기 어려울 정도의 관용에 대한 상징, 심지어는 어떤 모욕에 대해서도 무감각하기까지 한 매우 드물기는 하지만 존재하는 그의 무한하고 주체하기 어려울 정도의 관용에 대한 분명한 상징일 뿐입니다. 델라류는 미덕의 구현체가 아니라, 내면에서 진정한 선이 악한 자질을 이겨서 그 자질을 악의 없는 약점의 형상을 입혀 영혼의 표면으로 내쫓아버린, 자연 그대로의 선한 인간입니다. 마찬가지로 "악인"도 결코 걸어다니는 결점의 농축액이 아니라 선한 자질과 악한 자질의 평범한 혼합체입니다. 그러나 그의 영혼의 심연 속에는 질투라는 악이 보이지 않게 자리 잡

---

15 A. K. 톨스토이의 시 「너그러움은 마음을 누그러뜨린다 Velikodushie smjagchaet serdtsa」
(편찬자).

고서 모든 선한 것을 영혼의 **표피**로 내쫓아버렸습니다. 다시 말하면 선은 영혼의 표피에서 매우 생생하긴 하지만 피상적인 감수성의 모양을 띠게 된 것입니다. 델라류가 잔인한 모욕에 대해 예의 바른 말과 다과에의 초대로 답할 때, 이러한 고상함의 발현이 악인의 도덕적 표피의 감수성을 강하게 건드려 악인은 격정적 후회에 스스로를 내맡깁니다. 그러나 시종의 예의가, 적의 악행에 대하여 단지 겉치레인 공손한 말과 행위가 아니라 실제적으로 도움이 되는 진실하고 살아 있는 선으로 되갚는 행위, 선한 인간의 진실한 연민으로 전이될 때, 즉 델라류가 악인의 일상 속으로 들어가 그와 자신의 재산을 나누고, 그의 직업을 마련해주고 심지어 가족의 행복을 선사할 준비가 되어 있을 때, 악인의 더 깊은 도덕적 심층에 침투한 이 실제적 선함은 그의 내면의 도덕적 열악함을 드러내고 마침내 그의 영혼의 바닥까지 도달하여 질투라는 악어를 깨운 것입니다. 악인이 질투한 것은 델라류의 선함이 아닙니다. 왜냐하면 그 스스로가 선한 사람이 될 수 있었기 때문입니다. 그가 "마음의 진심어린 고통 속에서 흐느낄 때," 정말로 자신의 선함을 느끼지 않았을까요? 그가 질투한 것은 다름 아닌 자신이 도달할 수 없는 이 선함의 무한함과 **단순한 진지함**입니다.

　암살자는 초상화는 용서할 수 있으나

　임대료는 용서할 수 없다!

　정말이지 현실적이지 않습니까? 이런 일은 현실의 삶에서도 일어나지 않던가요? 똑같이 생기를 주는 비이지만, 이 빗방울에서 약초의 유익한 힘이 자라나오기도 하고, 독초의 독 역시 자라나옵니다. 마찬가지로 참된 선행은 결국 선한 인간 속에서 선을 키우고 악한 인간 속에서 악을 키웁니다. 그렇다면 과연 우리는 항상 그리고 아무것도 가릴 것 없이 자신의 선한 감정에 의지를 반드시 맡겨야만 할까요, 또 심지어는 맡길 권리를 갖고 있는 것일까요? 좋은 물뿌리개로 자기 아이들이 뛰어노는 정원의 독초들에 열심히 물을 뿌려주는 부모를 칭찬할 수 있을까요? 당신들에게 묻겠습니다. 두냐는 무엇 때문에 파멸하였나요?

장군 전적으로 동의합니다! 만약 델라류가 악인의 뒤통수를 멋지게 후려갈겨서 그를 집에서 쫓아내었다면 그놈이 이층에까지는 가지 못했을 거요.

Z 씨 정말로, 그 옛날, 신앙 때문에 수난당한 이들처럼, 그 역시 선을 위해 **자신**을 희생할 권리가, 선을 위해 수난자가 될 권리가 있다고 합시다. 그러나 두냐 역시 그렇게 되어야 하나요? 아시다시피 그녀는 무지하고 어려서 스스로 아무것도 증명할 수 없을 뿐더러 증명하는 것을 바라지도 않습니다. 그녀가 너무 가엾지 않은가요?

정치가 그녀가 가엾다고 칩시다. 그러나 저는 적그리스도가 악인과 함께 탐보프로 도망간 것 같아 그게 더 유감입니다.

Z 씨 붙잡을 겁니다, 각하. 그를 붙잡을 수 있을 겁니다! 어제 당신은 역사의 의미를 지적하시면서, 처음에는 서로에게 이질적이며 한편 서로에 대해 잘 모르고 다른 한편 서로 적대적이기까지 한 야만 민족으로 구성된 자연 그대로의 인류로부터 점차적으로 가장 뛰어난 교육받은 부분, 즉 문화 세계 혹은 유럽 세계가 분리되어 나오는 과정이 역사의 의미라고 하셨습니다. 이 문화 세계 혹은 유럽 세계는 점차적으로 성장하고 완전히 발전해서 마침내 역사

적 발전 단계에서 뒤처진 모든 민족들을 하나의 견고하고 평화로운, 국제적인 전체로 포함시키면서 그들을 포위하게 될 것이라고 지적하셨습니다. 영원한 국제적인 평화의 확립, 이것이 당신의 공식이지 않았습니까?

정치가 그렇습니다. 그리고 이 공식은 가까운, 이미 멀지 않은 미래에 실현되어 현재 가능한 것보다 훨씬 더 큰 문화의 성공을 거두게 될 것입니다. 당신은 얼마나 많은 어리석은 것들이 필연적으로 쇠퇴하고, 얼마나 많은 좋은 것들이 사물의 본성상 발생해서 발전해 나갈 것인가만 생각하게 될 것입니다. 학문과 예술, 산업과 무역이 융성하듯이 얼마나 많은 에너지들이 생산적인 일들을 위해 해방되게 될지……

Z 씨 글쎄요, 그럼 당신은 죽음과 질병 퇴치도 문화가 멀지 않은 미래에 거둘 성공들 가운데 하나로 포함시키는 건가요?

정치가 물론이죠…… 어느 정도까지는요. 이미 지금도 보건 시설, 위생, 소독…… 장기 치료 요법에 있어서 많은 일들이 이루어졌습니다.

Z 씨 그러나 긍정적인 측면의 이런 의심할 바 없는 성공이 문화가 발전하면서 동반되어 발생하는 신경병적이고 정신병적인 현상들의 의심할 바 없는 증가로 인해서 평균을 이루게 된다고 생각지는 않으십니까?

정치가 글쎄요, 그것을 어떤 저울들로 측정하지요?

Z 씨 대부분의 경우 양(陽)이 성장하면 음(陰) 역시 성장하여 그 결과 영(零)에 가까운 것이 얻어진다는 것은 의심할 여지가 없습니다. 이것은 질병과 관련해서 그렇습니다. 글쎄요, 그리고 사망과 관련해서도, 영(零)밖에는 문화 진보를 통해 얻어진 것은 아무것도 없

었던 같습니다만.

정치가   그런데 정말로 문화의 진보가 사망을 없애는 것과 같은 것을 자체의 과제로 설정하는 것인가요?

Z 씨   제가 알기로는 그렇지 않습니다. 그래서 문화의 진보 자체를 높이 평가해서는 결코 안 됩니다. 글쎄요, 정말로 만약 제가 저 자신과 또 제게 소중한 모든 사람들이 영원히 사라져야만 한다는 사실을 안다면, 여러 민족들이 어딘가에서 서로 싸우든, 그들이 문화적이든 야만적이든, 예절바르든 그렇지 않든 제게 아무 상관이 없지 않을까요?

정치가   네, 개인적인 이기적(利己的) 관점에서 보자면 물론 아무 상관이 없습니다.

Z 씨   이기적 관점에서라뇨? 죄송합니다만, 모든 관점에서 그렇습니다. 죽음은 모든 것을 동등하게 만들고 죽음 앞에서 이기주의와 이타주의는 똑같이 무의미합니다.

정치가   그렇다고 합시다. 그러나 이기주의가 무의미하다고 하여 우리가 이기주의자가 되지 않는 것은 아닙니다. 마찬가지로 이타주의도 그것이 가능한 한은 이성적 기반이 없어도 통용되기 마련이고, 죽음에 대한 판단도 여기서는 아무런 작용도 하지 않습니다. 저는 제 자식과 손자가 죽는다는 사실을 알지만, 그 사실이 제가 그들의 행복이 영원할 것처럼 돌보아주는 것을 방해하지는 않습니다. 저는 무엇보다도 그들을 사랑하기 때문에 노력하는 것이고, 제 삶을 그들에게 헌신하는 것은 제게 만족을 줍니다. '그것이 저의 취향입니다C'est simple comme bonjour.'[16]

부인   네, 당분간은 모든 것이 순조롭겠지요. 비록 이때도 여전히 죽음에 대한 생각은 찾아오지만요. 그런데 만약 갖가지 불행이 당신의 자식과 손자에게 찾아온다면 어떻게 하실 거죠? 거기에 어떤 만족이 있고 어떤 취향이 있나요? 이것은 마치 소택지에 있는 수초와 같아요. 움켜쥐면 물에 빠지게 되지요.

Z 씨 그리고 이 문제와 별개로 당신은 당신의 보살핌이 자식과 손자에게 현실적이고 궁극적인 행복을 제공할 수 있을 것인가라는 질문에 답을 하지 못하거나, 심지어 그런 질문조차 제기하지 못한다 할지라도, 그 무엇에도 불구하고quand même 당신은 자식과 손자를 보살필 수 있고, 보살펴야만 합니다. 당신은 무언가를 위해서가 아니라 그들에 대해 살아 있는 사랑을 가졌기 **때문에** 돌보는 것입니다. 그러나 그러한 사랑은 아직 이곳에 존재하지 않는 미래의 인류에 대해서는 가질 수가 없습니다. 그래서 여기에서 우리의 보살핌이 **최종적으로** 어떤 의미나 목적을 갖는가라고 묻는 이성적인 질문이 충분히 가능한 것입니다. 그리고 만약 이 물음에 대한 답이 최종적인 심급에서 죽음이라고 판결된다면, 만약 당신이 의미하신 바의 진보와 문화의 최종 결과가 여전히 개인과 모든 이의 죽음일 뿐이라면, 모든 진보적인 문화 활동은 아무 소용도 없는 것이고, 어떤 목적도 의미도 없는 것입니다.

　(여기서 Z 씨는 갑자기 말을 멈추었고, 다른 이들은 철컥거리는 문소리를 향해 고개를 돌렸다가 잠시 동안 당혹감으로 멈칫했다. 공

---

16 이 프랑스어는 코지마 프루트코프Koz'ma Prutkov의 풍자시 1번을 부정확하게 인용하여 옮긴 것이다.
"당신은 치즈를 좋아하나요?" 위선자가 물었다. "네." 그가 대답했다. "그것이 저의 취향입니다"(A. K. 톨스토이, 모스크바, 1981, 1권 p. 312)(편찬자).

작이 정원으로 들어와 고르지 않은 발걸음으로 사람들을 향해 다가왔다.)

부인   아! 아직 적그리스도에 대한 이야기는 시작도 하지 않았는데요.

공작   상관없습니다. 저는 마음을 바꾸었습니다. 그리고 저는 저의 가까운 분들의 오해에 대해 그분들의 해명을 충분히 듣지도 않고, 공연히 저의 불쾌한 감정부터 드러냈던 것 같습니다.

부인   (의기양양하여 장군을 향해) 이것 좀 보세요! 이제 무슨 말씀을 하실 거죠?

장군   (건조하게) 할 말 없소.

Z 씨   (공작에게) 때마침 잘 오셨습니다. 저희들은 야만인이든 혹은 미래의 교양 있는 유럽인이든 간에, 모든 인간에게 있어 진보의 종국이 항상 죽음이라면, 우리가 진보에 관심을 쏟는 것이 과연 가치가 있는가에 대하여 이야기하고 있었습니다. 이 문제에 대해 당신은 당신의 교리에 의거하여 무슨 말씀을 하시겠습니까?

공작   진실한 기독교의 가르침은 그런 질문을 하는 것조차 허용하지 않습니다. 질문에 대한 복음서의 해답은 "포도밭 비유 속에 특히 분명하고 힘 있게 표현되어 있습니다. 포도원 일꾼들은 주인의 일을 하기 위해 파견된 포도원이 자신들의 것이라고, 포도원에 있는 모든 것이 그들을 위해 만들어졌다고, 그들의 일이란 단지 이 포도원에서 자신의 삶을 즐기는 것이라고 생각했고, 주인에 대해서는 잊은 채 주인과 그에 대한 의무를 기억나게 하는 이들을 죽였습니다. 그 포도원의 일꾼들처럼 지금도 거의 모든 사람들이 자기 자신들이 삶의 주인이고 그 삶은 향락을 위해 주어진 것이라는 어리석은 확신 가운데 살아가고 있습니다. 그러나 이것은 진

정 어리석은 일입니다. 실은 만약 우리가 여기로 보내졌다면 그
것은 누군가의 뜻에 따라, 무언가를 위해서입니다. 그러나 우리
는 우리가 마치 버섯과 같다고 단정해버렸습니다. 우리는 이미
태어났고, 우리 자신들의 즐거움만을 위해서 살고 있다는 것이죠.
주인의 뜻을 실행하지 않은 일꾼이 사악한 것처럼 우리도 사악한
것이 분명합니다. 주인의 뜻은 그리스도의 교훈 속에 있습니다.
사람들이 이 교훈을 실천만 한다면, 지상에 하나님의 왕국이 건
설되고 사람들은 그들이 얻을 수 있는 최상의 행복을 얻을 것입니
다. 여기에 모든 것이 있습니다. **하나님의 왕국과 그의 진리를 찾
으십시오, 그러면 나머지는 당신들에게 주어질 것입니다.** 우리는
나머지를 찾느라 그를 찾지 않고, 하나님의 왕국을 건설하지 않을
뿐 아니라 오히려 그것을 파괴합니다." 자신의 다양한 국가와 군
대, 법정, 대학, 공장으로 말입니다.

장군   (옆을 향해) 이런, 시동이 걸렸군요!

정치가 (공작에게) 다 말씀하신건가요?

공작   그렇습니다.

정치가 이 문제에 대한 당신의 답을 제가 이해할 수 없다는 것을 반드시
       말씀드려야겠습니다. 당신은 마치 무엇인가를 판단하고, 증명하
       고, 해결하고, 설득하길 원하시는 듯합니다만, 당신이 말씀하시
       는 모든 것은 자의적이고 서로 연관관계가 없는 주장들입니다. 예
       를 들어 당신은 만약 우리가 이곳으로 보내진 거라면 누군가의 뜻
       에 따라, 무언가를 위해서라고 말씀하십니다. 이것이 당신의 주
       요한 사상 같은데 도대체 이것이 무엇입니까? 우리가 누군가에
       의해, 무엇인가를 위해 이곳에 보내졌다는 사상을 당신은 어디에

서 갖고 오신 건가요? 누가 당신에게 이것을 말해주었습니까? 우리가 여기, 지상에 존재한다는 것은 확실합니다만, 당신은 누군가가 우리를 이곳에 보낸 것이라고 완전한 근거 없이 확신하고 있습니다. 예를 들어 제가 젊은 시절 공사(公使)였을 때 저는 이 사실을 분명히 알고 있었고, 또한 누구에 의해서 무엇 때문에 보내졌는지 알고 있었습니다. 왜냐하면 첫째로 저는 이것에 대한 논쟁의 여지없는 문서를 갖고 있었고, 둘째로 고(故) 알렉산드르 니콜라예비치 황제를 개인적으로 알현하여 개인적으로 훈시를 받았고, 셋째로 4개월마다 매번 만 루블을 금화로 받았기 때문입니다. 그러나 만약 이 모든 것 대신에 거리에서 아무 관계없는 어떤 사람이 제게로 다가와서 제가 공사이고 무슨 일을 위해 어딘가로 보내졌다고 공표한다면 저는 제 생명을 해치려 덮칠지도 모르는 이 광인으로부터 저 자신을 보호하기 위해 가까이에 순경이 없는지 주위를 둘러보게 될 것입니다. 그러나 지금의 문제와 관련해서, 당신에게는 당신의 가상적인 주인이 준 확실한 문서들도 없고, 당신이 그를 개인적으로 알현하지도 않았으며, 그로부터 보수도 받고 있지 않은데, 도대체 당신이 어떻게 공사란 말입니까? 그런데 당신은 당신뿐만 아니라 다른 사람들 또한 공사 혹은 일꾼이라고 하셨는데, 어떤 자격에 따른 것입니까? 어떤 근거에 의해서인지 이해할 수가 없습니다. 저는 이것이 영감은 별로 없는 trés mal inspirée d'ailleurs 어떤 수사학적인 즉흥연설이라고 생각합니다.

부인 이런, 당신은 또다시 모르는 체하시는군요. 당신은 공작이 당신의 불신을 반박하길 전혀 원치 않았고, 다만 우리 모두가 하나님에게 의존해 있고, 그분에게 복무할 의무가 있다는 보편적인 기독교의 견해를 설명했다는 것을 너무도 잘 이해하시잖아요.

정치가 저는 보수가 없는 일이란 이해할 수 없습니다. 그리고 만약 일의 보수가 모든 이에게 단지 하나의 것, 죽음이라면, 제 축하 인사나 받아주십시오 je présente mes compliments.

부인 하지만 실은 당신은 어떻든 상관없이 죽을 것이고, 아무도 당신 에게 그에 대해 동의를 구하지는 않을 거예요.

정치가 바로 이 "어떻든 상관없이"라는 것도 삶이 직무가 아니라는 사실 을 증명하고 있습니다. 그리고 저의 죽음이 저의 출생처럼 저의 어떠한 동의도 요구하지 않는다면 저는 어떤 주인에 대한 직무를 생각하는 것이 아니라, 삶에서와 마찬가지로 죽음에서도 역시 그 속에 실제로 존재하는 것, 즉 자연의 필연성을 보는 것을 택하겠 습니다. 저의 결론은 이렇습니다. 살아가는 동안에는 살도록 하 라, 그리고 가능한 현명하게, 더 잘 살도록 노력하라, 그런데 현 명하고 좋은 삶의 조건이란 평화로운 문화이다. 그러나 저는 기독 교의 가르침에 기반을 둔, 공작이 제안한 문제의 허위 해결은 비 난을 면할 수가 없다고 생각합니다. 그러나 이것에 관해서는 저보 다도 훨씬 권위 있는 여러분께서 말씀하시도록 놓아두겠습니다.

장군 맞습니다. 거기에 어떤 해결이 있는 겁니까? 어떤 해결도, 어떤 문제제기라고 할 것도 없고, 단지 말로 문제를 회피하는 것뿐입 니다. 이것은 마치 제가 기획안 위에 연필로 제도해 그린 제 부대 가 연필로 제도해 그린 적의 요새를 포위했다고 가정하고, 그것 을 함락했다고 상상하는 것과 같습니다. 여러분도 아시다시피 유 명한 병사들의 군가에서 노래하는 것처럼, 실은 이와 유사한 일 이 있었습니다.

4일 날 우리는 귀신에 홀린 듯
앞으로 나아갔다네,
　　산을 점령하러.

[……]
백작들과 공작들이 와서
지형도를 그렸지,
　　커다란 종이 위에.
종이 위에는 평탄한 길만 그려지고,
협곡 따위는 잊었다네,
　　하지만 그곳을 행군해야 한다네.

결과가 유명하지요.

페주힌의 정상으로 올라온 것은
겨우 우리 2개 중대뿐,
연대는 사라졌다네.[17]

공작　전혀 이해할 수 없습니다! 제가 말씀드린 것에 대해 당신이 반박
할 수 있는 것이 이게 전부입니까?

---

[17] 이 노래는 레프 톨스토이가 쓴 것으로, 1855년 8월 4일의 '검은 강'에서의 전투에 바쳐진
것이다. 사본의 형태로 광범위하게 유통되었다(L. N. 톨스토이, 『러시아 작가들과의 왕복
서한 *Perepiska s russkimi pisateljami*』, 모스크바, 1978, 1권 p. 129)(편찬자).

장군   당신이 말씀하신 것 중에서 특히 버섯들에 관한 것, 마치 그것들
이 자체의 기쁨을 위해 사는 듯이 말씀하시는 것은 이해가 되지
않습니다. 저는 항상 버섯은 발효 크림 속에 든 버섯이나 버섯 든
만두를 좋아하는 사람들을 위해 사는 거라고 생각해왔거든요. 글
쎄요. 그런데 만약에 당신의 지상의 하나님 왕국이 죽음을 건드
리지 않고 남겨둔다면, 그건 사람들이 자신의 의지와는 상관없이
살고 있고, 당신이 말하는 하나님 왕국에서 당신이 고안해낸 버
섯, 즐거운 버섯처럼 사는 것이 아니라 프라이팬에 구워 먹는 진
짜 버섯처럼 살게 될 것이라는 결론이 나오는데요. 지상의 하나
님 왕국에 사는 사람들의 모든 일 또한 죽음이 그들을 먹어치우는
것으로 끝이 날 테니까요.

부인   공작이 말씀하신 건 그게 아니죠.

장군   공작은 그에 대해 이것도 저것도 아무것도 말하지 않았습니다. 그
러나 무슨 연유로 이렇게 중요한 점에 대해 침묵하시는 겁니까?

Z 씨   이 문제를 제기하기 전에 당신의 견해를 표현했던 그 비유는 어디
서 인용한 것인지 알고 싶군요. 아니면 혹 그 비유가 당신의 고유
한 창작물입니까?

공작   창작물이라뇨? 복음서에서 인용한 겁니다.

Z 씨   아니요! 어떤 복음서에도 그런 비유는 없습니다.

부인   도대체 왜 그러세요! 무엇 때문에 공작을 당황하게 만드시나요?
복음서에는 분명 포도원 비유가 있는데 말이에요.

Z 씨   외적인 줄거리로는 비슷한 것은 있습니다만, 거기에 담긴 내용과
의미는 완전히 다릅니다.

부인   무슨 말씀이세요? 적당히 하세요! 저는 완전히 같은 비유라 생각

해요. 당신이 똑똑한 체 어떤 말씀을 하셔도 저는 당신의 말을 곧 이곧대로 믿지 않겠어요.

Z 씨 저의 말을 믿으실 필요는 없습니다. 제 주머니 안에 책이 있으니까요(그는 작은 크기의 신약성경을 꺼내 책장을 넘긴다). 포도원에 대한 비유는 마태, 마가, 누가, 이 세 복음서에 있습니다.[18] 그러나 이 세 비유 사이에 현저한 차이가 있는 것은 아닙니다. 따라서 하나의 복음서만, 다른 것들에 비해 더 자세히 나와 있는 누가복음만 읽어도 충분합니다. 포도원 비유는 사람들을 향한 그리스도의 결론이라 할 마지막 설교인 20장에 있습니다. 사건은 대단원을 향해 가고 있고, 바로 여기서(19장 끝과 20장 시작) 이 비유를 말하는 것이지요. 그리스도의 적인 대제사장과 율법학자들은 그리스도가 하는 일의 전권을 보여달라고, 그리고 어떤 권리에 따라, 어떤 권위하에서 행하는지를 말해달라고 만인 앞에서 요구하면서 그리스도에 대해 단호하게 직접적으로 공격했습니다. 죄송합니다만, 이제부터는 제가 직접 읽어보는 것이 나을 것 같습니다(읽는다) "예수께서 날마다 성전에서 가르치시니 대제사장들과 서기관들과 백성의 두목들이 그를 죽이려고 꾀하되 백성이 다 그에게 귀를 기울여 들으므로 어찌할 방침을 찾지 못하였더라. 하루는 예수께서 성전에서 백성을 가르치시며 복음을 전하실 새 대제사장들과 서기관들이 장로들과 함께 가까이 와서 말하여 가로되 당신이 무슨 권세로 이런 일을 하는지 이 권세를 준 이가 누구인지 우리에게 말하라. 대답하여 가라사대 나도 한 말을 너희에

---

18 누가복음 20장 9~17절, 마태복음 21장 28~45절, 마가복음 12장 1~11절(편찬자).

게 물으리니 내게 말하라. 요한의 세례가 하늘로서냐 사람에게로
서냐. 저희가 서로 의논하여 가로되 만일 하늘로서라 하면 어찌
하여 저를 믿지 아니하였느냐 할 것이요 만일 사람에게로서라 하
면 백성이 요한을 선지자로 인정하니 저희가 다 우리를 돌로 칠
것이라 하고 대답하되 어디로서인지 알지 못하노라 하니 예수께
서 이르시되 나도 무슨 권세로 이런 일을 하는지 너희에게 이르지
아니하리라 하시니라."……

부인   도대체 왜 그 부분을 읽으시나요? 그리스도를 계속 귀찮게 따라다
니며 물었을 때, 그분께서 질문에 답하지 않으신 것은 옳은 행동
이었습니다. 그러나 그것이 포도원 비유와 무슨 상관이 있지요?

Z 씨   잠깐만요. 이 모두가 하나로 귀결됩니다. 당신은 그리스도께서
대답하시지 않았다고 했는데 그렇지 않습니다. 그분은 가장 확정
적으로, 게다가 이중으로 대답하셨습니다. 즉, 그분께서는 질문
을 한 그들도 부정할 수 없던 존재를 자신의 전권의 증인으로 지
적하셨고, 또 그러고 나서 질문한 당사자들은 자신들의 생명을
잃을까 봐 두려워 민중들의 의견에 동조하면서 단지 민중에 대한
두려움 때문에 행동할 뿐이기 때문에, 그들은 그분의 위에 설 참
된 권력과 권리가 없다는 것을 증명하셨습니다. 그러나 실은 참
된 권력이란 다른 사람들의 뒤를 졸졸 쫓는 것이 아니라 다른 사
람들이 자신의 뒤를 따르도록 하는 것입니다. 이 사람들은 민중
들을 두려워하고 민중들의 말을 청종함으로써 실제 권력이 그들
로부터 떠나 민중에게 있다는 것을 증명해주었습니다. 이제 그리
스도께서도 민중들 앞에서 자신에게 적대적인 그들을 고소하기 위
해서 민중에게 호소하는 것입니다. 메시아에 대항하는 유대의 부

적합한 국가 지도자들에 대한 이 고소가 바로 지금 여러분들이 보시게 되는 것처럼, 포도원에 대한 복음서의 비유의 모든 내용입니다. (읽는다) "이 비유로 **백성**에게 말씀하시되 한 사람이 포도원을 만들어 농부들에게 세로 주고 타국에 가서 오래 있다가 때가 이르매 포도원 소출 얼마를 바치게 하려고 한 종을 농부들에게 보내니 농부들이 종을 심히 때리고 거저 보내었거늘 다시 다른 종을 보내니 그도 심히 때리고 능욕하고 거저 보내었거늘 다시 세 번째 종을 보내니 이도 상하게 하고 내어 쫓은지라 포도원 주인이 가로되 어찌할꼬 내 사랑하는 아들을 보내리니 저희가 혹 그는 공경하리라 하였더니 농부들이 그를 보고 서로 의논하여 가로되 이는 상속자니 죽이고 그 유업을 우리의 것으로 만들자 하고 포도원 밖에 내어 쫓아 죽였느니라 그런즉 포도원 주인이 이 사람들을 어떻게 하겠느뇨 와서 그 농부들을 진멸하고 포도원을 다른 사람들에게 주리라 하시니 사람들이 듣고 가로되 그렇게 되지 말아지이다 하거늘 저희를 보시며 가라사대 그러면 기록된 바 건축자들의 버린 돌이 모퉁이의 머릿돌이 되었느니라 함이 어찜이뇨 무릇 이 돌 위에 떨어지는 자는 깨어지겠고 이 돌이 사람 위에 떨어지면 저로 가루를 만들어 흩으리라 하시니라 서기관들과 대제사장들이 예수의 이 비유는 자기들을 가리켜 말씀하심인 줄 알고 즉시 잡고자 하되 백성을 두려워하더라."[19] 제가 묻겠습니다. 이 포도원 비유는 누구에 대해서, 무엇에 대하여 말하고 있습니까?

공작 당신이 무엇을 반박하고 있는지 이해할 수가 없군요. 유대의 대

---

19 누가복음 20장 9~19절(편찬자).

제사장들과 율법학자들은 그들이 비유에 그려진 사악한 세상 사람들의 표본이었고 또 표본임을 스스로 의식했기 때문에 모욕을 느꼈던 것입니다.

Z 씨 하지만 여기 어디서 대체 그들의 정체가 드러났나요?

공작 진실한 가르침을 행하지 않은 것에서입니다.

정치가 다음의 사실은 분명해 보입니다. 이 악당들은 마치 버섯처럼 자신의 기쁨을 위해 살았고, 담배를 피우고, 보드카를 마시고, 도살된 고기를 먹고, 심지어 그것을 자신의 신에게까지 바치고, 게다가 결혼도 하고, 재판에서는 재판장도 하고, 전쟁에도 참가하곤 했습니다.

부인 그렇게 바보 같은 말을 하는 것이 당신의 나이와 지위에 적합하다고 생각하시나요? 공작, 저분의 말을 듣지 마세요. 우리는 당신과 진지하게 이야기하길 원합니다. 대신 이런 이야기를 좀 해주세요. 실은 복음서의 비유에서 포도원의 농부들은 주인의 아들이자 상속자를 죽였기 때문에 파멸하게 되고, 이것은 복음서에 있어 중요한 사건입니다. 그런데 당신은 왜 이것에 대해서는 말씀하시지 않는 거죠?

공작 그것이 물론 나름대로 중요하고 흥미로운 그리스도의 개인적인 운명에 대해서 말하고 있지만, 그러나 필요한 한 가지를 위한 본질적인 것은 아니기 때문입니다.

부인 다시 말하면요?

공작 다시 말하면, 그것이 하나님의 왕국과 그분의 진리를 이루는 복음서의 가르침을 실천하는 데 본질적인 것은 아니라는 말씀입니다.

부인 잠깐만요. 제 머릿속이 뒤죽박죽이에요…… 우리가 무엇에 대해 말하고 있었죠?……흠. (Z 씨를 향해) 당신에게 복음서가 있으니 이 장에서 이 비유 다음에 어떤 것이 나오는지 말씀해주세요.

Z 씨 (책을 펼치며). 카이사르의 것은 카이사르에게 돌려주어야 한다는 것, 그리고 하나님은 죽은 자의 하나님이 아니라 산 자의 하나님이기 때문에 죽은 자들이 부활할 것이라는 것, 그 다음에는 그리스도가 다윗의 아들이 아니라 하나님의 아들이라는 것에 대한 증명이 나오고, 마지막 두 절은 서기관들의 위선과 허영에 관한 것입니다.[20]

부인 보세요, 공작. 이것 역시 복음서의 가르침이에요. 우리로 하여금 세속적인 일에서 국가를 인정케 하기 위해, 죽은 자들의 부활을 믿게 하기 위해, 그리스도가 단순한 사람이 아니라 하나님의 아들임을 믿게 하기 위한 가르침이죠.

공작 그러나 누가, 언제 편찬했는지 아무도 모르는 그 한 장으로부터 결론을 내릴 수가 있는 건가요?

부인 오, 아니에요! 제가 분명 아는데, 한 장에서뿐 아니라 사복음서 모두에서 부활과 그리스도의 신성에 대해 많이 언급하고 있습니다. 특히 요한복음에서요, 그리고 그것은 장례식에서도 읽히고 있습니다.

Z 씨 마치 알 수 없을 것 같은 누구에 의해, 언제 편찬되었는가의 이 문제에 관해서는 이미 지금은 독일의 자유주의 문헌 진위 감정도 사복음서 모두 1세기, 사도들에 의해 씌어졌음을 인정했습니다.[21]

---

20 누가복음 21장 20~47절(편찬자).

21 성서 텍스트 연구에 있어서 프로테스탄트의 자유를 염두에 두고 있다. 이런 모티프는 「적그리스도에 관한 짧은 소설」에서도 볼 수 있다(편찬자).

정치가 　그리고 『예수의 생애 *Vie de Jésus*』의 13쇄에서는 네번째 복음서를 재해석한 듯한 구절도 보았습니다.[22]

Z 씨 　스승들보다 뒤처져서는 안 됩니다. 그러나 공작, 가장 큰 불행은 우리의 사복음서들이 어떠하고, 언제, 누구에 의해 편찬되었든 간에 다른 복음서는, 당신의 표현을 따르면, 보다 믿을 만한 당신의 '가르침'과 일치하는 복음서는 존재하지 않는다는 사실입니다.

장군 　다른 복음서가 존재하지 않는다고요? 그리스도에 관한 내용은 전혀 없고, 도살된 고기와 군복무에 대한 가르침만을 내용으로 하는 다섯번째 복음서도 있습니다.

부인 　또 농담을 하시는군요? 부끄럽군요! 명심하세요, 당신이 문관 출신이신 저분과 동맹하여 공작을 자극하면 할수록 저는 더 공작의 편을 들 겁니다. 공작, 저는 당신이 기독교를 가장 뛰어난 측면에서 취하기를 바라셨고, 또 당신의 복음서가 비록 우리의 것과는 다르지만, 그 옛날에 많은 책들이 몽테스키외[23], 페늘롱[24]의 가르침의 정신 l'ésprit de M. de Montesquieu, l'ésprit de Fénelon을 따라 썼던 것처럼, 당신이나 당신의 스승들도 그와 같은 종류의 복음서의 가르침의 정신 l'ésprit de l'Evangile을 따라 쓰고자 바라셨을 것이라고

22　이것은 『예수의 삶』에서 요한복음의 역사성에 대한 르낭의 견해가 변한 것에 대한 언급이다(편찬자).

23　몽테스키외(Baron de La Brède et de Montesquieu, 1689~1755)는 계몽주의 시대의 프랑스 정치 사상가이다. 근대 삼권분립의 정치이념 정착에 큰 영향을 끼친 『법의 정신 *L'Esprit des lois*』(1748)을 집필하였다(옮긴이).

24　페늘롱(François de Salignac de La Mothe Fénelon, 1651~1715)은 프랑스의 소설가이자 종교가이다. 정치적 측면에서 그는 루이 14세의 전제정치를 풍자한 소설 『텔레마크의 모험 *Aventures de Télémaques*』(1699)을 써서 계몽주의의 형성에 영향을 끼친 것으로 평가되며, 종교적으로는 신비가인 귀용 부인과의 교류로 정적주의(靜寂主義, quietism)를 옹호함으로써 로마로부터 단죄되어 유배된 채 불행을 말년을 보냈다(옮긴이).

확신해요.[25] 다만 유감은, 당신들 중 아무도 이것을 "누구의 가르침에 따른 **기독교의 정신**"이라고 불릴 수 있는 소책자로 만들지 않았다는 것입니다. 우리같이 평범한 사람들이 여러 판본 속에서 헤매지 않도록 당신은 교리문답 같은 책을 반드시 준비하셔야 해요. 때로는 우리는 산상 수훈에 중요한 본질이 있다고 말하는 소리를 듣다가, 또 때로는 갑자기 무엇보다 얼굴에 땀 흘리며 땅을 일구고 수고하는 것이 필요하다는 소리를 듣기도 해요. 땀 흘리며 수고하는 것은 비록 복음서에는 없고 창세기에 있는 말씀이지만요. 창세기에는 또 고통 속에서 출산하라는 말씀도 있지요. 하지만 이것은 계명이 아니라 단지 슬픈 운명일 뿐이죠. 또 때로는 어떤 이들은 가난한 자들에게 모든 것을 나누어주라고 하고, 또 다른 이들은 돈은 악이기 때문에 누구에게도 아무것도 주지 말라고 합니다. 다른 사람을 악하게 만들면 안 되므로, 돈은 자신과 자기 가족에게만 주고 다른 사람을 위해서는 일을 하라고 합니다. 다시 또 어떤 이들은 아무것도 하지 않고 단지 묵상만 하라고 합니다. 또 아내의 소명이 건강한 아이를 가능한 많이 낳는 것이라고 하다가 갑자기 그런 것이 필요치 않다고 합니다. 또 육식을 금하는 것이 첫번째 단계라고도 하는데 왜 그것이 첫번째인지 아무도 모릅니다. 보드카와 담배를 금하기도 하고, 블린[26]을 금하기도 하지요. 또 병역에 반대하여 악이 모두 거기서 기인하기 때문에 기독교인의 첫번째 의무는 전쟁의 거부라고 합니다. 그래서 징병

---

25 부인의 언급은 이 고전적 책들을 편집한 출판물들이 실제로 널리 보급된 것을 염두에 둔 것이다(편찬자).
26 러시아 전통 음식으로, 러시아인이 일상적으로 먹는 일종의 얇은 팬케이크이다(옮긴이).

당하지 않는 이는 그 자체로 신성하다는 것입니다. 아마 제가 말도 안 되는 소리를 하는 것 같겠지만, 이는 제 잘못이 아닙니다. 이 모든 것을 차근차근 이해하기란 불가능합니다.

공작 저 또한 우리에게 진실한 가르침에 대한 해설요약집이 반드시 필요하다고 생각합니다. 아마 지금 그것을 만들고 있는 것 같은데요.

부인 그럼 사람들이 해설요약집을 만드는 동안, 우선 당신의 견해로는 복음서의 본질이 어디에 있는지 간략하게 말씀해주세요.

공작 악을 폭력으로 되갚지 않는다는 위대한 원칙 속에 있다고 생각합니다.

정치가 그런데 여기에 담배가 무슨 상관이죠?

공작 어떤 담배 말씀입니까?

정치가 오, 이런! 악에 대한 무저항의 원칙과 담배, 포도주, 고기, 성행위를 삼가라는 요구 사이에 무슨 관계가 있느냐는 것입니다.

공작 명백한 관계가 있다고 보이는데요. 이런 모든 비도덕적인 습관들이란 사람을 얼빠지게 만들고, 사람의 이성적 의식 혹은 양심의 요구를 둔하게 만들지요. 군인들이 술에 취해 전쟁터로 나가는 것도 바로 이런 이유 때문입니다.

Z 씨 특히 패배할 전쟁 말이지요. 그러나 이 문제는 잠시 접어둡시다. 악에 대한 무저항의 원칙은 그 자체로 매우 중요하고, 그것은 금욕적 요구를 정당화할 수도, 그렇지 않을 수도 있습니다. 당신의 견해에 따르면, 우리가 힘으로 악에 대해 저항하지 않는다면 악은 곧 사라질 것입니다. 다시 말해, 악은 그에 대한 우리의 저항 혹은 우리가 악에 대해 저항하기 위해 취하는 그 수단들에 의해 유지될 뿐이지, 실제적 힘을 갖고 있지 않다는 것입니다. 당신 말

씀은 본질적으로 악은 존재하지 않고, 악은 다만 악이 존재한다고 생각하고 그 가정에 의거하여 행동하는 우리의 잘못된 견해의 결과로 나타난다는 것이지요. 그렇겠지요.

공작   네, 그렇습니다.

Z 씨   그러나 실제로 악이 존재하지 않는다면 그리스도의 과업이 놀랍게도 역사에서 실패한 것을 어떻게 설명하실 건가요? 당신의 관점대로라면 그리스도의 과업은 완전히 실패했고, 그래서 결국 어떤 것도 거기서 나오지 않았습니다. 다시 말해 여하간 좋은 것보다는 나쁜 것이 훨씬 더 많이 나왔습니다.

공작   어째서 그런 거죠?

Z 씨   이상한 질문을 하시는군요! 만약 이해가 힘드시면 논리정연하게 분석해보세요. 당신의 견해에 따르면 그리스도는 어느 누구보다 명료하고, 강력하고, 일관되게 진실한 선을 전파했습니다. 그렇죠?

공작   그렇습니다.

Z 씨   그리고 진실한 선이란 폭력으로 악에 대해 저항하지 않는 것, 다시 말해 실제의 악이란 없는 것이기 때문에 가상의 악에 폭력으로 저항하지 않는 것입니다.

공작   네, 맞습니다.

Z 씨   그리스도는 단지 설교만 했을 뿐 아니라, 또한 스스로도 마지막까지 저항하지 않고 고통스런 형벌에 당하시면서 이와 같은 선의 요구를 행하셨습니다. 당신의 견해에 따르면 그리스도는 죽고 부활하지 않았습니다. 좋습니다. 그리고 그리스도의 본을 따라 수천의 추종자들이 그와 같은 일을 당했습니다. 대단한 일이죠. 그

럼 이제, 당신의 의견에 의하면 이 모든 일은 어떤 결과를 낳았습니까?

공작 그러면 당신은 천사들이 수난자에게 빛나는 왕관을 씌우고, 그들의 공적에 대한 상으로 천국의 동산 관목 아래에 자리를 마련하기를 원하시는 건가요?

Z 씨 아닙니다, 왜 그렇게 말씀하시는 겁니까? 물론, 저도 당신도 우리의 모든 가까운 사람들과 살아 있는 사람들과 죽은 사람들 모두에게 가장 훌륭하고 유쾌한 일이 있었으면 하고 바라고 기대합니다. 그러나 실은 문제는 당신의 희망이 아니라, 당신의 견해에 따르면, 그리스도와 그를 따르는 자들의 공로와 설교가 실제로 어떤 결과를 가져왔느냐입니다.

공작 누구를 위한 결과요? 그들 자신들을 위해서요?

Z 씨 글쎄요, 그들을 위한 결과야 명백하지요. 그들은 고통스런 죽음을 겪었지요. 그러나 그들은 물론 도덕적 영웅주의에 따라 기꺼이 그것을 받아들였던 것입니다. 빛나는 왕관을 받기 위해서가 아니라 다른 이들, 즉 인류에게 진실한 선을 주기 위해서 말이죠. 제가 묻고자 하는 것은, 이들의 고통스런 공로가 다른 이들, 즉 인류에게 어떤 모습의 선을 선사하였는가 하는 점입니다. 옛 격언에 의하면, 수난자의 피가 교회의 씨앗이 되었다고 합니다. 사실 이것은 옳습니다. 그러나 당신의 의견대로라면 교회는 진실한 기독교에 대한 파괴이자 왜곡이었고, 그 결과 진실한 기독교는 심지어 인류 가운데 완전히 잊혀졌으며, 그래서 진실한 기독교는 천 팔백 년이 지나 더 뛰어난 성공을 거두리라는 보장은 전혀 없이 모든 것을 처음부터 복구시킬 필요가 있게 되었습니다. 달리

말하면, 완전히 절망적이 아니겠습니까?

공작 왜 절망적이라는 겁니까?

Z 씨 당신은 그리스도와 초대(初代) 기독교인들이 영혼과 삶을 온통 이 일에 바쳤다는 것을 부정하지 않는 거죠? 당신의 견해대로, 만약 이로부터 적든 많든 아무 결과도 나오지 않았다면, 다른 결말을 바라는 당신의 기대는 도대체 어디에 근거를 두고 있는 것입니까? 이 모든 일에는 오직 하나의 의심할 바 없는 불변의 끝이 있는데, 이 일을 시작한 이들이나, 이 일을 해치고 파괴한 이들, 또 이 일을 복구한 이들 모두에게 완전히 동일한 것이죠. 즉 그들 모두는 당신의 견해에 따르면, 과거에 이미 죽었고, 현재에도 죽어가며, 미래에도 죽을 것이고, 선한 일과 진리의 설교는 죽음 외에는 결코 아무것도 낳지 못했으며, 지금도 낳지 못하고 있으며, 앞으로 도 낳지 못할 것이라는 겁니다. 이것은 무엇을 뜻합니까? 정말 이상합니다. 존재하지 않는 악은 항상 승리하고, 반면 선은 항상 절멸하니 말입니다.

부인 그런데 정말 악한 사람들이 죽지 않나요?

Z 씨 물론 그렇지요. 그러나 문제는 악의 힘은 죽음의 왕국에 의해 **확인되는 데** 반해, 반대로 선의 힘은 논박당한다는 데 있습니다. 그리고 실제로 악은 **명백히** 선보다 강력합니다. 그리고 이와 같이 **명백한** 악이 유일한 실제로 간주된다면, 세상이 악의 근본 사업임을 인정해야 합니다. 그러나 사람들이 어떤 꾀를 냈는지 보십시오. 명백한 실제 현실에서 선에 대한 악의 분명한 우위를 인정하면서, 동시에 악은 존재하지 않으니 그에 대항하여 싸울 필요가 없다고 주장하는 것입니다. 제 머리로는 이것을 도무지 이해할

수 없으니, 공작께서 도와주십시오.

정치가 글쎄요, 당신이 먼저 이 곤경으로부터의 탈출구를 보여주시오.

Z 씨 매우 간단하다고 생각합니다. 악은 실제로 존재하며, 선이 존재
하지 않는 곳에서 발현되는 것이 아니라, 존재의 전 영역에 있어
긍정적 대립이나 상위 자질에 대한 하위 자질의 우월 속에서도 표
현됩니다. 개인적 악도 있는데, 그것은 인간 대다수에서 하위 자
질, 즉 가축, 짐승의 정욕이 영혼의 높은 지향과의 대립에서 **승리**
하는 것으로 표현됩니다. 사회적 악이란 개인적으로 악에 예속된
세속 군중이 소수의 훌륭한 이들의 구원 노력에 대항하여 승리하
는 것입니다. 마지막으로 인간 안에는 물리적 악이 있는데, 그것
은 인간 육체를 구성하는 하위의 물질적 요소들이 그것을 유기체
의 아름다운 형태로 통합하려는 생기 있고 밝은 힘에 대항하여 보
다 높은 삶의 현실적 토대를 말살시키면서 이 형태를 파괴하는 겁
니다. 이것은 극단적 악, 즉 죽음입니다. 그리고 우리가 이 극단
적인 물리적 악의 승리를 최종의, 절대적인 승리라고 인정해야
한다면, 도덕적 사회적 영역에서의 개인적으로 거두는 선의 가상
의 승리를 결코 진정한 성공으로 간주할 수 없을 것입니다. 실제
로 선한 인간, 예를 들어 소크라테스가 자신의 내면의 적, 즉 사
악한 정욕에 대해서 승리했을 뿐 아니라, 자신의 사회적 적들을
물리치고 교정하여 그리스의 정치를 바꾸는 것에 성공했다고 가
정해봅시다. 그러나 이와 같이 선이 다만 표면적이고 일시적으로
악에 대해 승리하는 것이 무슨 유익이 됩니까? 만약 악이 최종적
으로는 존재의 가장 깊은 심층에서 삶의 기반 자체에 대해 승리를
거둔다면 말입니다. 실은 개선하는 자나 개선되는 자 모두에게

하나의 동일한 종말, 즉 죽음이 오니까요. 만약 실제 승리자들이 육체를 부패시키는 훨씬 더 나쁜 열등하고 조악한 세균들일 뿐이라면, 소크라테스의 선이 그의 내면에 있는 사악한 정욕이라는 도덕적 세균, 그리고 아테네 광장의 사회적 세균들에 대해 거두는 도덕적 승리를 무슨 논리에 의거하여 높이 평가할 수 있겠습니까? 여기서는 어떤 도덕적인 말로도 극도의 회의주의와 절망에 빠지는 것을 막을 수가 없습니다.

정치가 우리는 이미 그 이야기를 들었습니다. 그러면 당신은 절망에 빠지지 않기 위해 무엇에 의지하죠?

Z 씨 우리의 지주(支柱)는 하나, 바로 실제적 부활입니다. 우리는 선과 악의 투쟁이 단지 영혼과 사회에서만이 아니라, 더 깊은 신체의 세계에서도 진행된다는 것을 알고 있습니다. 그리고 여기서 우리는 과거에 있었던 삶의 선한 원칙이 거둔 하나의 승리, 즉 한 분의 개인적인 부활 가운데 있었던 하나의 승리를 이미 알고 있으며, 그래서 모든 사람이 집합적으로 부활하게 될 미래의 승리를 기다리고 있습니다. 여기서 또한 악의 의미 혹은 존재가 결정적으로 해명되는데, 그것은 악이 계속해서 선의 더욱더 큰 승리와 선의 실현 및 강화를 위해 기여한다는 것입니다. 즉 사망이 죽을 수밖에 없는 생명보다 더 강한 것이라면, 부활은 영원한 삶 동안 사망이나 죽을 수밖에 없는 생명보다 더 강한 것이기 때문입니다. 하나님의 왕국은 부활을 통해 승리한 생명의 왕국이고, 그 부활을 통해 승리한 생명 속에 실제의, 실현된 궁극적인 선이 있습니다. 여기에 그리스도의 과업과 모든 위력이 있고, 여기에 우리를 향한 그의 참사랑과 그를 향한 우리의 참사랑이 있습니다. 반면

모든 나머지 것들은 단지 조건, 길, 예비적인 발걸음일 뿐입니다. 그리스도 한 분이 실현한 부활에 대한 믿음 없이 그리고 미래의 모든 이의 부활에 대한 열망 없이는 말로만 하나님의 왕국에 대해 말할 수 있을 뿐, 실상은 이로부터 도출되는 것은 오직 죽음이라는 왕국일 뿐입니다.

공작 어째서 그렇습니까?

Z 씨 그렇다면 도대체 당신은 모든 다른 사람들과 마찬가지로 죽음이라는 **사실**, 즉 사람들이 죽었고, 죽어가며 죽을 것이라는 **사실**을 인정할 뿐 아니라, 게다가 당신은 무엇보다도 이 사실을 어떤 예외도 없는 절대적 법칙으로 결론짓는 상황에서, 죽음이 항상 절대적 힘을 가지는 이 세상을 죽음의 왕국이라 부르지 않으면 무엇이라 부르겠습니까? 그리고 당신의 지상에서의 하나님의 왕국은 죽음의 왕국에 대한 자의적이고 쓸데없는 완곡어법일 뿐, 달리 무엇입니까?

정치가 저 역시 쓸데없다고 생각합니다. 왜냐하면 알려진 수를 미지수로 대체하는 것은 잘못이기 때문입니다. 아무도 하나님을 보지 못했고 하나님의 왕국이 무엇인지 모릅니다. 반면에 우리는 사람과 짐승의 죽음을 보아왔었고, 마치 세상의 최고 권력을 피할 수 없듯이 아무도 죽음을 피할 수 없음을 알고 있습니다. 따라서 왜 우리가 확실한 a 대신에 어떤 x를 내세운단 말입니까? 이렇게 대체하는 것은 '어린 자들'의 혼란과 유혹을 낳을 뿐입니다.

공작 무슨 말씀이신지 잘 모르겠습니다. 죽음은 물론 매우 흥미로운 현상으로, 지상의 존재 가운데 어느 누구도 피할 수 없는 불변 현상이고, 아마 법칙이라고까지 부를 수 있을 것입니다. 이 '법칙'

은 절대적이라고도 할 수 있지요. 왜냐하면 지금까지 단 하나의 예외도 신빙성 있게 검증된 바 없기 때문입니다. 그러나 도대체 이 모든 것이 우리의 양심을 통해 오직 단 한 가지만을, 즉 지금 여기서 우리가 무엇을 해야 하는지, 또 하지 말아야 하는지에 대해서만 말하는 진실한 기독교의 가르침에 있어 실제적으로 무슨 의미가 있습니까? 명백한 것은 양심의 목소리는 우리의 힘이 미치는 범위에서 해야 하는 것 혹은 하지 말아야 할 것만을 지시할 뿐이라는 것입니다. 이런 연유로 양심은 죽음에 대해서 아무것도 말해주지 않을 뿐 아니라 말할 수도 없습니다. 죽음이 우리 인간의 세속적 감정과 욕망에 큰 중요성을 차지함에도 불구하고, 그것은 우리의 의지로 어쩔 수 없는 것이고, 따라서 우리에게 어떤 윤리적 중요성도 가질 수 없습니다. 이런 의미에서 죽음은 나쁜 날씨와 마찬가지로 평범한 사실일 뿐입니다. 사실 이것이 유일하게 정말로 중요한 것입니다. 제가 나쁜 날씨가 주기적으로 불가피하게 존재하고, 그것을 다소간 겪고 있다는 사실을 인정한다고 해서, 그 사실 때문에 정말 제가 하나님의 왕국 대신에 나쁜 날씨의 왕국에 대해 말해야만 하는 겁니까?

Z 씨 아니요, 그럴 필요 없습니다. 첫째, 나쁜 날씨는 페테르부르크만 지배할 뿐이지, 정작 우리는 여기 지중해에서 나쁜 날씨의 왕국을 비웃고 있기 때문입니다. 둘째, 당신의 비유가 적절하지 않습니다. 왜냐하면 나쁜 날씨에도 하나님을 찬양하고 하나님의 왕국 안에 있음을 느낄 수 있지만, 성경에 씌어 있듯이 죽은 자들은 하나님을 찬양하지 않으니, 따라서 각하가 지적하셨듯이, 이 슬픈 세상을 하나님의 왕국이라기보다는 죽음의 왕국이라고 부르는 것

이 더 적절하기 때문입니다.

부인　당신은 계속 명칭을 이야기하시는데, 지겹기 그지없군요! 정말 문제가 명칭에 있는 것인가요? 공작, 좀더 잘 설명해주세요. 당신은 실제로 하나님의 왕국과 그의 진리를 무슨 의미로 이해하십니까?

공작　사람들이 깨끗한 양심에 따라 행동하며, 그럼으로써 사람들이 하나의 오직 순수한 선만을 행하도록 명하시는 하나님의 의지를 실천할 때, 그때의 사람들의 상태라는 의미로 이해합니다.

Z 씨　그러나 게다가 당신의 의견대로라면, 양심의 목소리는 꼭 오직 **지금 여기에서** 당위적인 것을 실천하는 것에 관해서만 말하는 것이죠.

공작　그렇습니다.

Z 씨　그러면 당신의 양심은 정말로 가령, 당신이 철없던 시절에 이미 오래전에 고인이 된 사람들에게 저질렀던 하지 말아야 했던 일에 관해서는 완전히 침묵하는 것인가요?

공작　양심이 그것을 일깨운다면, 제가 그 같은 일을 **이제는** 하지 않도록 하기 위해서겠지요.

Z 씨　글쎄요, 그것은 꼭 그런 것만은 아닙니다. 그러나 이것에 관해 논쟁할 필요는 없겠지요. 저는 당신에게 양심의 다른 한계, 보다 명확한 한계를 다만 상기시켜드리고 싶습니다. 이미 오랫동안 윤리주의자들은 양심의 목소리를, 소크라테스를 따라다니며 하지 말아야 할 것은 경고하면서도 해야 할 것은 결코 적극적으로 지시하지 않는 천재 혹은 악마로 비유해왔습니다. 양심에 관해서도 똑같이 말할 수 있습니다.

공작 어떻게 그럴 수가 있지요? 예를 들어, 정말로 이웃이 가난이나 위험에 처한 경우 양심이 그를 도우라고 저를 일깨우지 않는단 말입니까?

Z 씨 당신께 그 말씀을 듣게 되어 매우 기쁩니다. 그러나 당신이 이런 경우를 잘 분석해보시면, 양심의 역할이 여기서도 완전히 소극적이라는 사실을 보게 될 겁니다. 양심은 당신이 단지 가까운 이의 가난 앞에서 아무것도 하지 않거나 냉담해서는 안 된다는 사실만을 요구할 뿐, 당신이 그들을 위해서 무엇을 어떻게 해야 하는지에 대해서는 말해주지 않습니다.

공작 그렇습니다. 왜냐하면 그것은 사건의 상황, 제가 도와야만 하는 이웃이 놓인 처지에 달려 있기 때문입니다.

Z 씨 맞습니다. 한편 상황과 처지에 대한 평가와 판단은 양심이 아니라 이성이 하지요.

공작 과연 양심으로부터 이성을 분리할 수 있을까요?

Z 씨 분리할 필요는 없습니다만 반드시 구별해야 합니다. 왜냐하면 실제로 가끔 양심과 이성이 분리될 뿐 아니라 서로 대립하기 때문입니다. 만약 이들이 동일한 것이라면 어떻게 이성이 도덕과 동떨어진 일뿐만 아니라 완전히 비도덕적인 일까지도 할 수 있을까요? 이런 일이 종종 일어나거든요. 사실 심지어 도움이란 것도 이성적이지만 비양심적인 것일 수 있습니다. 예를 들어 제가 사기 혹은 악한 일을 하려고 가난한 사람을 공범자로 만들기 위해 그에게 먹을 것과 마실 것을 주고 온갖 호의를 베푼다면 말입니다.

공작 아주 기초적인 예군요. 그러나 이로부터 무슨 결론을 내리시려는 겁니까?

Z 씨   만약 양심의 목소리가 경고나 비난으로서 그 의미를 가짐에도 불구하고 우리의 현실을 위한 적극적이며 실제적인 일정한 지시를 내리지 않는다면, 그리고 우리의 선의지(善意志)가 보조 도구로 필요로 하는 이성이 선과 악의 두 주인에게 똑같이 마찬가지로 봉사하고 또 봉사할 수 있는 의심스러운 하인으로 밝혀진다면, 하나님의 뜻을 실천하고 하나님의 왕국을 이루기 위해서는 양심과 이성 외에 다른 제3의 것이 필요하다는 것이 제 결론입니다.

공작   당신은 그것이 무엇이라고 생각하나요?

Z 씨   간단히 말하자면 **선의 영감**, 즉 우리에 대하여, 그리고 우리 안에서 일어나는 가장 선한 원칙의 직접적이며 적극적인 활동입니다. 위로부터의 그러한 협력에 의하여 이성과 양심은 선의 신뢰할 만한 조력자들이 되고, 도덕은 항상 의심스러운 '착한 행동'이 되는 대신, 의심할 바 없는 선 그 자체의 생활이 됩니다. 다시 말해, 하나님의 왕국의 그 영원한 현재 속에서 부활하는 과거를 실현되는 미래와 살아 있는 하나의 통일체로 완결짓기 위해서, 도덕이 인간의 내면과 외면 전체, 개인과 사회, 민족과 인류의 본질적인 유기적 성장과 완벽함 그 자체가 될 것입니다. 이때 하나님의 왕국은 비록 땅에 존재하게 되겠지만, 사랑에 의해 새 하늘과 약혼하는 새 땅 위에서만 존재하게 될 것입니다.

공작   저는 그런 시적인 은유를 반박할 말이 없습니다. 그렇지만 어째서 복음서의 계명들에 따라 하나님의 뜻을 행하고 있는 사람들 안에 당신이 말하는 소위, '선의 영감'이 부재한다고 생각하십니까?

Z 씨   그들의 활동 속에서 이 영감의 징표들이나 영의 하나님께서 한없이 주시는 자유롭고 한없는 사랑의 분출을 보지 못하기 때문만은

아닙니다. 비록 초보적인 재능이기는 하지만 이런 재능을 소유한 감정 속에서 기쁘고 온화한 고요함을 보지 못하기 때문만도 아닙니다. 진짜 중요한 이유는, 당신의 견해로는 필요 없는 것이지만, 종교적 영감이 당신들에게 없기 때문입니다. 만약 선이 '규칙'을 지키는 것으로 다 해결되는 것이라면, 영감은 어디서 찾습니까? '규칙'이란 일단 한 번 주어지면 모든 이에게 동일하고 확정적인 것이 됩니다. 당신의 견해대로라면, 이 규칙을 준 이는 예전에 죽었고, 부활한 적도 없으니, 따라서 그는 우리에게 살아 있는 개인적인 존재가 아닙니다. 반면, 당신에게 절대적이며 근본적인 선으로 생각되는 것은 당신 내면으로 직접 빛을 비추고, 생기를 불어넣어줄 수도 있는 빛과 생기의 아버지가 아니라, 당신과 고용인들을 자기 소유의 포도원으로 일하러 보내고 자신은 외국 어딘가에서 살면서 자신의 수입이나 거둬들이려 사람을 보내는 약삭빠른 주인인 것입니다.

공작   마치 우리가 이 형상을 마음대로 만들어낸 것처럼 말씀하시는군요!

Z 씨   아니요. 하지만 당신은 이 형상 속에서 자의적으로 인간과 하나님의 관계의 최고 규범을 찾고 계십니다. 복음서의 가장 중요한 본질, 즉 그리스도와 관련한 진정한 규범이 놓여 있는 아들과 상속자에 관한 부분은 제멋대로 내버려둔 채로요. 당신은 주인, 주인에 대한 의무, 주인의 뜻에 대해 말씀하고 계십니다. 허나 당신의 이러한 입장에 대해 저는 이렇게 말씀드립니다. 당신의 주인이 당신에게 의무만을 지우고 자신의 뜻을 행하기만을 요구하는 동안은, 저는 당신이 제게 이 사람이 진짜 주인이고 참칭자가 아니라고 증언하시는 것을 깨닫지 못하겠습니다.

공작   그것 참 마음에 드는군요! 그러나 만약 주인의 요구가 가장 순수한 선을 표현하고 있다는 사실을 제 양심과 이성으로 알 수 있다면요?

Z 씨   죄송합니다만, 그런 이야기가 아닙니다. 주인이 당신에게 선을 요구한다는 것을 부정하지는 않습니다. 그렇다고 그 주인이 선하다고 볼 수는 없습니다.

공작   그럼 그가 선하지 않을 수 있나요?

Z 씨   이상하군요! 저는 항상 사람의 선한 자질은 다른 이에게 무엇을 행하라는 그의 요구에 의해서가 아니라 스스로 무엇을 하느냐에 의해 증명된다고 생각해왔습니다. 이것이 논리적으로 이해되지 않는다면 역사적 예를 일목요연하게 제시해드리도록 하겠습니다. 모스크바의 황제 이반 4세는 그의 유명한 편지에서 안드레이 쿠룹스키 공작에게 악에 저항하지 말고 진리를 위해 온유하게 고통스런 죽음을 받아들이는 가운데 가장 고결한 도덕적 영웅주의, 가장 위대한 선을 보여달라고 요구하였습니다. 다른 이로부터 선을 요구하는 주인의 의지는 선의지이지만, 그것은 이와 같은 선을 요구하는 주인 자신도 선하다는 것은 전혀 증명치 못했습니다. 분명한 것은 비록 진리를 위한 고난이 최상의 도덕적 선행이지만, 그러나 이것은 이반 4세를 위해서는 아무것도 말해주지 않는데, 왜냐하면 사실 그는 여기서 수난자가 아니라 박해자였기 때문입니다.

공작   그래서 당신은 이를 통해 무슨 말씀을 하시렵니까?

Z 씨   당신 주인의 선한 자질을 일꾼에게 쓴 그의 편지가 아니라 그의 행위를 통하여 제게 보여주지 않는 한, 저는 다른 이에게 선을 요

구하며 자신은 선을 행하지 않고, 의무를 부과하지만 사랑을 보여주지 않고, 당신과는 결코 대면하지도 않고 외국 어딘가에서 익명incognitos으로 살고 있는 그런 멀리 떨어져 있는 당신의 주인은 바로 다름 아닌 **이 시대의 신**이라고 확신합니다……

장군   그거 참 저주받을 익명이로구먼!

부인   아, 그만하세요! 정말 무서워요. 십자가의 힘이 우리와 함께하시길! (성호를 긋는다)

공작   사실 이런 종류의 말씀을 미리 예상할 수 있었습니다.

Z 씨   공작, 저는 당신이 정말로 오해 때문에 교묘한 참칭자를 참된 신으로 받아들이고 있다고 믿어 의심치 않습니다. 참칭자가 **교묘하게** 당신의 상황을 매우 완화시켜놓았습니다. 그래서 저 역시 어디에 문제가 있는지 바로 알지 못했던 것이죠. 그러나 이제 저는, 당신도 아시게 되겠지만, 제가 기만적이고 미혹하는 선의 **가면**이라고 여기는 것을 어떤 감정으로 바라보아야만 하는지에 대해 일체의 망설임도 없습니다.

부인   어떻게 그런 말씀을, 정말 모욕적이군요!

공작   부인, 저는 전혀 기분이 상하지 않습니다. 실은 지금 여기서 제기된 질문은 보편적인 것으로 매우 흥미롭습니다. 하나 이상한 점은, 저의 대화 상대자가 이 문제가 자신과는 상관없고 오직 저와 관계된 것으로 생각하는 듯하다는 사실입니다. 당신은 제 주인이 악의 근원이 아니라 선의 근원이라는 사실을 증명하는 일, 즉 내 주인이 직접 행하는 선한 일을 당신께 보여주길 제게 요구하고 계십니다. 좋습니다. 그러면 당신은 제 주인은 할 수 없지만, 당신 주인은 하신다는 선한 일은 도대체 어떤 것인지 가르쳐 주실 수 있나요?

장군 사실 한 가지 일은 이미 벌써 밝혀졌지요. 나머지 모든 것들이 지탱되는 한 가지 일 말입니다.

공작 그게 무엇입니까?

Z 씨 실제 부활 안에 있는 악에 대한 실제적 승리입니다. 반복하건대, 이것에 의해서만 하나님의 실제 왕국이 열릴 수 있으며, 이것이 없으면 죽음과 죄악, 그리고 그 창조자인 사탄의 왕국만이 있습니다. 부활, 그것도 단순한 비유적 의미가 아니라 실제 의미에서의 부활, 이것이 참된 하나님의 증명서입니다.

공작 네, 그런 신화를 기꺼이 믿으신다면! 제가 묻는 것은 당신의 믿음이 아니라 증명할 수 있는 사실입니다.

Z 씨 진정, 진정하세요, 공작! 우리 둘 다, 하나의 믿음, 혹은, 당신 표현대로라면 신화로부터 출발하였지만, 저만 그것을 초지일관 논리적으로 끝까지 끌고 가는 데 반해 당신은 논리에 반하여 자의적으로 길의 시작에서 멈추곤 하십니다. 도대체 당신은 지상에 선의 힘이 존재하며 선이 미래에 승리하리라는 사실을 인정하시긴 합니까?

공작 인정합니다.

Z 씨 그럼 그것은 사실입니까, 아니면 믿음입니까?

공작 **이성적인** 믿음입니다.

Z 씨 그렇다면 자, 봅시다. 우리가 학교에서 배웠듯이 이성은 충분한 근거가 없으면 아무것도 허용하지 않도록 합니다. 그러니, 어떤 충분한 근거에서 당신은 인간과 인류가 도덕적으로 교정되고 한층 더 완전하게 되는 데 있어서는 선의 힘을 인정하면서도, 죽음

에 대항하는 데 있어서는 선이 무력하다고 주장하시는지 제게 말씀해주십시오.

공작 저는 당신이 왜 선에다가 도덕적 영역의 경계 너머에 있는 어떤 힘을 부여하는지에 대해 대답해야 한다고 생각합니다.

Z 씨 그럼 제가 말씀드리겠습니다. 일단 제가 선과 그것의 힘을 믿으며, 선의 힘의 개념 자체가 이 힘의 본질적이고 **절대적인** 우월성을 확정하는 것이라면, 저는 **논리적**으로 이 힘이 제한되지 않는 것임을 인정하고, 또 그 무엇도 제가 **역사적으로** 증명된 부활의 진실을 믿는 것을 방해하지 않습니다. 그러나 만약 당신이 처음부터 솔직하게 기독교의 **믿음**이 당신과는 상관이 없고, 기독교의 믿음의 대상이 당신에게는 다만 신화일 뿐이라고 말씀하시었더라면, 저는 당신의 사상에 대해 감출 수 없었던 제 적의를 자제했을 것입니다. 왜냐하면 오류 혹은 실수는 사기가 아닌데, 이론적 오해 때문에 사람들과 반목한다면, 스스로 너무도 속 좁고 약하고 고리타분한 마음을 가지고 있음을 증명하기 때문입니다. 참으로 믿는 모든 사람들, 그래서 우둔함이라든지 소심함, 냉담함이 지나치지 않는 사람들은 종교의 진리에 대해 직접적이고 노골적인, 한마디로 말해 **정직한** 반대자와 적대자에 대해서는 진심어린 호의를 가지고 바라보아야 합니다. 사실 요즘 이런 사람들을 만나기란 매우 힘들어서, 기독교에 대해 공공연히 반대하는 사람을 만났을 때 제가 얼마나 기쁜지는 형언할 수 없을 정도입니다. 저는 그런 사람들 가운데는 거의 모든 사람이 장래의 사도 바울이라고 생각할 용의가 있습니다. 반면에 기독교의 다른 열성적 옹호자들 가운데에서는 배신자 유다가 보입니다. 그러나 공작, 당신은 너

무도 솔직하게 발언하였기 때문에 저는 당신을 우리 시대의 수많은 다른 유다들 속에 포함시키는 것에 결단코 반대합니다. 그리고 저는 스스로를 밝힌 무신론자들과 비그리스도인들을 만날 때 제가 경험하는 것과 똑같은 선한 감정을 당신에게 가지는 순간이 있으리라는 것을 이미 예상하고 있습니다.

정치가   음, 그렇다면, 이런 무신론자들과 비그리스도인들, 또 '진실한' 그리스도인들도 여기 우리의 공작처럼 적그리스도가 아니라는 것이 이제 훌륭하게 해명되었기 때문에, 이제 마침내 당신이 적그리스도의 본래의 초상을 보여주실 때가 되었습니다.

Z 씨   좀 과한 것을 원하시는군요! 당신은 가끔씩 천재 화가들에 의해 그려진 그리스도의 많은 초상화들 중에서 만족스러운 것이 하나라도 정말로 있으십니까? 저는 만족스러운 단 하나의 초상화도 알지 못합니다. 그런 것은 있을 수가 없는데, 왜냐하면 그리스도는 독특하며 그 혈통에서 유일하고, 따라서 그의 본질인 선의 구현은 다른 어느 것과도 비슷할 수가 없기 때문입니다. 이것을 그리려면 예술적 천재성으로도 부족합니다. 그러나 사실 적그리스도에 관해서도 똑같은 것을 말해야만 합니다. 적그리스도 역시 완성도와 완전성에 있어 독특하고 유일한 악의 구현이라는 점입니다. 그의 초상화를 보여드리는 일은 불가능합니다. 우리는 교회 문학에서 단지 개략적이면서 특수한 특징들을 띠는 그의 신분증만을 발견할 수 있을 따름입니다.

부인   그의 초상화는 필요 없어요, 신이여, 우릴 보호하소서! 그러나 그가 왜 필요하고, 그의 과업의 본질이 무엇이고, 그가 곧 올 것인지에 관해 좀더 잘 설명해주세요.

Z 씨 글쎄요, 그 점이라면 기대하신 이상으로 만족시켜드릴 수 있습니다. 수년 전 출가해 수도사가 된 제 대학 친구가 죽음을 앞두고 무척 아꼈던 자신의 원고를 제게 남겼습니다. 작가가 출판하고 싶어 하지 않았고 그럴 수도 없었던 이 원고의 제목은 「적그리스도에 관한 짧은 소설」이라고 합니다. 비록 허구의 형식, 즉 미래에 대한 역사 상상화의 형태로 구성되어 있지만, 제가 보기에 이 작품은 성경, 교회의 전통, 건전한 이성을 따라 이 주제에 대하여 가장 신빙성 있게 말할 수 있는 모든 것을 전달하고 있습니다.

정치가 이미 우리가 아는 바르소노피의 작품이 아닌가요?

Z 씨 아닙니다. 이 사람의 이름은 훨씬 더 세련되었습니다. 판 소피의 작품이죠.

정치가 판 소피? 폴란드인인가요?

Z 씨 전혀 아닙니다. 러시아 사제 중 한 사람입니다. 만약 허락하시면, 잠깐 방에 올라가서 제가 원고를 가져와 읽어드리겠습니다. 별로 길지 않습니다.

부인 얼른 가보세요, 가보세요! 돌아오기만 하세요.

* * *

(Z 씨가 원고를 가지러 떠난 동안 일동은 자리에서 일어나 정원을 거닐었다.)

정치가 도대체 왜 그런지 모르겠어요. 눈이 침침해지는 것이 나이가 먹어 그런 것인가요, 아니면 자연에 무슨 일이 일어나고 있어 그런 것인가요? 저는 계절이나 장소에 상관없이 이제 더 이상 예전 기후의 그런 밝고, 아니 정말 맑고 깨끗한 그런 날씨들이 더 이상 없는 것을 알게 되었습니다. 사실 오늘만 해도 보십시오. 구름 한 점 없고, 바다에서 충분히 멀리 떨어져 있는데도, 모든 것이 뿌옇고 알 수 없는 것에 의해 얇게 덮여 완전히 선명하지가 않아요. 당신도 알고 계십니까, 장군?

장군 저는 이미 수년 전부터 알아차렸습니다.

부인 저는 작년부터 알게 되었는데요. 그건 대기뿐 아니라 영혼 안에서도 그렇더군요. 영혼 안에도 당신이 말씀하신 "완전한 선명함"이란 것이 없어요. 모든 것이 왠지 불안하고 마치 불길한 무언가가 일어날 것 같은 예감이 들어요. 공작, 당신도 똑같은 것을 느끼고 있으리라 믿는데요.

공작 아니오. 저는 어떤 특별한 것을 알아채지 못했습니다. 대기는 여느 때와 다름없는 것 같습니다.

장군 차이를 알아채기에는 당신이 너무 젊어요. 당신이 비교할 만한 것이 없어 그렇지요. 글쎄요, 1850년대를 상기한다면 그렇게 느껴져요.

공작 저는 첫번째 이유가 보다 신빙성 있어 보이는데요. 즉 이것은 시력이 약화되기 때문입니다.

장군 우리가 늙는다는 것, 이것은 의심할 수 없겠죠. 그러나 실은 세계 역시 젊어지지는 않고 있소. 그래서 모종의 상호적 피로가 느껴지는 것이죠.

장군 그러나 더욱 믿을 만한 것은 이것은 악마가 그 꼬리로 하나님의 세계에 안개를 일으키고 있다는 것이오. 이것도 또한 적그리스도의 징표죠!

부인   (테라스로부터 내려오는 Z 씨를 가리키며) 이것에 관해서는 곧 무
엇인가 알게 되겠군요.

(모든 이들이 이전 자리에 앉고, Z 씨는 자신이 가져온 원고를 읽
기 시작한다.)

적그리스도에 관한 짧은 소설

범몽골주의! 비록 그 이름은 거칠지만,
내 귀를 부드럽게 어루만지네,
마치 하나님의 위대한 천명의
전조로 가득 찬 듯……

부인 제사(題詞)는 어디서 취한 것이죠?

Z 씨 작가 스스로 지은 것 같습니다.

부인 읽어주세요.

Z 씨 (읽는다)

기원 후 20세기는 최후의 대전쟁들과 분쟁들, 그리고 혁명들의 세기였다. 이러한 대외 전쟁 중 가장 큰 전쟁은 19세기 말 일본에서 일어난 **범(凡)몽골주의**라는 지적 운동이 그 간접적 원인이었다. 모방에 능한 일본인들은 놀랄 정도로 빠르고 성공적으로 유럽 문화의 물질적 형식들을 흉내 내고, 또한 유럽의 저급한 질서의 이념 몇 가지를 수용하였다. 신문과 역사 서적을 통해 서구에 범헬레니즘, 범게르만니즘, 범슬라브주의, 범이슬람주의가 있음을 알고 나서, 이들은 낯선 이방인들, 즉 유럽인들과의 단호한 투쟁을 위해 동아시아의 모든 민족을 자신의 지배하에 하나로 결속시키는 결집체인 범몽골주의라는 위대한 이념을 주창하기에 이르렀다.

20세기 초엽 유럽이 **이슬람** 세계와의 최후의 결정적인 투쟁으로 분주한 틈을 이용하여 그들은 위대한 계획의 실현에 착수했다. 맨 처음 조선을 점령하고 이후 베이징을 점령했는데, 이곳에서 그들은 중국 진보당의 도움으로 구(舊) 만주 왕조를 정복하고 대신 일본 왕조를 세웠다.[27] 얼마 지나지 않아 이들과 중국의 보수주의자도 화해하게 되었다. 그들은 최악과 차악 가운데 차악(大惡)의 선택이 나으며 의지와 상관없이 혈족은 혈족일 수밖에 없음을 이해하였다. 여하간 구(舊) 중국은 국가의 독립을 유지할 힘이 없었고, 유럽 아니면 일본에 종속되는 것을 피할 수 없는 처지였다. 그러나 분명한 것은 일본의 지배는 중국 정부의 외형(이것은 아무 짝에도 쓸모없는 것임이 명백히 판명되었다)은 폐지하겠지만, 중국 국민들의 삶의, 내적인 원천적인 것들은 건드리지 못할 것이고, 반면에 그 무렵 정치적 이유로 기독교 선교사들을 지지했던 유럽 열강의 지배는 중국 정신 체계의 심층을 위협할 수 있다는 사실이었다. 과거 일본인에 대한 중국인의 민족적 증오심은 중국인이나 일본인이 유럽인들을 몰랐을 때 생긴 것이며, 유럽인들을 대면하고 나자 아시아 민족 간의 반감은 가정불화와 유사한 것이 되어 의미를 잃었다. 유럽인들은 **매우** 낯설었고 다만 적들이라 생각될 **뿐**이었으므로, 그들의 지배는 종족적 자기애를 만족시킬 수 없었다.

반면 그 무렵 중국인들은 일본인들의 손에서 범몽골주의라는 달콤한 미끼를 발견하였고, 이것은 동시에 그들의 눈앞에서 고통스

---

27 이 부분은 솔로비요프의 역사적 상상력의 결과로 씌어진 것으로, 이 작품의 출판연도가 1900년인 점을 고려하면 한일병합(1910), 만주국 건설(1932) 등에 관한 예언적 언급은 매우 흥미롭다(옮긴이).

러운 외형적 유럽화의 필요성을 정당화시켜주었다. "알겠는가, 이 고집스런 형제들이여 — 일본인들이 되풀이해서 말했다 — 우리는 서방의 개들을 좋아해서가 아니라 바로 그 무기로 그들을 격파하기 위해 그들의 무기를 취하는 것이라네. 만일 자네들이 우리와 연합해서 우리들의 실용적인 지도를 받아들인다면, 우리는 머지않아 아시아 땅으로부터 백색 악마들을 쫓아낼 수 있을 뿐더러, 그들의 국가를 정복하고 전 세계에 걸쳐 중앙 제국을 건설할 수 있을 것이네. 자네들의 민족적 자긍심이나 유럽인들에 대한 경멸은 모두 옳은 것일세. 그러나 자네들은 이 감정을 이성적 활동이 아닌 헛된 망상으로 키우고 있네. 이성적인 활동의 영역에서 우리가 자네들보다 훨씬 앞서 있기에, 우리들이 반드시 자네들에게 공동의 이익을 위한 길을 제시해야만 한다네. 그렇지 않다면, 스스로 한번 보시게나. 스스로를 과신하고 자네들의 자연의 친구이며 옹호자인 우리들을 불신한 자네들의 정책이 자네들에게 무슨 이득을 가져왔는가? 러시아와 영국, 독일과 프랑스는 자네들을 남김없이 그들끼리 분할해 가졌고, 자네들의 용맹스런 계획이란 어떤 것이든 겨우 뱀 꼬리의 무기력한 흔적만 보여주었을 뿐이네."

분별력 있는 중국인은 이를 근거 있는 주장으로 받아들여 일본 왕조가 견고하게 세워졌다. 일본 왕조가 맨 처음 관심을 기울인 것은 당연히 강력한 군대와 군함의 구축이었다. 일본 병력의 상당 부분이 중국에 배치되었고, 그곳에서 그들이 새로운 대규모 군의 주요 간부직을 맡게 되었다. 중국어를 구사하는 일본 장교들은 해고된 유럽인보다 훨씬 더 성공적으로 직책을 수행했고, 만주, 몽골, 티베트를 포함한 수많은 중국 주민들로부터 유용한 전쟁 물자를 충분하게 거두어들일 수 있었다. 일(日) 왕조의 첫 왕은 벌써 통킹과 시암Siam²⁸으로부터 프랑스인을, 그리고 버마로부터 영국인을 몰아내고, 또 중앙 제국에 인도차이나를 복속시킨 후, 제국에서 개발한 신무기들의 시험에 성공했다. 모계가 중국의 혈통이었던 일왕의 후계자는 중국인다운 교활함과 끈기와 함께 일본식의 에너지, 민첩성과 진취성을 갖추었고, 중국의 투르키스탄에서는 400만의 군대를 동원했다. 수상인 춘 리야민은 이 군대가 인도를 점령할 예정이라고 비밀리에 러시아 대사에게 통보했지만, 일왕은 대군을 이끌고 우리 러시아의 중앙아시아 지역을 침범했다. 주민 모두를 선동하여 우리에게 항거하도록 만든 후, 일왕은 우랄 지방 너머로 신속하게 이동하여 자신의 군대로 러시아의 동부와 중앙 지역을 휩쓸었다. 반면 급히 동원된 러시아군은 폴란드, 리투아니아, 키예프Kiev²⁹, 볼르니, 페테르부르크, 핀란드로부터 서둘러 나와서 부분적으로 대대(大隊)들을 만들었다. 사전계획의 부재와 엄청난 적군의 숫자 때문에 러시아군은 다만 명예로운 죽음을 전투의 가치로 삼을 뿐이었다. 적의 신속한 공격으로 러시아군은 한곳에 모여 집중할 절대적인 시간이 없었고, 부대들은 잔악하고 지독한 싸움에서 하나 둘씩 전멸해갔다. 몽골인들도 적지 않은 대가를 치렀지만, 아시아 철도를 모두 장악하고 있었기 때문에 쉽게 결원을 보충하였다. 한편, 이와 동시에 오래전 만주 국경에 모여 있던 20만의 러시아군이 중국을 공격하였지만 그들

---

28 태국의 옛 명칭(옮긴이).
29 오늘날 우크라이나의 수도(옮긴이).

의 견고한 방어로 인해 실패로 돌아갔다. 일왕은 러시아에 새로운 군대가 형성되는 것을 막고 늘어난 빨치산 부대를 뒤쫓기 위해서 병력의 일부를 러시아에 남겨두고, 세 무리의 부대를 이끌고 독일 국경을 넘었다. 여기서는 대비할 시간적 여유가 있었다. 그래서 몽골군 중 한 부대가 완전히 격파 당하였다.

그러나 그 시간 프랑스에서는 적군 부대가 뒤늦게 복수전에서 승리를 거두었고, 곧 독일인의 뒤에는 백만을 헤아리는 적의 보병대가 버티고 있게 되었다. 진퇴양난에 빠진 독일군은 일왕이 제안한 무장해제라는 명예로운 계약을 부득이하게 받아들일 수밖에 없었다. 미칠 듯이 기뻐하는 프랑스인들은 황인종들과 형제의 의를 맺고, 독일 전역에 흩어져서 곧 군기 상실의 지경에 이르렀다. 일왕은 자신의 군에게 더 이상 필요치 않은 동맹국들과는 단절하라 명령을 내렸고, 이것은 중국식으로 정확하게 수행되었다.

파리에서는 외국인 이주sans patrie 노동자들의 봉기가 일어나서 서구 문화의 수도는 동쪽의 군주에게 기꺼이 문을 열어주었다. 자신의 흥미를 충족시킨 후 일왕은 해안 지방인 불로뉴Boulogne로 가서, 그곳에서 태평양에서 온 함대의 엄호를 받으면서 자신의 군대를 대영제국으로 진격시킬 수송선을 준비했다. 그러나 그는 돈이 필요했고 영국인들은 10억 파운드를 내고 자유를 얻었다. 1년 후 모든 유럽 국가는 일왕에 대한 자신들의 종속관계를 인정하였고, 유럽에 충분한 점령군을 남겨둔 후 일왕은 동쪽으로 돌아가서 미국과 오스트레일리아로의 해양 원정에 착수했다.

유럽을 뒤덮은 새로운 몽골의 압제가 반세기 동안 지속되었다. 내적인 측면에서 이 시기는 유럽과 동양 사상이 도처에서 혼합되고 깊이 상호 침투하며, 고대 알렉산드리아의 혼합주의가 광범위하게 반복되는 특징을 띠었다. 반면 실제 일상의 차원에서는 다음의 세 가지 현상이 매우 두드러졌다.

첫째, 중국과 일본 노동자들이 유럽으로 광범위하게 유입되면서, 이로 인한 사회·경제적 문제점들이 첨예하게 노출되었다. 둘째, 이 문제를 해결하려는 미봉책들이 계속해서 지배 계층에서 쏟아져 나왔고, 마지막으로 몽골 축출과 유럽의 독립을 회복하기 위한 목적으로 전 유럽적 결사를 조직한 비밀 사회단체들이 국제적으로 더 강력하게 활동하기 시작했다. 지역의 국가 정부들이 참여했던 이 거대한 결사는 일왕 대리인들의 통제를 피할 수 있는 범위 내에서 훌륭하게 준비하여 눈부신 성과를 거두었다.

정해진 기일이 되자 몽골군에 대한 학살과 아시아 노동자들에 대한 추방이 시작되었다. 유럽 전역에서 유럽 군대의 비밀 요원들이 모습을 드러내었고, 오랫동안 준비한 상세한 계획에 따라 군사 총동원령이 이루어졌다. 새로운 일왕, 즉 위대한 정복자의 손자는 급히 서둘러 중국에서 러시아로 향했지만, 유럽군에 의해 이곳에서 엄청난 수의 대군이 격파당했다. 흩어진 잔당들은 아시아의 산간벽지로 돌아가고 유럽은 자유를 얻었다. 아시아 야만인들에게 반세기 동안 종속되었던 것이 유럽의 국가들이 개별적으로 자국의 이익만을 생각한 국가 분열이 초래한 결과였다면, 위대하고 영광스러운 해방은 전 유럽인들의 힘을 응집시킨 국제 조직체의 결성에 의해 이루어졌다.

이 분명한 사실이 가져온 당연한 결과로 개별 국가들이 오랫동안 지켜왔던 전통적 제도가 어느 곳이나 할 것 없이 의미를 상실했고, 낡은 군주제의 최후 잔재는 거의 모든 곳에서 사라졌다. 21세기에 유럽은 민주국가들의 연합, 유럽국가연합을 구성했다. 몽골의 침입과 해방 전쟁에 의해 그동안 지체되었던 외양적인 문화 발전은 다시 성공적으로 가속화되었다. 그러나 삶과 죽음, 인간과 세계의 궁극적 운명에 대한 질문들, 새로운 수많은 생리·심리적 연구와 발견에 의해 얽히고 복잡해진 내면 의식에 관한 문제들은 예전처럼 미해결의 상태로 남아 있었다. 한 가지 중요한 부정적인 결과만이 모습을 드러냈다. 그것은 이론적인 물질주의의 결정적 몰락이었다. 춤추는 원자들의 체계로서의 우주, 사물의 미세한 변화의 물리적 축적의 결과로서의 삶이라는 개념은 더 이상 어떤 이성적 사유도 만족시키지 못했다. 인류는 이러한 철학적 유아 단계를 영원히 넘어섰다. 다른 한편으로 인류는 신앙의 순진하고 분별없는 유아적 단계 역시 초월했음이 분명했다. **무**에서 세계를 **만든** 신의 존재와 같은 개념들은 숫제 초등학교에서도 가르치지 않게 되었다. 이런 주제들과 관련된 상위 차원의 개념들이 발전하였고 이 상황에서 어떤 독단주의도 허용될 리 만무했다. 비록 사상가들의 대다수가 무신론자가 되었지만, 소수의 믿는 자들은 불가피하게 마음은 어린아이가 될 것이로되 이성은 어린아이가 되지 말라는 사도의 명령을 수행하면서 **사상가**들로 남았다.

　이 시기에 신앙을 가진 소수의 유심론자 중에 눈에 띄는 한 사람이 있었으니, 많은 사람들이 그를 초인이라고 불렀고 그는 이성과 마음이 결코 미성숙하지 않았다. 그는 아직 젊었지만 위대한 천재성 덕분에 서른셋 무렵 이미 위대한 사상가이자 작가, 사회활동가로 명성을 얻었다. 자신의 뛰어난 정신력을 자각하고 있던 그는 항상 확고한 유심론자였고, 그의 명료한 이성은 선, 하나님, 메시아 등 믿어야만 하는 진리를 그에게 가르쳐주었다. 그는 **이것을 믿었지만 오직 자신 하나만을 사랑하였다.** 그는 하나님을 믿었지만 영혼 속 깊이 무의식적으로나 본능적으로 스스로를 신보다 더욱 사랑하였다. 그는 선을 믿었지만 모든 것을 보시는 영원하신 분의 눈은 악한 힘이 그를 저열한 감정과 정욕의 기만, 혹은 심지어 높은 권력이 아니라 그의 한없는 자기애로 유혹한다면, 이 사람은 악한 힘에 머리를 숙이리라는 것을 보고 계셨다.

그런데 이 자기애는 무분별한 본능이나 비이성적인 요구가 아니었다. 특별한 천재성과 잘생김, 고귀한 혈통 외에도 그가 보여준 높은 수준의 절제, 청렴, 실제 선행 행위들은 뛰어난 유심론자, 금욕주의자, 자선가로서의 그의 거대한 자기애를 충분히 정당화시켜줄 만한 것이었다. 그가 하나님의 너무 많은 재능을 선물받았다는 이유로 그를 비난할 수도 있지만, 그는 자신의 재능을 위로부터 그에게 내려온 특별한 호의의 증표라고 생각했고, 스스로를 하나님 다음의 두번째 존재로 하나님의 유일한 아들로 간주했다. 한마디로 그는 자신을 그리스도의 현존으로 인정하였다. 그러나 이와 같은 자신의 뛰어난 장점에 대한 자의식은 실상 그가 하나님과 세상에 대해 도덕적으로 봉사하도록 작용하는 것이 아니라, 다른 이들, 그리고 무엇보다도 그리스도에 대해 자신의 권리와 우월성을 주장하는 데 작용했다.

그는 처음에는 예수에 대해서도 적의를 가지지 않았다. 그는 예수의 메시아로서의 의의와 가치를 인정했지만, 내심으로는 예수를 오로지 자신보다 앞서 온 위대한 선구자로만 보았고, 자기

애로 어두워진 그의 이성은 그리스도의 도덕적 위업과 절대적 유일성을 이해하지 못했다. 그는 이렇게 판단했다. "그리스도는 나보다 먼저 왔다. 나는 두번째로 나타났다. 그러나 사실은 시간적으로 뒤에 온 것이 본질상은 더 앞서는 것이다. 다름 아니라 나는 완전하고 궁극적인 구원자이기 때문에, 마지막으로 역사의 끝에 왔다. 그 그리스도는 나의 선구자이다. 그의 사명은 나의 출현을 예고하고 예비하는 것이다." 이렇게 생각하면서 21세기의 위대한 인간은 성서의 복음서에 씌어져 있는 그리스도의 재림을 그 동일한 그리스도의 귀환이 아니라 예고하기 위해 왔던 그리스도를 최종적인 그리스도로 대체하는 것, 즉 자기 자신으로 대체하는 것으로 설명하면서, 그리스도의 재림에 관한 모든 것을 자신에게 적용했다. 미래에 올 그는 이 단계에서 별다르게 특징적이고 독특한 면을 보이지는 않았다. 사실 예를 들면, 결코 악의로 비난할 수 없는 진실한 사람 마호메트도 그리스도와 자신의 관계를 이와 유사하게 바라보았었다.

그는 그리스도보다 자신을 더 편애하는 자신의 자기애를 다음과 같은 생각으로 정당화했다. "일생 동안 가르치고 도덕적 선을 제시한 그리스도는 인류의 **교화자**였다면, 나는 이처럼 부분적으로는 교화되었지만 부분적으로는 아직 교화되지 않은 인류의 **은인**이 되기 위해 부름받았다. 나는 모든 사람에게 필요로 하는 모든 것을 줄 것이다. 도덕주의자로서 그리스도는 사람들을 선과 악으로 분열시켰지만, 나는 선한 이와 악한 이 모두에게 필요한 복지로 양편을 통합시키리라. 나는 선한 이와 악한 이 위로 태양을 떠오르게 하고 정의로운 자와 정의롭지 않은 자 모두에게 비를 내리는 하나님의 진정한 대리자가 될 것이다. 그리스도는 검(劍)을 가져왔으나 나는 평화를 가져다주리라. 그는 무서운 최후의 심판으로 지상을 위협하였다. 그러나 실은 최후의 심판자는 내가 될 것이고, 그러면 나의 심판은 정의의 심판뿐만 아니라 자비의 심판이 될 것이다. 나의 심판 또한 진리가 있을 것이나, 이는 되갚아주는 보상의 진리가 아니라 분배의 진리이다. 나는 모두를 구별해서 그들 각자가 필요로 하는 것을 주리라."[30]

이렇게 아름다운 선의로 그는 새로운 인류 구원 사업에 대한 명료한 신의 부름과 그가 장자, 신이 사랑하는 맏아들이라는 명확하고 놀라운 증거를 기다리고 있었다. 그는 기다리면서 자신의 초인적인 선행과 재능에 대한 의식으로 에고이즘을 키워나갔는데, 이미 언급했다시피 이는 그가 나무랄 데 없는 도덕성과 비범한 천재성을 소유하였기 때문에 가능했다.

오만하고 정의로운 그는 인류의 구원 사업을 시작하기 위하여 하늘의 인가를 기다리고 기다렸으나, 함흥차사였다. 그는 이미 서른 살이 넘었고, 이윽고 다시 3년의 시간이 흘렀다. 이때 그의 이성 속에서 어떤 생각이 떠올라 뜨거운 전율로 두개골을 관통하였다.

"그런데 만약?…… 그런데 만약 내가 아니고…… 그 갈릴리인이라면…… 그가 내 선구자가 아니라 진짜 메시아, 최초이자 마지막이라면? 그러나 그렇다면 그는 지금 **살아 있어야만** 한다…… 도대체 그는 어디에 있는가?…… 갑자기 그가 내게 온

---

30 적그리스도의 말은 그리스도의 유명한 금언에서 나온 것이다(누가복음 12장 51절)(편찬자).

다면…… 여기, 지금…… 나는 그에게 무슨 말을 할 것인가? 정말 내가 그 앞에서 마지막 어리석은 그리스도인으로서, "그리스도, 주여, 저 같은 죄인을 용서하소서"라고 러시아 농부처럼 의미 없이 중얼거리거나, 또는 폴란드 촌부가 **십자가 모양으로** 몸을 쭉 뻗고 **엎드려** 용서를 빌듯이 해야 한단 말인가? 나는 명석한 천재이자 초인이다. 결코, 그럴 리가 없다!"

그리고 이때 이전에 하나님과 그리스도를 향한 이성적이고 차가운 존경이 자리 잡았던 곳에서 처음에는 어떤 공포가, 그 다음에는 타는 듯한, 그의 전신을 억누르고 쥐어짜는 듯한 질투와 영혼을 휘어잡는 맹렬한 증오가 마음속으로부터 생겨나 자라났다. "나다, 나, 그가 아니다! 그는 지금도 살아 있지 않고, 미래에도 없을 것이다. 부활하지 않았다, 부활하지 않았다. 부활하지 않았다! 썩었다, 무덤에서 닳았다, 마지막……처럼 무덤에서 썩었다."

입에 거품을 물고 경련을 일으킨 듯 펄쩍펄쩍 뛰어오르면서 그는 칠흑 같은 밤중에 집에서 뛰쳐나와 정원을 가로질러 바위로 뒤덮인 오솔길을 달려갔다…… 분노가 잦아들어 바위처럼 건조하고 육중하며 밤처럼 어두운 환멸로 바뀌었다. 그는 탁 트인 절벽에서 멈추어 아래 멀리서 돌들 사이로 질주하는 여울의 불안한 소음을 들었다. 참을 수 없는 우수가 그의 심장을 짓눌렀다. 갑자기 그의 마음속에서 어떤 생각이 떠올랐다.

"내가 무엇을 해야 하는지 그를 불러서 물어보아야 하는가?"

그러자 어둠 가운데서 그에게 온화하고 슬픈 형상이 나타났다.

"그는 나를 가엾게 여길 것이다…… 아니 결코 그렇지 않다! 그는 부활하지 않았다. 부활하지 않았다!"

그리고 그는 절벽에서 몸을 던졌다. 그러나 물기둥처럼 탄력 있는 무엇이 공기 중에서 그를 떠받쳤고, 그는 전기 충격을 받은 것처럼 전율을 느끼며 어떤 힘에 의해 다시 내동댕이쳐졌다. 순간 그는 의식을 잃었고, 정신을 차려보니 절벽에서 몇 걸음 떨어진 곳에 무릎을 꿇고 있었다. 앞에는 자욱한 안개 속에서 인광과 같은 빛을 내는 형상이 있었고 그 형상의 두 눈으로부터 뿜어 나오는 견딜 수 없이 날카로운 광휘는 그의 영혼을 관통하였다……그는 이 꿰뚫는 듯한 두 눈을 바라보았고 자신의 내면도 외부도 아닌 곳에서 이상하고 공허한, 정확히 말해 짓눌린 듯하면서도 명료한, 몹시 냉담한 금속성의, 축음기에서 나오는 듯한 목소리를 들었다.

"내 사랑하는 아들아, 너에게 나의 선한 의지가 온전히 담겨 있다. 왜 너는 나를 찾지 않았는가? 무엇 때문에 그의 사악한 아버지를 더 따랐는가? 나는 하나님이자 너의 아버지이다. 저 십자가에 못 박힌 가난한 이는 나에게도 너에게도 낯선 사람이다. 나에게는 너 외의 다른 아들이 없다. 너는 나의 단 하나의, 나의 유일한 혈통의, 나와 동등한 아들이다. 나는 너를 사랑하고 너에게서 아무것도 요구치 않는다. 너는 매우 잘생기고 위대하고 강력하다. 내 이름이 아닌 너의 이름으로 너의 일을 하라. 내게는 너를 향한 어떤 질투도 없다. 나는 너를 사랑한다. 나는 너에게 아무것도 원하지 않는다. 네가 신으로 간주했던 이는 자신의 아들에게서 복종을, 십자가 위의 죽음에까지 이르는 한없는 고통을 요구하였고, 그는 십자가 위의 아들을 돕지 않았다. 나는 아무것도 요구하지 않고 너를 도울 것이다. 너 자신을 위해, 너 자신의 고유한 가치와 우월함을 위해, 너에 대한 나의 순수하고 조건 없는 사랑을 위해 나는 너를 도울 것이다. 나의 영을 받으라. 이전에 먼저 내 영이 너를 **아름답게** 낳았던 것처럼 이제 그 영이 너를 **강력하게** 낳을 것이다."

알 수 없는 이의 이 말들과 더불어 초인의 입술은 의지와 상관없이 열렸고, 꿰뚫는 듯한 두 개의 눈이 바로 그의 얼굴 앞으로 다가왔다. 그리고 그는 예리한 차가운 얼음 같은 흐름이 그에게로 들어와 그의 전 존재에 충만함을 느꼈다. 그와 동시에 그는 전에 없었던 힘, 원기, 가벼움과 환희를 느꼈다. 그 순간 빛을 내는 형상과 두 눈이 갑자기 사라졌고 무언가가 초인을 땅 위로 들어 올려 한순간 그를 그의 집 정원 문 앞에 떨어뜨렸다.

다음 날 위대한 초인을 방문한 몇 사람뿐 아니라 심지어 그의 종들도 그의 영감에 찬 특별한 모습에 놀랐다. 게다가 그가 자신의 서재에서 두문불출하면서 어떤 초자연적인 신속함으로 별다른 힘을 들이지 않고 『전 세계의 평화와 안녕을 향한 열린 길』이라는 제목의 자신의 탁월한 저서를 쓰고 있는 것을 그들이 보았다면 더욱 놀랐을 것이다.

전에 쓴 초인의 책들과 사회 활동은 엄격한 비평가들의 비난을 받았는데, 비평가들은 대부분 매우 종교적이어서 별반 권위가 없었다(나는 지금 적그리스도의 시대에 대해 말하고 있는 것이다). 그래서 비평가들이 이 '미래의 인간'이 쓰고 말하는 것은 참된 단순함이나 솔직함, 진정성이란 것이 없고 지극히 배타적이고 격렬한 자기애와 자만심으로 가득 차 있다고 지적했을 때, 소수의 사람들만이 그들의 비판을 경청했을 뿐이었다.

그러나 그는 자신의 새로운 저작으로 심지어 이전의 비평가들과 적대자들 가운데 몇 명을 자신에게로 끌어들였다. 절벽 사건 이후에 씌어진 이 책은 이전에 볼 수 없었던 천재의 힘을 보여주었다. 이것은 모든 대립을 포괄하고 화해시키는 어떤 것이었다. 이 책에서는 고대 전설과 상징들에 대한 고상한 존경심이 사회·정치적 요구사항과 준수사항들에 대한 광범위하고 과감한 급진주의와 결합되어 있었고, 무한한 사상의 자유는 모든 신비적인 것들에 대한 심오한 이해와 결합되어 있었으며, 절대적인 개인주의는 공공의 복지를 위하는 뜨거운 성실성과 결합되어 있었으며, 통치 원칙들의 최고도로 고양된 이상주의는 실제적인 해결을 위한 충분한 구체성 및 실제 중요성과 결합되어 있었다. 그리고 이 모든 논의가 예술적 천재성으로 하나로 통합되고 결합되어 있었기 때문에, 어느 한 방면으로 치우친 모든 사상가들이나 실천가들도 자신들의 개인적 현재의 관점하에서도 전체를 보고 받아들일 수 있었다. 이러한 그의 논의는 어느 한 방면으로 치우친 모든 사상가들이나 실천가들이 **진리 그 자체**에 있어서는 아무것도 희생하지 않고, 진리를 위해 자신들의 **예고**를 짓밟히지도 않고, 자신의 편향성을 **실제로** 조금도 거부당하지 않고, 자신의 견해와 지향성들이 갖고 있는 오류들을 개선하지 않으면서, 오류들의 불완전성을 무엇으로도 보충하지 않을 수 있었다. 이 놀라운 책은 곧 문명 국가 모두와 일부 미개 국가에서 그들의 언어로 번역되었다. 세계 도처의 수많은 신문에는 1년 내내 출판 광고와 비평가들의 환호가 게재되었다. 작가의 초상화를 담은 저렴한 판본이 수백만부 찍혀 나와 팔렸고, 문화 세계는(이 당시로서는 이것은 거의 지구 전체를 의미할 것이다) 비할 데 없이 위대한 유일한 영광으로 충만하였다! 아무도 이 책에 관해 반박할 수 없었고, 이 책은 모든 사람에게 완전한 진리의 계시로 보였다. 이 책은 전 과거 역사를 전적으로 공평하게 대하였고, 현재 진행되고 있는 모든 일은 모든 측면에서 어떤 편견도 없이 평가되었으며, 가장 훌륭한 미래가 일목요연하고 명료하게 현재에 접목되었기 때문에, 모두가 이렇게 말하였다. "바로 이것이다. 우리가 필요로 하는 그것이다. 바로 이것이 유토피아가 아닌 이상이고, 바로 이것이 공중누각이 아닌 계획이다." 놀라운 작가는 모두를 매혹시켰을 뿐만 아니라 모두에게 **유쾌했기** 때문에 그리스도의 말씀을 이룬 셈이었다.

"나는 내 아버지의 이름으로 왔으나 너희가 나를 영접치 아니하나 만일 **다른** 사람이 **자기** 이름으로 오면 **영접**하리라."[31] 사실 영접하려면 **유쾌**해야 하기 때문이다.

사실은 신앙심 깊은 사람 몇몇이 이 책을 열렬히 찬양하면서도 왜 여기서 단 한 번도 그리스도를 언급하지 않았는가라는 질문을 던진 적도 있었다. 그러나 다른 그리스도인들은 다음과 같이 반박하였다. "하나님께 영광을! 지난 세기들 동안 이미 충분히 성경 전체가 온갖 어중이떠중이 열성적 옹호자들에 의해 다 사용되어 진부해졌고, 그래서 이제 정말 심오하게 종교적인 이 작가는 매우 신중했음에 틀림없습니다. 그리고 일단 책의 전체 내용이 실천적 사랑과 모든 것을 포용하는 선의의 기독교 정신으로 정말 가득 차 있는데, 당신들은 더 이상 무엇을 필요로 하는 것이오?"

---

31 요한복음 5장 43절(편찬자).

모두들 이에 동의하였다. 이 작가를 지금까지 세상에 태어났던 사람들 가운데 가장 유명한 사람으로 만든 『열린 길』이 출판된 직후, 베를린에서는 유럽국가연합의 국제 헌법 제정회의가 개최되어야만 했다. 이 유럽국가연합은 몽골의 압제로부터의 해방과 상당히 변화된 유럽의 지도와 관련해 야기된 일련의 국제전과 내란 후 설립되었고, 이제는 국가들 간의 갈등이 아니라, 다양한 정치·사회 정당들 간의 내적 갈등이라는 위험에 처해 있었다. 프랑스 프리메이슨Freemason[32]의 강력한 형제애 집단에 소속된 전 유럽의 정치 최고 지도자들은 전체적인 집행권이 부족하다는 점을 느꼈다. 이러한 어려움을 가진 유럽 통일체는 언제든 다시 분열될 수 있었다. 연합 이사회, 즉 상임 전세계위원회Comité permanent universel는 의견의 일치를 보지 못했다. 왜냐하면 진실하고 임무에 헌신적인 프리메이슨이 의석 모두를 차지한 것은 아니었기 때문이었다. 상임위원회의 독립 회원들은 분리 협정에 동의하였고, 이로 말미암아 새로운 전쟁의 위협이 도사리게 되었다. 그러자 이때 "헌신적인" 프리메이슨들이 한 개인이 충분한 전권을 가지는 집행부를 설립하기로 결정하였다.

집행부의 유력한 후보는 이 단체의 비밀회원인 "미래의 사람"이었다. 그는 유일하게 전 세계적 인지도를 가진 사람이었다. 직업상 학자이자 포병이고 재산상 막대한 자산가인 그는 도처에서 재

---

32 일반적으로 프리메이슨은 중세 유럽에 널리 퍼져 있던 건축업에 종사하던 석공stonemason들의 길드에 기반해서 생겨난 것으로 알려져 있다. 그러다가 18세기 초 영국에서 인권과 사회 개선을 추구하는 엘리트들의 사교클럽으로 발전하여, 유럽과 미국으로 확산되었다. 특히 18세기에는 영국과 프랑스의 프리메이슨 단체 세력이 가장 강력한 두 축을 이루고 있었다(옮긴이).

무 및 군 관계자들과 친밀한 관계를 맺고 있었다. 그러나 다른 시대, 보다 덜 개화된 시대였다면 그의 출신이 완전히 어둠에 싸여 전혀 밝혀지지 않은 상황을 들어 그를 반대했을 것이다. 그의 어머니, 헤픈 몸가짐의 부인은 북반구와 남반구 전체에 널리 알려져 있었지만, 그를 자신의 아들로 간주할 만한 이유를 내세우는 사람들이 너무도 많았다. 이러한 상황은 물론, 진보적 시대에서는 아무런 의미도 가질 수 없었던 만큼, 그는 최후의 후보자로 남았다.

미래의 사람은 만장일치로 유럽국가연합의 종신 회장으로 선출되었다. 그가 자신의 초인적인 아름다운 젊음과 힘의 광휘에 둘러싸여 연단에 나타나 영감에 가득 찬 웅변으로 자신의 보편적인 프로그램을 설명했을 때, 매혹된 청중들은 투표도 하지 않은 채 열광적으로 그를 로마 황제로 선출하여 그에게 최고의 존경을 표시하였다. 의회는 전체의 환호성으로 폐회되었고, 위대한 선출자는 이렇게 시작하는 성명을 발표하였다.

"세계의 제 국민들이여! 나의 평화를 당신들에게 주노라!"

그리고 이 성명은 이렇게 끝을 맺었다.

"세계의 제 국민들이여! 언약이 실현되었다! 전 세계의 영원한 평화가 보장되었다. 평화를 파괴하려는 시도는 모두 이제 저항할 수 없는 반대에 직면할 것이다. 왜냐하면 지금부터 지상에는 서로 별개이든 관련된 것이든 다른 어떤 권력보다 강력한 하나의 중앙의 권력이 있기 때문이다. 무엇으로도 이길 수 없고, 모든 것을 압도하는 이 권력은 전 권력을 가진 황제, 유럽의 전권을 부여받아 선출된 자, 내게 속한다. 국제법은 마침내 지금까지 그것이 갖추지 못했던 제재규정을 갖게 되었다. 그래서 지금부터 어느 국가도 감히 내가 "평화"를 선언할 때, "전쟁"을 주장하지 못할 것이다. 세계의 제 민족들이여, 여러분들에게 평화를!"

선언은 기대했던 반응을 일으켰다. 유럽 외의 도처, 특히 아메리카에서는 로마 황제의 최고 권력하에 있는 유럽국가연합에 편입하도록 다양한 환경 가운데 있는 자국의 정부들을 강요하는 강력한 제국주의 정당들이 형성되었다. 아시아와 아프리카의 모처에는 아직 독립적인 부족들과 국가들이 남아 있었다. 황제는 러시아, 독일, 폴란드, 헝가리, 터키군으로 이루어진, 크지는 않지만 정예군을 데리고 동방 아시아부터 모로코까지 진군하여 큰 유혈전을 일으키지 않고 거역하는 모든 무리를 굴복시켰다. 그는 전 세계에 걸쳐 있는 모든 나라에서 유럽식으로 교육받은, 그에게 충성스러운 그 지역 호족 중에서 자신의 대리인들을 추대했다. 모든 이교 국가들에서는 그에게 매혹되어서 깊이 감화받은 주민들이 그를 최고신으로 추앙했다. 1년 만에 정확한 본래적 의미의 전 세계적 군주정치의 토대가 확립되었다. 전쟁의 싹이 뿌리째 뽑혔다. 전 세계 국제동맹이 마지막으로 회합을 갖고, 위대한 평화의 창조주에게 환호의 찬사의 성명을 발표한 후 쓸모가 없어졌기 때문에 스스로 폐지하였다. 통치 2년이 되자 로마의 황제이자 전 세계의 황제는 새로운 성명서를 발표하였다.

"세계의 제 국민들이여! 나는 여러분들에게 평화를 약속했고 평화를 주었다. 그러나 평화는 단지 복지와 함께할 때에만 아름답다. 평화는 있되 가난의 불행이 위협하는 자에게 평화는 기쁨이 아니다. 배고프고 추운 이들이여, 모두 이제 내게로 오라. 내가 여러분을 배부르게 하고 따뜻하게 하리라." 그러고 나서 그는 이미 그의 저작에서 언급했던, 이미 모든 고귀하고 진지한 지성들을 사로잡은 바 있는, 단순하며 모든 것을 포괄하는 사회 개혁을 공포하였다. 이제 전 세계의 재정과 막대한 토지 재산이 그의 손에 집중된 덕분에 그는 부자에게 모욕을 주지 않으면서 가난한 자들의 희망에 따른 개혁을 실현할 수 있었다. 모든 사람이 재능에 따라 지원을 받을 수 있었고 모든 재능 있는 이들은 노동과 공로에 따른 보상을 받을 수 있게 되었다.

지상의 새 군주는 무엇보다 자비로운 인본주의자였고, 그뿐 아니라 동물 애호가이기도 하였다. 스스로가 채식주의자로 생체 해부를 금지했으며 엄격한 도살 규제 방안을 제정하는 한편, 여러 방안으로 동물보호단체들을 장려하였다. 그러나 이런 세부적인 여러 가지 일들 가운데 가장 중요한 것은 전 인류 가운데 가장 기본적인 평등, 다시 말해 **보편적인 배부름의 평등**이 견고하게 확립된 것이었다. 이것이 그의 통치 2년째에 이루어졌다. 사회·경제적 문제가 마침내 해결되었다. 그러나 만약 배부름이 배고픈 자의 첫번째 관심사라면, 이제 배부른 자는 다른 어떤 것을 원하게 된다. 심지어 배부른 동물들도 보통 잠뿐 아니라 놀이를 원한다. 하물며 인류는 말할 것도 없이, 빵 다음post panem에는 항상 볼거리circenses를 요구해왔다.

초인 황제는 군중이 무엇을 필요로 하는지 포착하였다. 이때 극동으로부터 기이한 실화들과 기괴한 이야기들의 두꺼운 구름으로 덮인 위대한 마법사가 로마의 황제에게 왔다. 신(新)불교도 사이의 풍문에 의하면, 태양신 수리아와 어떤 강의 님프 사이에서 출생한 신성한 혈통이라고 하였다.

아폴로니라는 이름을 가진 이 마법사는 의심할 바 없는 천재적인 사람이었다. 반은 아시아인이고 반은 유럽인이자, 가톨릭을 부분적으로 신봉하는in partibus infidelium 이 가톨릭 주교는 서구 학문의 최신의 결과들과 기술적 부가물들을 완전히 숙지하고 이것을 동방의 전통적 신비 종교에서 실제로 견고하고 중요한 모든 것들을 사용할 수 있는 지식 및 능력과 놀라운 방식으로 잘 결합시켜 지니고 있었다. 이런 결합의 결과는 정말 놀라운 것이었다. 말이 나왔으니 말이지, 아폴로니는 자신의 의지에 따라 공중 전기를 끌어내고 제어할 수 있는 기교, 반은 과학이고 반은 마법인 기교에까지 다다르게 되었고, 사람들은 그가 **하늘로부터 불을 가져올 수 있다**고 말하였다. 그러나 전대미문의 갖가지 신비로운 일들로 군중들의 상상력을 깜짝 놀라게 하면서도, 그때까지 그는 자신의 위력을 어떤 목적을 위해서 악용하지 않았다. 그런데 이렇게, 이런 사람이 위대한 황제에게 와 하나님의 진짜 아들을 대하듯 그에게 절을 하며, 동방의 비서(秘書)에서 황제가 마지막 구세주이자 전 우주의 심판자라는 직접적 예언을 찾았다고 알리고, 자신과 자신의 모든 기교를 황제를 위한 봉사에 사용하겠다고 제안했다. 그에게 매혹된 황제는 그를 하늘의 선물로 이해하고 그를 화려한 직함들로 치장하여 항상 그를 곁에서 떨어지지 않도록 하였다. 완벽한 평화와 포만감 외에도 군주의 은혜를 받은 지상의 제 국민들은 너무나 다양하고 놀라운 기적들과 징표들이 주는 끝없는 단맛을 보게 되었다. 초인이 지배한 지 3년이 되는 해가 끝나가고 있었다.

정치·사회적 문제가 순탄하게 해결된 후 종교 문제가 돌출되었다. 이 문제는 황제 스스로가 끄집어냈는데, 무엇보다 기독교 처리 문제를 끄집어냈다. 이 시기 기독교는 이런 상황에 처해 있었다. 지구상에 남아 있는 기독교인의 수가 4천 5백만이 채 안 될 만큼 구성원 수가 현저하게 줄어들었지만, 기독교는 도덕적으로 발전, 강화되어 양적인 상실을 질적으로 보상하고 남았다. 기독교에서 어떤 정신적 관심사도 찾을 수 없는 사람은 더 이상 이미 기독교인으로 간주되지 않았다. 다양한 기독교 종파에서 동일하게 구성원 수가 감소하였으므로 그들 사이에서는 대체적으로 이전 비율이 유사하게 보존되고 있었다. 상호 감정에 있어서는 비록 적대감이 완전히 화해된 것은 아니지만, 상당히 완화되어 그들 사이의 대치도 이전처럼 날카롭지 않았다. 교황은 이미 오래 전 로마에서 축출되었고, 오랫동안 떠돌아다니다가 페테르부르크와 러시아 안에서 선교를 하지 않는다는 조건으로 페테르부르크에 정착하였다. 러시아에서 교황권은 매우 단순하게 간소화되었다. 본질적으로 필요한 동료 구성원들과 예배 미사는 변경하지 않으면서 그들의 일에 더욱 열성적으로 임해야 했을 뿐 아니라 화려한 의례의식을 최소 수준까지 축소시켜야만 했다. 비록 형식적으로 폐기되지 않았지만, 기이하고 매혹적인 수많은 전례들이 지켜지지 않게 되었다. 다른 나라들, 특히 북아메리카의 가톨릭 사제 제도 안에는 견고한 의지와 한결같은 에너지, 독립적인 위치를 갖고서 가톨릭 교회의 통일성을 이전보다 더욱 강화하고, 교회의 국제적이고 세계주의적인 의미를 보존하려는 신부들이 많이 있었다. 개신교에 있어서는 독일이 계속하여 그 중심에 서 있었다. 특히 영국 국교회의 상당수가 가톨릭 교회와 통합된 후에는 개신교는 극단적인 경향성이 제거되었고, 그 지지자들은 공공연히 종교적으로 무관심해지거나 혹은 불신자가 되었다. 복음주의 교회에는 단지 신실한 신자들만 남았는데, 그 선두에는 광범위한 학식을 심오한 종교성과 결합시키고, 그리고 그 안에 진실한 고대 기독교의 살아 있는 모습을 회복하려 열심히 노력하는 이들이 있었다. 러시아 정교회는 정치적인 사건에 의해 교회의 공식적 상황이 변화된 이후 비록 수백만에 이르는 명목상의 가짜 교인들을 잃었지만, 그 대신 구교도의 가장 훌륭한 일부, 그리고 적극적인 종교 방향성을 지닌 많은 종파들의 가장 훌륭한 일부와 통합되는 기쁨을 맛보았다. 이와 같이 쇄신된 교회는 수적으로는 증가하지 않았으나 영적인 힘에 있어서는 성장하였고, 이것은 특히 사람들과 사회 속에서 증식한 극단 종파, 악마적이고 사탄적인 요소와 관계가 있는 극단 종파와의 내부 투쟁에서 역력히 드러났다.

새 황제가 지배한 지 2년이 되자, 이전에 일어났던 일련의 혁명들과 전쟁들로 인해 위협받고 고통받았던 모든 그리스도인들은 새로운 지배자와 그의 평화 개혁에 대해 일부는 호의적인 기대를, 일부는 전적인 동감을 표하거나, 나아가 열렬히 환호했다. 그러나 3년째, 위대한 마법사가 등장하자 많은 정교도들, 가톨릭 신도, 복음주의자들에게서 심각한 경계와 반감이 생겨났다. 이 시대의 왕[33]과 적그리스도를 이야기한 복음서와 사도의 텍스트들이

---

33 '이 시대의 왕knjaz' veka sego'은 마귀, 사탄을 뜻한다. 마태복음(4장 1~11절)의 '마귀'는 그리스어로 '유혹하는 자'를 뜻하고, 누가복음(4장 6절)에서는 세상 나라들과 그 영광이 마귀에게 넘겨졌다고 말한다. 따라서 이 마귀, 사탄은 '이 세상의 왕knjaz' mira sego'(요한복음 12장 31절)이라고도 불린다(옮긴이).

주의 깊게 읽히고 활기차게 연구되기 시작하였다. 황제는 몇몇 모종의 징후들을 통해 다가오는 위협을 감지하였고, 서둘러 상황을 해명하기로 결정하였다. 통치 4년째가 되는 해의 초반에 그는 종파에 상관없이 그에게 충직한 기독교인들을 향해 성명서를 발표하여, 자신이 의장으로 있는 세계회의의 전권을 가진 대표자들을 선정하고 임명하도록 그들을 초청하였다.

이때 황제의 거주지는 로마에서 예루살렘으로 이동해 있었다. 당시 팔레스타인은 주로 유태인들이 거주하고 통치하는 자치 구역이었다. 예루살렘은 자유로워졌지만 황제의 도시가 되어 있었다. 기독교 성물들은 그대로 남아 있었지만, 한편으로는 비르케트-이스라인Birket-Israin과 바라크baraque에서부터, 다른 한편으로는 엘-악스El-Ax의 사원과 '솔로몬의 마구간'에 이르는 황금 사원Khram-esh-sherif의 넓은 평평한 지역에는 거대한 건물이 서 있었는데, 그 안에는 두 개의 크지 않은 오래된 사원 외에도 모든 종교들의 통합을 위한 거대한 '제국' 사원과 도서관, 박물관, 마술 공연 및 연습을 위한 특별한 방들이 있는 두 채의 화려한 황제궁이 있었다.

이렇게 반은 사원이고 반은 궁전인 곳에서 9월 14일 전 세계회의의 개최가 예정되었다. 복음주의 교단은 본래적 의미의 성직자 서품 제도를 갖추고 있지 않았으므로, 가톨릭과 정교 주교들은 기독교의 모든 종파들의 대표부에 어떤 동질성을 부여하기를 원하는 황제의 희망에 따라, 경건과 교회에 대한 헌신으로 이름이 알려진 일반 신도들의 일부에게도 회의 참여를 허락하기로 결정하였다. 일단 일반 신도들의 회의 참여가 허용되자, 수도승과 대처승의 하급 성직자들을 제외하기 어려워졌다. 이렇게 하여 회의 참석자의 수는 3천을 넘어섰고, 50만에 이르는 기독교 순례자가 예루살렘과 팔레스타인으로 홍수처럼 밀려들어왔다. 회의의 구성원 가운데 특히 세 명이 두드러지게 눈에 띄었다.

첫째는 교황 베드로 2세로, 그는 가톨릭 수장으로서 회의에 참석하였다. 그의 선임자가 회의에 오는 도중 사망하여 다마스쿠스에서 열린 추기경단의 교황선출회의에서 만장일치로 베드로라는 이름을 가진 시몬 바리오니니 추기경을 선출하였다. 나폴리의 평민 출신인 그는 페테르부르크와 그 교외에서 발흥하여 정교도와 가톨릭 신도들을 유혹한 어느 악마적 이교와의 싸움에서 커다란 공헌을 한 카르멜회의 선교사로 잘 알려져 있었다. 마길로프의 대주교와 추기경을 거쳐 그는 일찍이 교황으로 지목되었었다. 이 사람은 50세, 중간 정도의 키에 붉은 얼굴과 매부리코, 짙은 눈썹을 가진 건강한 체격의 소유자였다. 그는 격렬하고 저돌적인 사람이었고, 과장된 제스처로 열정적으로 이야기했기 때문에 청자들을 설득한다기보다 열광시켰다. 전 세계의 지도자에 대해 새 교황은 의심과 혐오를 나타냈다. 특히 고인이 된 전 교황이 회의에 참가하러 떠나면서, 평소 베드로가 의심스런 가톨릭 신도이고 분명히 사기꾼이라 생각했던 황제의 재상이자 위대한 전 세계의 마법사, 이국의 주교 아폴로니를 황제의 강청에 못 이겨 추기경으로 임명한 후, 새 교황의 의심과 혐오는 더욱 짙어졌다.

두번째 인물은 비록 비공식적이지만 정교도들의 실제적 지도자로, 특히 러시아인 사이에 잘 알려진 장로 요한이었다. 비록 그는 공식적으로는 '은퇴한' 주교였지만 어느 한 수도원에서 살지 않고

끊임없이 도처를 순례하고 있었다. 그에 대해서는 여러 가지 전설이 떠돌았다. 어떤 이들은 그가 표도르 쿠지미치가 부활한 것이라고, 다시 말해 3세기 전 죽었다가 되살아난 황제 알렉산드르 1세라고 확신하였다. 또 다른 이들은 더 나아가 이 사람이 실제의 요한, 즉 사도 요한으로 결코 죽지 않았다가 마지막 때에 모습을 드러낸 것이라 확신하였다. 그러나 그 자신은 출생과 젊은 시절에 대하여 결코 말하지 않았다. 이제 그는 매우 늙었지만 원기 왕성하였고, 황색, 심지어 녹색을 띠는 흰 곱슬머리와 수염을 가진 큰 키, 마른 체격이지만 통통한 장밋빛 뺨과 생기 있게 빛나는 눈동자를 갖고 있었으며, 감동스런 선한 표정을 짓는 얼굴에 말도 감동을 주었다. 그는 항상 하얀 가사와 법의를 입고 다녔다.

세번째 인물은 복음주의 구성원들의 대표자로 회의에 참석한, 매우 박식한 독일 신학자이자 교수인 에른스트 파울리였다. 이 사람은 그리 크지 않은 마른 체형의 노인으로 넓은 이마와 날카로운 코, 매끄럽게 면도한 턱수염을 지니고 있었다. 그의 눈은 사나우면서도 선한 특별한 시선을 띠고 있었다. 그는 매 순간 손을 비비고 머리를 흔들었으며 눈썹을 무섭게 꿈틀거리고 입술을 내밀었다. 동시에 눈을 반짝이면서 그는 무뚝뚝하게 이렇게 단속적으로 중얼거렸다. "So! nun! ja! so also!"[34] 그는 흰 넥타이와 어떤 단체의 표식이 있는 긴 목사복을 근엄하게 입고 있었다.

회의가 개회되는 모습은 깊은 인상을 주었다. '전 종교의 통합'을 위해 세워진 거대한 사원의 3분의 2는 회의 구성원들을 위한

---

34 그렇군! 그래! 맞아!(독일어)(편찬자).

의석과 기타 좌석이 차지하였고 나머지 3분의 1에는 높은 연단이 있었다. 그곳에 황제의 옥좌가, 그 조금 아래에 추기경이자 황제의 재상인 위대한 마법사를 위한 다른 옥좌가, 그리고 그 뒤에는 장관들과 궁의 신하들, 그리고 고관들을 위한 일련의 의자가 놓여 있었고, 옆에는 더 긴 열의 의자들이 놓여 있었는데 용도는 알 수 없었다. 합창대에는 오케스트라가 있었고, 이웃하는 광장에는 두 부대, 근위대와 의전용 일제 사격을 위한 포병대가 정렬해 있었다. 회의에 참석한 구성원들은 이미 자신들의 다양한 교회에서 성직을 마친 이들이어서, 회의의 개최는 전적으로 세속적이어야 했다. 황제가 위대한 마법사와 수행원들과 함께 들어서자 오케스트라가 제국의 국제 찬가인 「통합 인류의 행진곡」을 연주하였을 때, 회의의 모든 참석자들은 일어났고, 모자를 흔들면서 크게 세 번을 소리쳤다. "Vivat! Ypa! Hoch!"[35] 옥좌 옆에 서서 장엄한 축복을 내리듯 손을 내밀며 황제는 낭랑하고 기쁜 목소리로 말했다.

"모든 종파의 기독교인이여! 사랑하는 나의 신민, 형제들이여! 가장 높은 이가 수많은 기적과 영광으로 축복한 나의 통치 초기부터 그대들은 한 번도 나를 실망시키지 않았소. 왜냐하면 그대들은 항상 신앙과 양심에 따라 자신들의 의무를 수행하였기 때문이오. 그러나 나는 이것으로 충분치 않소. 사랑하는 형제들이여, 그대들을 향한 내 진실한 사랑은 상호간의 사랑을 갈망하오. 나는 그대들이 의무감이 아니라 진심 어린 사랑에서 인류의 행복을 위해 수행되는 모든 일에서 나를 그대들의 진짜 지도자로 인정하기

---

35 각각 라틴어, 러시아어, 독일어로 '만세'를 의미한다(옮긴이).

를 원하오. 그래서 나는 모든 이들을 위해 해주는 일 외에도 그대
들에게 특별한 자비를 베풀고 싶소. 기독교인이여, 무엇으로 내
가 그대들을 행복하게 할 수 있겠소? 나의 신민들로서가 아닌 같
은 종교를 믿는 이들, 나의 형제들로서 내가 그대들에게 무엇을
해주길 원하시오? 기독교인들이여! 내가 이런 측면에 내 노력을
집중할 수 있도록 그대들에게 있어 기독교에서 가장 소중한 것이
무엇인지 말해주시오."

그는 말을 멈추고 기다렸다. 사원 안은 불명료한 웅성웅성하는
소리로 가득 찼다. 회의 참석자들은 서로 소곤거렸다. 로마 교황
베드로는 주변 사람들에게 열렬한 동작으로 무언가를 이야기하였
다. 파울리 교수는 고개를 흔들면서 격렬하게 입술을 울려 소리
를 내었다. 장로 요한은 동방 주교와 케퓨친 수도회 수사들[36]을 향
해 고개를 숙이고 그들에게 무언가 조용히 말하였다.

몇 분을 기다린 후 황제는 온화한 톤으로 회의장을 향해 말했으
나 그 속에는 알아차리기 힘든 아이러니가 담겨 있었다. "사랑하
는 기독교인이여," 그가 말했다. "여러분들이 하나의 솔직한 대답
을 하는 것이 얼마나 어려운지 이해하오. 나는 이 일에 여러분들
을 돕길 원하오. 여러분들은 불행히도 기억하기도 어려운 옛적부
터 다양한 종파와 계파들로 분열되어 있었기 때문에, 아마도 여
러분 모두가 관심을 가질 만한 하나의 공통 사항이 없을 것이오.
그러나 만약 여러분들이 서로 합의할 수 없다면, 내가 기꺼이 여
러분들 각각의 계파가 **진실로** 원하는 것을 똑같이 충족시켜줄 것

---

36 프란체스코회의 한 분파인 케퓨친회의 탁발승(옮긴이).

이며 여러분들에게 똑같은 사랑을 주리라는 사실을 통해 여러분의 계파들이 합의를 이루기 바라오. 사랑하는 기독교인이여! 여러분 중 많은 이들에게 있어 기독교에서 그 무엇보다 소중한 것이 기독교가 그 **합법적 대표자들**에게 부여하는 영적 권위, 물론 그들의 이득이 아니라 전체의 복지를 위한 **영적 권위**라는 것을 나는 알고 있소. 왜냐하면 올바른 영적 질서와 모든 사람들에게 필요한 도덕적 규율이 바로 이러한 권위에 기초하기 때문이오. 사랑하는 가톨릭 형제들이여! 내가 얼마나 여러분들의 견해를 잘 이해하며, 내가 얼마나 나의 국가를 여러분들의 영적 수장의 권위에 의지하고 싶은지를 아시오! 여러분들이 이것이 아첨이고 헛된 말이라 생각지 않도록 우리는 엄숙하게 다음을 선언하오— '우리의 전제적 의지에 따라 모든 가톨릭 신도들의 최고 주교, 로마 교황은 지금부터 위대한 콘스탄틴 황제로부터 시작하여 우리 선조들이 주었던 이 신분과 직책의 모든 이전의 권리 및 특권을 갖고 로마의 자신의 옥좌로 복권될 것이다.' 반면 이에 대하여 나는 여러분 가톨릭 형제들이 진심으로 나를 여러분의 유일한 옹호자이자 보호자로서 인정해주기만을 바랄 뿐이오. 여기에 양심과 감정으로 나를 이렇게 인정해주는 이가 있다면, 이리로, 내게로 오시오." 그는 연단의 빈 자리를 가리켰다.

"Gratias agimus! Domine! Salvum fac magnum imperatorem."[37]

거의 모든 가톨릭 교회의 군주들인 추기경들과 주교들, 일반 신도들 대다수, 반이 넘는 수도사들이 연단 위로 올라와 황제를

---

37 감사를 드리자! 주인이시여! 위대한 황제 만세! (라틴어─편찬자).

향해 큰 절을 하고 자리를 잡았다. 그러나 아래, 사원의 가운데 마치 대리석 석상처럼 곧게 부동의 자세로 교황 베드로 2세가 자신의 자리에 앉아 있었다. 그를 둘러싸고 있던 이들은 모두 연단 위에 가 있었다. 그러나 아래에 남은 줄어든 수도사들과 일반 신도들의 무리는 그에게 다가와서 두껍게 원을 지어 그를 둘러쌌고, 여기서 숨죽인 속삭임이 들려왔다.

"Non praevalebunt, non praevalebunt portae inferni!"[38]

황제는 움직이지 않는 교황을 바라보고 놀라서 다시금 소리를 높였다. "친애하는 형제들이여! 여러분들 중에는 기독교에서 가장 소중한 것이 그것의 **신성한 전설**, 옛 상징들, 옛 성가들과 기도들, 성화와 예배의 의식이라고 생각하는 이들이 있음을 나는 알고 있소. 그리고 사실상 종교적인 영혼에 있어 이보다 중요한 것이 어디 있겠소? 친애하는 여러분, 오늘 나는 영광스런 우리의 황제 도시 콘스탄티노플에 있는 전 세계 기독교 고고학 박물관에 고대 교회의, 우선적으로 동방교회의 모든 기념물들을 보존하고 연구하기 위한 목적으로 법령에 조인을 하여 풍부한 자금을 배정하였소. 반면 내가 여러분들에게 요청하는 것은 내일 여러분의 동료들 가운데서 현대의 생활 상태와 풍습, 관습들을 신성한 정교 교회의 전설과 법규들에 근접시키기 위해 취해야 할 대책들을 나와 함께 논의할 위원회를 선출해달라는 것이오! 정교회의 형제들이여! 이런 나의 의지가 마음에 드는 사람, 진심 어린 감정으로 나를 자신의 진실한 지도자이자 군주로 부를 수 있는 사람은 여기

---

38 음부의 문들이 교회를 이기지 못하리라!(라틴어—편찬자, 마태복음 16장 18절—옮긴이).

로 올라오시오."

그러자 동방과 북방의 고위 성직자들의 대다수와 이전 구교도의 반수, 그리고 정교 성직자, 승려, 일반 신도들의 반수 이상이 기쁘게 환호하면서 꼿꼿하게 자리에 앉아 있는 가톨릭 신도들을 곁눈질하며 연단으로 올라왔다. 그러나 장로 요한은 요지부동으로 서서 크게 한숨을 쉬었다. 군중이 그의 주위에 별로 남지 않게 되었을 때, 그는 자신의 자리를 떠나 교황 베드로와 그의 무리에게 가까이 가 앉았다. 연단으로 올라가지 않은 나머지 정교도들이 그를 뒤따랐다. 다시 황제가 말하기 시작하였다.

"친애하는 기독교인들이여, 나는 여러분들 중에서 진리에 대한 개인적 확신과 자유로운 성서 연구를 기독교에서 가장 소중한 것으로 생각하는 이들도 있음을 알고 있소. 어찌 내가 이것을 확장시킬 필요가 없다고 생각하겠소. 아마도 여러분들은 내가 젊은 시절 당시 적잖은 반향을 일으키고 내 이름을 알리는 시작이 된 성서 비평 관련 대 저서를 썼다는 사실을 알 것이오. 그래서 아마도 이것을 기념하기 위해 최근 튀빙겐 대학에서 명예 신학박사 학위를 수여하겠다고 나에게 요청하였고, 나는 기꺼이 감사히 받아들이겠노라고 대답하도록 명해놓았소. 그리고 오늘 나는 기독교 고고학 박물관과 함께 매년 150만 마르크를 예산으로 책정하여 모든 가능한 측면과 방향에서 자유롭게 성서를 연구하고 또한 모든 관련된 보조 학문을 연구하기 위한 전 세계 연구소 설립에 조인했소. 여러분들 중에 나의 이런 진심 어린 호의가 마음에 드는 사람, 그리고 순수한 감정으로 나를 자신의 군주로 인정할 수 있는 사람은 여기 새로운 신학박사에게로 오시오."

그리고 위대한 인간의 아름다운 입술은 기이한 쓴웃음으로 가볍게 일그러졌다. 비록 약간 지체하고 동요하긴 했지만, 신학자 반수 이상이 연단을 향해 움직였다. 자기 자리에 뿌리내린 듯이 앉아 있는 파울리 교수를 모두가 바라보았다. 그는 머리를 밑으로 떨어뜨리고 몸을 구부려 움츠렸다. 연단으로 올라간 신학자들은 당황하였고, 한 사람은 갑자기 손을 흔들고 다리를 절면서 아래 계단으로 급히 뛰어 내려가 파울리 교수와 그 주변에 남아 있는 소수의 사람들 곁으로 달려갔다. 파울리는 고개를 들고 주섬주섬 일어나 빈 좌석 사이를 지나 입장을 고수하던 신도들의 수행을 받으며 장로 요한과 교황 베드로, 그리고 그들의 무리에게 가까이 다가가 앉았다. 회의에 참석한 상당수의 동방과 서방 고위 성직자들 대부분이 연단 위에 있었다. 아래에는 장로 요한과 교황 베드로, 파울리 교수 주위에 바싹 달라붙어 있는 세 무리의 사람들만이 남아 있었다.

황제가 음울한 어조로 그들을 향해 말하였다.

"여러분들을 위해 내가 무엇을 더 할 수 있겠소? 이상한 사람들이구려! 여러분들은 내게 무엇을 원하시오? 나는 모르겠소. 여러분 기독교인들이여, 여러분은 자신의 형제들과 지도자 대다수로부터 버림받고 감정상으로도 사람들의 비난을 받고 있소. 여러분 자신들이 내게 말해보시오. 여러분들에게 기독교에서 가장 소중한 것은 무엇이오?"

이때 흰 양초처럼 장로 요한이 일어나 온유하게 대답하였다.

"위대한 군주여! 기독교에서 우리에게 가장 중요한 것은 그리스도 자신입니다. 그분은 그분 자신이며 그분으로부터 모든 것이 비롯합니다. 그분 안에 하나님의 온갖 충만함이 육(肉)으로 거주하심을 우리가 알고 있기 때문입니다. 그러나 우리가 당신의 관대한 손에서 그리스도의 신성한 손을 본다면, 우리는 군주 당신이 주시는 좋은 것을 기꺼이 받아들일 것입니다. 당신의 질문, 우리를 위해 무엇을 하기 바라느냐에 대한 우리의 솔직한 대답은 이것입니다. 여기 지금 우리 앞에서, 예수 그리스도, 하나님의 아들, 육신을 입고 오셔서 부활하시고 다시 오실 분을 믿는다고 고백하십시오. 그분에 대한 믿음을 고백하면 우리는 사랑으로 당신을 그의 영광스런 재림을 알리는 진실한 선구자로 받아들일 것입니다."

그는 침묵하고 황제의 얼굴을 응시하였다. 무엇인지 좋지 못한 일이 황제에게 일어났다. 그의 내면에서 사악한 격동, 그가 그 운명적인 밤에 경험한 것과 같은 격동이 솟아올랐다. 그는 내면의 냉정을 완전히 상실하였고, 그래서 그의 모든 생각은 온통 표면적인 침착성을 유지하며 자신의 정체가 때가 되기 전에 폭로되지 않도록 집중되었다. 그는 거칠게 소리 지르며 장로 요한을 향해 달려들어 그를 갈기갈기 물어뜯고 싶은 것을 참으려 초인적인 힘을 발휘하였다. 갑자기 그는 이 세상의 것이 아닌 친숙한 목소리를 들었다.

"침묵하고 아무것도 두려워하지 말라."

그는 침묵하였다. 다만 그의 시체 같은 잿빛의 얼굴은 완전히 일그러졌고 눈에서는 불꽃이 튀었다. 한편, 장로 요한이 말하고 있을 때, 자신의 추기경 홍포를 가리는 커다란 삼색 망토에 휘감겨 앉아 있던 위대한 마법사는 마치 그 망토 속에서 무슨 일을 교묘하게 조작하고 있는 것 같았다. 그의 눈은 긴장되어 번쩍였고 입술은 씰룩거리고 있었다. 사원의 열린 창문을 통해 거대한 검은 먹구름이 느닷없이 나타나는 것이 보였고 곧 사방이 어두워졌다. 장로 요한은 말없는 황제의 얼굴에서 놀라고 당황한 눈을 떼지 못하다 갑자기 공포에 질려 껑충 뛰어 물러서며 뒤를 바라보고는 짓눌린 듯한 목소리로 소리쳤다.

"여보게들, 적그리스도요!"

이때 귀를 찢는 듯한 천둥소리와 함께 사원 안에 거대한 둥근 모양의 번개가 작렬하더니 노인을 덮쳤다. 순간 모든 사람들이 얼어붙었고, 얼이 나갔던 기독교인들이 정신을 차렸을 때 장로 요한은 죽어 쓰러져 있었다.

창백해진 얼굴에서도 침착함을 유지한 황제는 회중을 향해 말하였다.

"여러분은 하나님의 심판을 보았소. 나는 어떤 죽음도 원하지 않지만, 나의 천부께서 자신의 사랑하는 아들을 위하여 복수를 하셨소. 문제는 해결되었소. 누가 하나님과 논쟁하겠소? 비서들! 다음을 기록하시오. '하늘의 불이 신성한 폐하에 반대하는 어리석은 자를 내려친 후에 모든 기독교인들의 전 세계 회의는 한 목소리로 로마와 전 세계를 통치하는 전제 황제를 자신들의 최고 지도자이자 군주로 인정했다.'" 그때 갑자기 하나의 크고 분명한 말이 사원에 울려 퍼졌다.

"Contradicitur."[39]

---

39 가톨릭 교회의 고위 계급에서 사용되는 반대를 표현하는 종교의례적인 형식의 말이다. 이것의 의미상으로는 상당히 차이가 있지만, 러시아어 동사 "protestovat'(이의를 신청하

교황 베드로 2세가 일어나 붉어진 얼굴과 분노로 온몸을 떨면서 자신의 지팡이를 들어 황제를 가리켰다.

"우리의 유일한 군주는 예수 그리스도, 살아 있는 하나님의 아들이다. 그런데 너는 네가 누구인지 들었도다. 우리에게서 당장 물러가라, 형제를 죽인 카인아! 물러가라, 마귀의 그릇아! 그리스도의 권능으로 하나님의 종들 가운데 한 명인 나는 영원히 너, 추악한 개를 하나님의 울타리로부터 내쫓아 너의 아비, 사탄에게 넘겨줄 것이다! 파문, 파문! 파문이다!"

그가 말하는 동안 위대한 마법사는 자신의 망토 속에서 조용히 분주하게 움직였고, 마지막 저주보다 더 큰 천둥소리가 울리자 마지막 교황도 숨이 끊어져 쓰러졌다.

"이렇게 나의 적들은 모두 나의 아버지의 손에 멸망할 것이다."라고 황제가 말했다.

"Pereant, pereant!"[40]라며 떨고 있는 교회의 군주들이 소리쳤다. 그는 뒤를 돌아 위대한 마법사의 어깨에 의지하여 자신을 따르는 모든 군중들과 함께 연단 뒤에 있는 문으로 나갔다. 사원 안에는 두 구의 시체와 공포로 반쯤은 혼이 나간 몇 명 되지 않는 기독교도들만 남았다.

오직 한 사람, 정신을 잃지 않은 사람은 파울리 교수뿐이었다. 압도적인 공포가 그의 내면에 있는 모든 영적인 힘을 일깨운 듯하였다. 그 또한 모습이 달라져 위엄과 영감에 찬 모습을 하고 있었다. 그는 의연한 발걸음으로 연단에 올라가 비어 있는 서기의 자

다)," "vozrazhat'(반대하다)"로 번역될 수 있다(편찬자).

40 멸망할지어다, 멸망한지어다! (라틴어—편찬자).

리 중 하나에 앉은 후, 종이 한 장을 집어 들고는 거기에 무엇인
가 쓰기 시작했다. 다 쓴 후에 그는 일어나 큰 목소리로 읽어 내
려갔다.

"우리 예수 그리스도 유일한 구세주에게 영광이 있을지어다. 예
루살렘에 모인 하나님의 교회들의 전 세계 회의는 동방기독교의
대표자인 우리의 성스러운 형제 요한이 하나님의 거대한 사기꾼
이자 적이 바로 하나님 말씀에 예언된 진짜 적그리스도임을 밝혀
내고, 서방기독교의 대표자인 우리의 성스러운 신부 베드로가 그
자에게 합법적이며 올바르게 하나님의 교회로부터의 무기한의 파
문을 선언한 후, 이제 진리를 위해 죽음을 당한 이 두 그리스도의
증인들의 시신 앞에서 다음과 같이 결의한다. '파문당한 자와 그
의 더러운 무리들과의 모든 관계를 끊고 광야로 가서 우리 예수
그리스도, 참되신 군주의 필연적인 재림을 기다릴 것이다.'"

무리는 활기를 띠었고, 커다란 소리가 울려 퍼졌다.

"Adveniat! Adveniat cito! Komm Herr Jesu, komm![41] 오소
서 주 예수여!"

파울리 교수는 조금 더 쓴 다음, 읽어 내려갔다.

"우리는 마지막 전 세계 회의의 최초이자 마지막 결정을 만장일
치로 채택하고 우리의 이름을 서명하는 바이다."

그리고 그는 회중에게 올라오라는 표시를 했다. 모든 사람들이
서둘러 올라와 서명하였다. "Duorum defunctorum testium locum
tenes Ernst Pauli"[42]라고 마지막으로 큰 고딕체로 서명되었다. "이

---

41 오실지어다! 곧 오실지어다!(라틴어) 오소서, 예수여, 오소서!(독일어—편찬자).

제 마지막 언약궤와 함께 갑시다!" 그가 두 고인을 가리키면서 말했다. 시체가 들것에 올려졌다. 천천히 라틴어, 독일어, 교회슬라브어 찬송가를 부르면서 기독교인들은 황금 사원의 출구로 향하였다. 근위군 소대와 그 소대장의 엄호를 받는 황제가 보낸 국가비서가 여기서 행진을 가로막았다. 병사들은 문 근처에 멈추었고 비서는 단 위에서 명령을 읽었다.

"신성한 폐하의 명령이다. 기독교인들을 계몽하고, 그들을 혼란과 미혹을 일으키는 악의를 가진 이들로부터 보호하기 위해, 우리는 하늘의 불에 의해 죽은 두 선동가의 시체를 기독교인의 거리 Kharet-an-Nasara에 있는 주의 성묘(聖廟)이자 부활이라고 불리는 이 종교의 중앙 사원 입구에 공개적으로 전시하여 이들이 진짜로 죽었음을 모두가 확인토록 하는 것이 대중에게 유익하겠다고 인정하였다. 그들과 뜻을 같이 하는 고집스런 이들, 우리의 모든 선행을 악한 마음으로 거부하고 하나님의 명백한 징표를 보고도 어리석게 눈을 감는 이들은 하늘로부터 내려온 불에 의해 죽은 자들을 따름으로써 자신들을 우리의 자비와 하늘의 아버지 앞에서의 우리의 보호 밖에 놓이게 했다. 그들에게는 순진하고 단순한 영혼을 가진 사람들을 그들이 지어낸 악한 생각들로 혼동시키고 미혹시키지 않도록, 공공의 유익을 위해 도시들과 여타 주거지역들에 사는 것을 금하는 단 하나의 금지 사항을 제외하고는 완전한 자유가 주어질 것이다."

그가 읽는 것을 끝냈을 때 장교의 지시를 따라 여덟 명의 병사

---

42 두 죽음의 증인 파울리 교수(라틴어—편찬자).

가 시체들이 놓인 들것으로 다가갔다. "씌어진 대로 이루어지게 하시오"라고 파울리 교수가 말하였고, 들것을 들고 있던 기독교인들은 조용히 시신들을 병사들에게 넘겨주었다. 병사들은 북서쪽 문을 지나 철수해 갔고, 반면 기독교인들은 북동쪽 문을 지나 나와서 서둘러 도시를 빠져나와 감람산을 지나 헌병들과 두 기병대가 사전에 사람들의 무리를 차단해 비워둔 길을 따라 여리고로 향했다. 여리고 근처의 황량한 언덕에서 며칠을 기다리기로 결정했다.

다음 날 아침 안면이 있는 기독교 순례자들이 예루살렘에서 와서 시온에서 일어난 일에 대하여 말하였다. 궁정의 만찬 후에 회의의 모든 임원은 옥좌가 있는 거대한 홀(솔로몬의 옥좌가 있던 곳으로 추정되는 장소)로 초대되었다. 황제는 가톨릭 성직자단의 대표자들을 향해 교회의 유익을 위해 교황 베드로의 합당한 후계자를 시급히 선출하는 것이 분명히 필요해 보이고, 시간 사정상 약식 선거가 실시되어야 하며, 전 기독교 세계의 대표자이자 지도자인 황제, 그의 출석으로 생략된 전례 의식들은 넉넉히 보충될 것이며, 그는 모든 기독교인들의 이름으로 자신의 사랑하는 친구이자 형제인 아폴로니를 선출할 것을 추기경회에 제안하는 바인데, 그럼으로써 그들의 밀접한 관계가 교회와 정부의 결합을 그 공동의 유익을 위해 견고하고 균열되지 않도록 할 수 있을 것이라고 공포하였다. 추기경회는 교황 선출 회의를 위해 특별실로 들어갔고 한 시간 반 후 새로운 교황 아폴로니와 함께 돌아왔다. 한편 선출 회의가 진행되는 동안, 황제는 아폴로니가 역사적으로 교황 권력이 남용되던 일을 영원히 종식할 능력이 있다고 보증하며, 역사가 새롭고 위대한 국면으로 들어섰으므로 예전의 불화를 종식시키자면서 정교와 복음주의 대표자들을 온유하고 지혜롭게 달변으로 설득했다. 정교와 개신교 대표자들은 이 연설에 설득되어 교회 통합 법규를 제정하였고, 아폴로니가 추기경들과 함께 회중의 환호 속에 홀 안에 나타나자 그리스 주교와 복음주의 목사는 그에게 그들의 문서를 내주었다. 아폴로니는 문서에 서명하며 "Accipio et approbo et laetificatur cor meum"[43]라고 말했다. "내가 진실한 가톨릭 신도인 것처럼, 나는 또한 진실한 정교도이자 진실한 복음주의자이다"라고 그는 덧붙여 말하며 다정하게 그리스인과 독일인에게 입을 맞추었다. 그런 다음 그는 황제에게 다가갔고, 황제는 그를 껴안았고 오랫동안 안고 있었다. 이때 빛나는 점들이 궁전과 사원의 사방으로 퍼져 자라나더니 이상한 존재의 밝은 형상으로 변하고, 지상에서 보지 못한 꽃들이 위에서부터 흩뿌려 떨어지면서 알 수 없는 향기가 대기를 채웠다. 높은 곳으로부터 지금까지 들어보지 못한 악기 소리, 영혼으로 뚫고 들어와 마음을 사로잡는 환희의 소리가 울려 퍼졌고, 보이지 않는 성가대의 천사들의 목소리가 하늘과 땅의 새로운 주인들을 찬양하였다. 그런데 홀연 **영혼의 지붕**이라는 '**쿠벳−엘−아루아흐** Kubbet-el-Aruah' 밑의 중앙 궁전, 이슬람 전설에 의하면 지옥의 입구가 있다는 이 궁전의 북서쪽 모퉁이에서 무시무시한, 지하에서 와글와글하는 소리가 울려 퍼졌다. 회중이 황제의 초청에 따라 그 쪽으로 움직였을 때, 모두가 가늘고 귀를 찢는 듯한, 아이

---

43 나는 이를 받아들이고 승인하니, 내 마음이 기뻐하오(라틴어─편찬자).

의 목소리도 마귀의 목소리도 아닌, 절규하는 듯한 수많은 목소리들을 분명히 들었다.

"때가 되었다, 우리를 풀어주십시오, 구원자들이여, 구원자들이여!"

그러나 아폴로니가 바위를 향해 몸을 붙이고 아래쪽으로 알 수 없는 언어로 무엇이라고 세 번 외치자, 목소리들이 잠잠해졌고 지하로부터 들리는 와글와글하는 소리도 그쳤다. 한편, 수많은 무리의 사람들이 사방에서 황금 사원을 둘러쌌다. 저녁 무렵이 되자 황제가 새 교황과 함께 동편의 테라스로 나왔고, **환희의 격동**이 높아졌다. 그가 사방을 향해 공손하게 인사를 했고, 그때 아폴로니는 부제추기경들이 가져온 커다란 바구니에서 계속해서 그가 손을 대기만 하면 불이 붙는 멋진 로마식 양초, 쏘아 올리는 불꽃, 불붙는 분수들을 공중으로 집어 던졌다. 이것들은 때로는 진주처럼 인광이 났고, 때로는 선명한 무지갯빛을 띠었는데, 이 모든 것들은 땅에 닿으면서 과거, 현재, 미래의 모든 죄에 대한 절대적이며 완전한 면죄부가 씌어진 수많은 색색의 종이들로 변하였다.[44] 군중의 환호는 한계를 넘어섰다. 사실 면죄부가 혐오스런 두꺼비와 뱀들로 변하는 것을 눈으로 똑똑히 보았다고 확신하는 사람들도 확실히 있긴 있었다. 그럼에도 불구하고 거의 대다수는 황홀경에 빠져 있었고, 성대한 군중 축제는 며칠 동안 계속되었다. 게다가 새로운 교황이자 기적을 행하는 자가 너무도 진기하고 놀라운 것들을 만들어냈기 때문에, 이를 묘사하는 일은

---

44 이 부분에 관해서는 서문에 씌어진 것을 참조하시오(지은이).

전혀 소용없는 일일 것이다.

그 시간 기독교인들은 여리고의 황량한 언덕에서 금식과 기도에 열중해 있었다. 4일째 되는 밤, 어둠을 틈타 파울리는 열 명의 동료와 함께 당나귀를 타고 짐마차를 매달아 예루살렘으로 잠입하였고, 옆길로 황금 사원을 통과하여 기독교인의 거리로 빠져나와 교황 베드로와 장로 요한의 시체가 보도 위에 놓여 있는 부활 사원의 입구로 다가갔다. 이 시각 거리에는 아무도 없었는데, 모두가 이미 황금 사원으로 떠났기 때문이었다. 보초병은 곤한 잠에 빠져 있었다. 시신들을 찾으러 온 사람들은 시신들이 전혀 부패되지 않았고 심지어 딱딱해지거나 경직되지도 않았음을 발견하였다. 들것에 시체를 싣고 가져온 천으로 덮은 후, 그들은 올 때와 같은 우회로로 그들의 동료들에게 되돌아갔는데, 들것을 땅 위에 놓자마자 생령(生靈)이 사자(死者)들 속으로 들어왔다. 죽은 이들은 그들을 싸 덮었던 천을 벗기려고 애쓰면서 부스럭 부스럭 움직이기 시작하였다. 모든 이들이 기쁨의 탄성을 내지르며 그들을 도와주었고, 곧 살아난 두 사람은 두 발로 무난히 섰다. 다시 살아난 장로 요한이 말을 시작하였다.

"보다시피 여보게들, 우리는 헤어지지 않았다네. 이제 내가 그대들에게 말하려 하는 것은, 그분이 아버지와 하나인 것처럼 자신의 제자들도 하나가 되도록 그분의 제자들에 대해 간구한 그리스도의 마지막 기도를 이룰 때가 바로 지금이라는 사실이오. 그래서 그리스도의 이 통일체를 위하여, 여보게들, 사랑하는 형제 베드로에게 경의를 표합시다. 마지막으로 그가 그리스도의 양들을 치도록 하시게나. 형제여, 그렇게 하시오!" 그리고는 베드로

를 안았다. 그때 파울리 교수가 다가왔다. "Tu est Petrus!"[45]라
고 그가 교황에게 말했다.

"Jetzt ist es ja gründlich er wiesen und ausser jedem Zweifel
gesetzt"[46]라고 말하며 그는 오른손으로 로마 교황의 손을 꽉 잡았
고, 다음과 같이 말하며 왼손을 장로 요한에게 내밀었다. "So
also, Väterchen—nun sind wir ja Eins in Christo."[47]

이렇게 어두운 밤, 높고 한적한 곳에서 교회들의 통합이 이루
어졌다. 그러나 한밤중의 어둠은 갑자기 선명한 빛에 의해 밝아
졌고 하늘에 커다란 표징이 나타났다. 해를 옷으로 입은 여자가
나타났는데 그녀의 발 바로 밑에는 달이 있었고 그녀의 머리에는
열두 개의 별이 있는 왕관이 있었다. 이 출현은 잠시 동안 한자리
에서 머물렀고, 그 후 남쪽으로 조용히 움직여갔다. 교황 베드로
는 자신의 지팡이를 들고는 소리쳤다. "저것은 우리의 깃발이다.
그 뒤를 따르자!" 그리고 그는 두 노인, 모든 기독교인 무리와 함
께 환영이 향한 방향, 하나님의 산, 시내산으로 향했다……

(여기서 Z 씨는 낭독을 멈추었다.)

부인 왜 계속하지 않으세요?

Z 씨 여기서 수고가 끝납니다. 판 소피 사제는 자신의 이야기를 끝낼
수가 없었습니다. 이미 그가 병중에 있었을 때, 그는 제게 "완쾌
되는 즉시" 더 쓰고 싶은 것을 말해주었었죠. 그러나 그는 건강을

---

45 "그대는 베드로이시오!"라는 뜻의 라틴어로, 마태복음 16장 18절의 인용이다. 이것은 그
리스도의 제자인 베드로를 일컫는 말로, 이 이름은 그리스어의 '돌'이라는 뜻도 갖는다(옮
긴이).
46 이제 이것은 완전히 증명되어, 그 누구도 의심하지 않습니다(독일어—편찬자).
47 자, 신부들이여, 이제부터 우리는 그리스도 안에서 하나입니다(독일어—편찬자).

회복하지 못했고, 이 이야기의 끝은 그와 함께 다닐로프 수도원에 묻혔습니다.

부인 하지만 당신은 그가 들려준 말을 기억하고 있지 않나요? 그렇다면 말씀해주세요.

Z 씨 대략 중요한 것들만 기억합니다. 기독교의 영적인 지도자들과 대표자들이 아라비아의 황야로 떠난 후, 그곳으로 각 나라에서 진리를 신실하게 추구하는 무리들이 그들에게 모여들었고, 새 교황은 아무런 장애 없이 이적들과 신비스런 일들을 일으켜 아직 적그리스도에 실망하지 않은 나머지 모든 피상적 그리스도인들을 타락시킬 수 있었습니다. 그는 그가 가진 열쇠의 권능으로 지상에서 무덤 너머의 세계로 통하는 문을 열었다고 공표하였고, 산 자와 죽은 자, 그리고 사람과 악마의 교류가 실제로 흔한 현상이 되었으며, 신비주의적인 음란과 악마 숭배라는 새로운 전대미문의 일들이 벌어졌습니다. 그러나 황제가 자신이 종교적 기반 위에 견고히 서 있다고 여기기 시작하고, 비밀스런 "아버지의" 음성의 지속된 교시에 따라 자신을 전 우주를 관할하는 최고신의 유일하고 진정한 체현이라고 선언하자마자, 누구도 예기치 못했던 새로운 불행이 그에게 닥쳤습니다. 유태인들의 봉기가 그것이었습니다.

당시 3천만에 이르던 이 민족은 초인이 전 세계적인 대성공을 준비하고 공고화하던 것을 몰랐던 것은 아니었습니다. 황제가 예루살렘으로 이주하였을 때, 그의 주요 과업이 이스라엘의 전 세계 지배권 확립이라는 소문을 비밀스럽게 유태인 사회에 퍼뜨렸기 때문에, 유태인들은 그를 메시아로 인정하였고 그에 대한 그들의 환희에 찬 충성은 끝이 없었습니다. 그런데 갑자기 그들이 분노와 복수에 사로잡혀 봉기했던 것입니다. 성서와 교회 전설에도 분명히 예견되어 있는 이 전환을 사제 판 소피는 아마도 지나치게 단순하고 리얼리즘적으로 표현했던 것 같습니다. 문제는 황제를 혈통상으로 완전한 이스라엘인이라고 여겼던 유태인들이 그가 **할례조차 받지 않았음**을 우연히 밝혀낸 것에 있었습니다. 바로 그날 예루살렘 전역이, 그리고 다음 날에는 팔레스타인 전역이 봉기에 휩싸였습니다. 이스라엘의 구원자, 언약의 메시아에 대한 충성심이 한없이 뜨거웠던 만큼이나 교활한 사기꾼, 뻔뻔스런 참칭자에 대한 증오는 끝없이 불타는 증오로 바뀌었습니다. 유태인들은 모두 하나가 되어 일어섰고, 유태인의 적들은 깜짝 놀라 이스라엘의 영혼은 그 심연에 맘몬 신[48]의 계산이나 탐욕이 아니라 진실한 감정의 힘, 즉 메시아에 대한 영원한 믿음의 갈망과 열정을 지니고 살고 있음을 알게 되었습니다.

　이러한 즉각적인 폭발을 예기치 못한 황제는 자제력을 잃고 복종하지 않는 모든 유태인과 기독교인에게 사형을 선고하는 포고령을 내렸습니다. 미처 무장하지 못한 수천, 수만의 사람들이 가차없이 살해당했습니다. 그러나 곧 유태인의 백만 군대가 예루살렘을 점령하였고 적그리스도를 황금 사원에 가두었습니다. 황제가 거느릴 수 있는 이들은 다수의 적을 막을 수 없는 친위대 일부뿐이었습니다. 교황 아폴로니가 마법을 사용한 덕택에 황제는 몇 겹의 포위망을 뚫고 나가는 데 성공했고, 곧 다양한 이방 민족으로 구성된 대군과 함께 다시 시리아에 나타났습니다. 유태인은 비록 성

---

48 부와 물욕의 신(마태복음 6장 24절—옮긴이).

공의 확신이 적었음에도 불구하고, 그를 향해 진격했습니다.

그러나 두 군의 전위 부대가 충돌하자마자 전례 없는 위력의 지진이 일어났고, 황제의 군대가 배치되어 있는 사해 근처에서 거대한 화산 분화구가 열렸습니다. 용암의 수많은 지류들이 불타는 하나의 호수로 합쳐졌고, 황제 자신과 그의 수많은 군대들, 그리고 황제 곁에서 항상 동행을 하였지만 어떤 마법으로도 황제를 도울 수 없었던 교황 아폴로니를 집어 삼켰습니다. 한편 유태인들은 공포와 전율 속에서 이스라엘의 하나님에게 구원을 호소하며 이스라엘로 달려갔습니다. 신성한 도시가 그들의 시야에 들어오게 되었을 때, 하늘이 커다란 번개에 의해 동쪽에서 서쪽까지 활짝 열렸고, 유태인들은 쭉 뻗은 손에 못질당한 상흔을 가진 그리스도가 황제의 옷을 입고 그들을 향해 내려오는 것을 보았습니다. 이 시각, 베드로, 요한, 파울리가 이끄는 기독교인들의 무리는 시내산에서 시온을 향해 이동하고 있었고, 도처에서 다른 무리가 환호하며 달려왔는데 그들은 모두 적그리스도에 의해 처형당한 유태인과 기독교인들이었습니다. 그들은 다시 살아나 그리스도와 함께 천 년 동안 통치하였습니다. 사제 판 소피는 세계의 대 파국이 아니라 단지 적그리스도의 출현과 영광 받음, 그리고 파멸로 구성되는 우리 역사의 진행 과정의 종말을 그리고 자신의 이야기를 여기서 끝마치길 원하였습니다.

정치가 당신은 이와 같은 종말이 매우 가까이 왔다고 생각하십니까?

Z 씨 글쎄요, 무대 위에서는 여전히 많은 수다와 야단법석이 있겠지만, 드라마는 이미 오래전에 끝까지 다 씌어졌고, 관객들이나 배우들은 그 안에 있는 어떤 것을 고치는 것이 허락되지 않을 것입니다.

부인 그러나 이 드라마의 궁극적인 의미는 무엇인가요? 그리고 저는 여전히 당신의 적그리스도가 왜 그토록 하나님을 증오하는지 이해가 되지 않아요. 그 자신은 본질상 선하고, 악하지가 않잖아요?

Z 씨 그것이 요점입니다. 그는 본질적으로 선한 것이 아닙니다. 바로 여기에 의미의 전부가 있습니다. 이전에 제가 드린 말씀, "적그리스도는 한 가지 격언만으로 설명할 수 없다"는 명제를 철회하겠습니다. 그는 하나의, 게다가 아주 단순한 격언으로 전부 설명됩니다. "반짝이는 것이 모두 금은 아니다." 실은 거짓 선에도 광채는 있고, 남아돌 정도이지만, 글쎄요, 본질적인 힘은 결코 없으니까요.

장군 그러나 또한 이 역사 드라마가 어디서 막을 내리는지 주목하십시오. 그것은 전쟁, 즉 두 군의 충돌입니다! 이렇게 우리 이야기의 끝 또한 그 시작으로 되돌아갔습니다. 마음에 드십니까, 공작?…… 아니 이런, 맙소사! 공작이 어디 갔습니까?

정치가 정말로 그를 보지 못하셨소? 그는 장로 요한이 적그리스도를 막다른 곳으로 밀어붙이는 감동적인 장면에서 몰래 떠났습니다. 그때 저는 낭독을 중단하고 싶지 않았고, 그 다음에는 그가 떠난 것도 잊어버렸습니다.

장군 맹세하건데, 그는 도망갔습니다. 두 번씩이나 달아났군요. 그는 처음에는 자신을 자제할 수 있었고, 그래서 돌아왔던 것이지요. 그러나 이 마지막은 그에게 너무 벅찼던 것이죠. 오, 이런!

블라디미르 솔로비요프와 『악에 관한 세 편의 대화』

1. 솔로비요프와 19세기 말 20세기 초의 러시아 사회

블라디미르 솔로비요프(Vladimir Solov'ev, 1853~1900)는 단행본으로는 우리나라에 처음 소개되지만, 러시아와 서유럽의 문화지성사에서는 이미 널리 알려진 철학자이자 시인, 정치·사회 비평가이다. 19세기 말에서 20세기 초의 러시아 문학과 예술은 우리에게도 친숙한 19세기 중후반의 투르게네프, 톨스토이, 도스토옙스키, 레핀, 수리코프 등의 리얼리즘 문학과 예술을 지나 새로운 단계로 넘어가고 있었다. 이러한 변화는 이미 한 차례의 세기 전환을 경험한 현대의 우리로서도 쉽게 짐작할 수 있는 바이지만, 19세기에서 20세기로의 전환을 앞둔 세기말 러시아 사회의 분위기와 밀접하게 관련된다.

당시의 러시아 사회는 세기 전환에 따른 미래에 대한 불안과 더불어, 계속해서 발생하는 크고 작은 정치·사회적 격변으로 사회적 혼란과 불안이 더욱 고조되고 있었다. 농노제 폐지, 자본주의의 무분별한 도입과 그에 따른 프롤레타리아와 빈민층의 문제, 전제정치에 대한 개혁의 요구 등으로 인한 사회적 격변과 혼란은 러시아 지성인들을 중심으로 러시아 역사를 되돌아보고 러시아 사회를 근본적으로 이해하며, 더 크게는 인류 사회의 역사와 의미를 반성적으로 사고하고자 하는 러시아 철학의 흐름을 낳았다. 이 무렵의 러시아 철학은 따라서 당대 러시아 사회의 분위기를 반영하듯, 세계를 총체적으로 이해하고, 세계 속에서 인간과 인류가 차지하는 위상은 무엇이며, 또 무엇이 다양한 인간 세계를 통합하는지를 규명하고자 하였다. 그러나 일반적으로 지적되듯, 러시아 철학은 서구 철학의 개념적이고 사변적인 성격과는 달리 실제적인 삶과 문화, 나아가 정치와도 직접 연결되는 실천적 경향성을 띤다. 당시의 철학적 논의와 사유는 단순히 학문의 영역에 머무는 것이 아닌 러시아 사회를 이끄는 실천적인 힘이 되었던 것이다.

이런 철학적 경향성은 문학의 시, 소설, 비평 장르의 글들에서뿐만 아니라, 미술, 심지어는 음악 분야에도 지대한 영향을 끼쳤다. 예를 들어, 우리가 잘 아는 스크랴빈의 음악을 이해하기 위해서는 그가 심취했던 철학 이론을 먼저 검토하고 이해해야만 하는 것도 당대 러시아 지성계의 이러한 분위기와 무관하지 않다. 또 당시 유명했던 소설가 표도르 솔로구프의 작품들, 많은 시인들의 철학적 서정시, 상징주의자들의 문화비평 글들이 띠는 철학적 경향성은 당시의 러시아 문학과 문화가 얼마나 철학과 긴밀히 연결되어 발전했는지를 잘 보여준다.

철학이 이전 시기의 러시아 문학과 문화에서도 이처럼 주도적 역할을 담당했던 것은 아니다. 오히려 철학은 이전의 러시아 문화, 특히 러시아 문학의 범주에 포함되어 발전해왔다. 예를 들어 우리가 잘 알고 있는 도스토옙스키 소설의 모든 주인공들은 사실 각각 고유한 철학적 이념을 갖고 있는 인물들이다. 그의 소설 『악령』의 주인공들 가운데 하나인 키릴로 프의 이념이 20세기의 주요 철학 사조의 하나인 실존주의의 탄생에 영향을 끼쳤다고 평가되는 것은 러시아 철학과 문학의 긴밀한 상호의존성을 설명해주는 것이면서, 동시에 19세기 말 이전의 러시아 철학의 위상을 보여주는 것이기도 하다. 즉 19세기 말 이전의 러시아 철학은 러시아 문학과의 내적인 상관성 속에서 발전해왔던 것이다.

그러나 19세기 말에서 20세기 초에 이르면 러시아 철학은 러시아 문학으로부터 확연히 분리되어 독립적인 학문 분과로서 이전의 러시아 철학의 역할과는 비교하기 어려울 정도로 러시아 문화의 각 분야에 지대한 영향을 끼친다. 그리고 이때, 러시아 철학을 고유한 독립적 학문으로 정립시키는 데 결정적인 역할을 한 사람이 바로 블라디미르 솔로비요프였다. 아카데믹한 의미에서 러시아 최초의 철학자라고 평가되는 블라디미르 솔로비요프는 당대의 러시아 최고의 관념론적 이상주의자였다. 기독교, 영지주의Gnosticism, 신플라톤주의 등에 그 뿌리를 두고 있는 솔로비요프의 철학은 20세기 초엽의 러시아 종교 철학자들과 상징주의 시인들의 세계관 형성에 지대한 영향을 끼친다.

2. 솔로비요프의 성장 과정과 그의 철학의 특징

솔로비요프의 철학과 세계관의 형성은 어쩌면 그의 출생 배경부터 살펴보아야 설명될 수 있는지도 모른다. 그는 러시아의 유명한 역사학자이자 모스크바 국립대학의 총장이었던 세르게이 미하일로비치 솔로비요프 Sergej Mikhailovich Solov'ev와 우크라이나 혈통의 어머니 사이에서 태어났다.

최초로 러시아 역사의 통사를 집대성했던 학자와 우크라이나의 유명한 사상가이자 시인이었던 스코보로다(G. S. Skovoroda, 1722~1794)를 외가의 선조로 두었던 그가 세기말의 러시아 지성사에서 러시아 최초의 철학자라고 평가될 만한 발군의 철학적 저술을 남기고, 또 많은 시 작품들까지도 창작할 수 있었던 것은 어쩌면 선천적인 유전의 영향이었거나, 또는 가정환경의 덕이었는지도 모른다.

그의 성장과정과 사회 활동의 면모를 보여주는 몇 가지 인상적인 이야기들이 있다. 첫째는 성화상 파괴 사건이다. 러시아 정교 신앙이 깊었던 그의 부모들은 자녀들에게 엄격한 종교 생활을 시켰던 듯하다. 그가 남긴 글과 전기적 시 작품을 보면, 그는 규칙적으로 정교 예배에 참석하곤 했다. 그러나 열세 살 경에 그는 신의 존재에 대한 강한 회의를 겪으면서, 성화상을 파괴하기까지 한다. 러시아 정교에서 성화상은 단순히 성서의 인물과 사건의 재현이 아닌, 성물로서의 종교적 숭배의 의미를 갖는다. 따라서 솔로비요프의 성화상 파괴 사건은 신의 존재에 대한 그의 내면의 심각한 갈등을 보여주는 것임과 동시에 그의 사유 방향이 무신론적 입장으로 발전해나갈 것임을 예고하는 것이다. 실제로 그는 16세에 모스크바 국립대학에 입학하면서, 실증주의적인 전공을 택해 자연과학부로 진학하게 된다. 그러나 당시의 대학의 전통적 실증주의적 자연과학은 자연과 인간, 인간 사회의 표면적 사건들 너머의 궁극적인 총체적 진리를 추구하고자 했던 솔로비요프를 만족시킬 수 없었다. 솔로비요프는 곧 1년 뒤 역사인문학부로 전공을 바꾸게 되고, 그 후에는 모스크바 신학 아카데미에서 청강생으로 수강을 하기도 하였다.

둘째, 솔로비요프의 생애에서 가장 인상적인 에피소드로 전해오는 소피아와의 만남이다. 소피아는 신의 지혜, 신의 여성적 원칙이라고 일컬어지는 러시아 정교의 상징으로, 많은 러시아 사원들이 그녀에게 봉헌되어 건축되었다. 솔로비요프는 이 소피아의 현현을 세 번에 걸쳐 만난 것으로 밝힌다. 아홉 살의 소년으로 모스크바의 정교 사원 예배에서, 스물두 살의 모스크바 대학의 조교수로 연구 출장차 떠나 소피아 관련 서적을 읽던 런던의 대영박물관에서, 또 그곳에서 그녀가 직접 지시해 떠났던 이집트의 카이로 근교의 사막에서 그는 그녀를 만났고, 이 만남은 그를 평생 동안 그녀의 충실한 "기사이자 사제"이게 만들었다.

셋째, 탄원 사건이다. 흔히 종교적인 철학자들이나 사상가들이 실제적이고 구체적인 사회 사건들에 무관심하기가 쉽다면, 솔로비요프는 그와 달리 당대 러시아 사회의 구체적인 정치·사회적 사건들에도 깊은 관심을 기울였다. 실제로 알렉산드르 2세가 '인민의지당원' 사람에게 시해되는 사건이 발생하자, 공개 강연에서 그는 처형될 위기에 처한 이들을 사면할 것을 촉구하는 발언을 한다. 당시 황제가 시해된 시국의 분위기에서 이 발언은 자신의 목숨조차도 앗아갈 수 있는 용감한 발언이었다. 실제로 이 사건은 그를 곤경에 빠지게 만들었고, 주변의 많은 사람들의 도움으로 가까스로 사면을 받았지만 결국은 모스크바 대학의 교수직을 그만둘 수밖에 없었다.

일찌감치 그를 뛰어난 학자로 또 철학자로 인정하는 계기가 된 그의 석사 학위 논문 『서구 철학의 위기—실증주의자들에 반대하여*Krizis zapadnoj filosofii. Protiv pozitivistov*』(1874)는 그의 평생의 학문적 방향성을 예견하는 것이다. 인간의 본질을 물질적인 차원에서만 규명하는 것에 반대하는 그는 이 논문에서 "추상적, 단지 이론적인 인식의 의미에서의 철학은 이미 그 발전을 마쳤다. [……] 한 인간의 참된 확신은 추상적인 것이 아니라, 살아 있는 것이 되어야 하고, 하나의 오성 속에 있는 것이 아니라, 모든 그의 정신적 존재에 있어야만 한다. 이 확신은 그의 삶을 지배해야만 하고, 하나의 이상적인 개념 세계를 포함할 뿐만 아니라 현실적인 세계를 포함해야만 한다. 그러한 살아 있는 확신은 과학도 철학도 주지 못한다"라고 말한다. 즉 솔로비요프는 인간 존재의 모든 측면을 포괄하는 철학을 만들고자 했고, 따라서 삶의 모든 측면을 포괄하는 이러한 철학은 종교적 성격의 철학이 될 수밖에 없었다.

솔로비요프의 대표 저작들 가운데 또 하나 주목할 만한 것은『신인성(神人性)에 관한 강의Chtenija o Bogochelovechestve』(1878~1881)이다. 인간은 모두 그 안에 신성한 요소를 지니고 있으며, 이를 발전시켜나갈 때 그리스도를 닮을 수 있다고 주장하는 이 책은 실제 그의 공개 강연을 바탕으로 한 것이다. 이 책에서 그는 현대 세계에서 종교는 삶의 모든 측면을 결집하고 종속시키는 그 본래의 중심적 위치를 상실하고, 참된 종교적 지향성을 상실했다고 주장한다. 지상에 신 없이 유토피아를 건설하고자 하는 사회주의 가르침에 대해서도 그는 실현 가능성이 없는 것으로 보았다. 그는 여기에서 벗어날 수 있는 길을 종교적인 변형, 모든 사람이 그리스도를 닮아 신인이 되는 것에서 찾았다. 솔로비요프는 이 신인의 길을 역사의 참된 의미로 파악했다. 기독교는 인간에게 세계 변형의 과제를 부여했고, 그 이상이 실현된 것이 바로 그리스도였다. 그러나 인간이 악의 본성을 극복할 때에만, 모든 사람들이 타락으로부터 거룩하게 될 때에만 이 과제가 실현 가능할 것으로 여겨졌다. 그때에만 주변 세계가 선과 미의 이상들의 진정된 실현이 될 것이라고 보았다. 기독교적 이념은 솔로비요프의 철학에서 가장 중요한 의미를 지니는 것이었고, 이 철학의 목적은 그의 박사 논문『추상적 원천들의 비판Kritika otvlechennykh nachal』(1880)에서 밝히고 있듯이, "신성한 원칙과 물질적 원칙 사이의 내적인 관계를 확정하는 것"이었다. 개별적 이념들과 인간 활동의 공통적 의미 사이의 생생한 관계의 부재를 그는 현대 문화의 위기의 원인으로 진단했다. 솔로비요프의 철학을 '전일성의 철학'으로 부르는 것은 그와 같은 이유에서이다. 그 중심은 삶의 정신적 원칙의 추구였다.

3. 솔로비요프와 『악에 관한 세 편의 대화』

작품 『악에 관한 세 편의 대화』(1900)는 솔로비요프가 서문에서 스스로 밝히고 있듯이 그가 생의 종국을 예감하고 세상을 떠나던 마지막 해에 출판한 저술이다. 솔로비요프가 생의 말년에 골몰했던 문제는 임박해오는 세계의 종말에 관한 사유였다. 6차례에 걸쳐 유럽을 순회하고 유럽과 러시아의 삶의 실상을 되돌아보게 된 솔로비요프는 이전의 자신이 갖고 있던 인류의 역사에 대한 낙관적 전망을 회의하게 된다. 물질적 안락과 복지만을 추구하는 유럽의 정황과 중국, 일본을 비롯한 아시아의 팽창과 성장은 솔로비요프를 불안하고 걱정스럽게 만들었다. 이 작품에는 이런 말년의 그의 불안과 예감이 가장 직접적으로 반영되어 있다.

이 작품은 철학과 시, 산문, 정치·사회 비평의 영역을 넘나들며 적지 않은 저술을 남긴 솔로비요프의 철학적 사유의 과정과 예술적인 참모습을 볼 수 있는 작품이다. 즉 이 작품에서 우리는 플라톤의 대화 방식을 취해 악의 존재와 성격을 형이상학적으로 규명하는 솔로비요프의 철학자적 면모와 대화에 참여하는 인물들의 성격화와 예술적 형상화, 특히 적그리스도를 예술적으로 형상화해내는 뛰어난 예술가로서의 솔로비요프의 면모를 동시에 볼 수 있다. 이런 두 가지 측면은 왜 20세기 초의 많은 철학자들과 시인들이 동시에 그토록 그의 이 작품에 관심을 기울였으며 또 그를 추종했는지를 설명해준다.

무엇보다 이 작품은 철학자로서의 솔로비요프가 '악'의 존재에 대한 형이상학적 설명을 시도하는, 다시 말하면 인류의 삶과 역사에서 다양한 양태로 그 실제를 드러내는 '악'의 존재에 대한 다양한 관점에서의 이해를 시도한 작품이다. 악은 실제적인 형이상학적 힘의 존재인가, 아니면 인류의 이성적 선의의 결핍과 부재로 인한 현상인가라는 형이상학적 질문으로 시작되는 작품의 서문은 솔로비요프의 이런 의중을 직접 드러낸다. 그러나 솔로비요프는 이 형이상학적 문제를 당시 러시아 사회에서 일어나고 있던 여러 정치·사회적 사건들과 에피소드들을 통해 구체적인 예를 들어 전개함으로써 철학적인 사유의 훈련을 받은 독자들뿐만 아니라 보다 일반적인 독자들도 쉽게 이해 가능하도록 이끌고 있다. 또 보다 쉽게 일반 독자들이 이해할 수 있도록 플라톤의 대화 방식을 취해 작품을 구성한다. 백전노장의 장군, 상당한 정치적 지위를 갖고 활동하고 있는 정치가, 출판업자이자 도덕주의자인 젊은 공작, 상당한 사회적 지위를 갖고 있는 것으로 소개되는 Z 씨, 또 사회 각 분야에 두루 관심을 갖고 있는 중년 여성의 다섯 사람이 프랑스 칸느 근교에서 만나 좌담회의 형식으로 대화를 나눈다. 이들은 전쟁, 평화, 세계 역사의 종말에 관한 주제를 그들의 경험과 관점에 따라 다양한 역사적 사건과 당시 러시아 사회의 시사적인 사건들과 더불어 논한다. 그러나 궁극적으로 이들이 이끄는 세 편의 대화의 핵심은 '악'의 존재에 대한 상이한 관점에서의 역사적, 형이상학적 설명이다.

이 작품에서 솔로비요프의 결론은 솔로비요프 본인도 서문에서 직접 밝히고 있듯이 매우 기독교를 옹호하는 입장에 서 있다. 그러나 이 작품의 장점은 이 논의를 기독교적 관점만이 아닌 상이한 세 관점에서 설득력 있게 제시하는 것이다. 첫째는 과거에 주된 일반적 관점이었던 종교적이 며 일상적인 관점으로, 특히 첫번째 대화편의 장군의 전쟁에 관한 주제 토론에서 중점적으로 나타난다. 또 다른 하나의 관점은 19세기 말 당시에 지배적이었던, 또 오늘날에도 아직까지 상당한 영향력 있는 관점이라고 할 문화·진보적 관점으로, 두번째 대화편의 정치가의 인류의 진보와 평화에 관한 주제 토론에서 두드러지게 드러나고 옹호된다. 세번째 관점은 역사상 아직 실현되지 않았지만 미래에 그 결정적 의미를 드러낼 것으로 예정하는 절대적인 종교적 관점으로, 세번째 대화편의 Z 씨의 대화의 논의에서 나타난다. 세번째 대화편에 포함되어 작품의 대단원을 구성하는 「적그리스도에 관한 짧은 소설」은 Z 씨가 다른 대화 참여 인물들에게 직접 읽어줌으로써 미래에 실현될 그의 관점을 결과적으로 지지하고 보충하는 역할을 한다. 그러나 이 세 관점은 배타적으로 서로를 배제하는 것이라기보다는 마치 역사적인 과거, 현재, 미래의 차원에서 서로 공명하는 듯하며, 공시적으로는 마치 음악의 폴리포니처럼 상호 보충적이고 보완적인 입장에 공명한다.

이 작품이 갖는 20세기 러시아 문화 및 문학사에서의 의의는 특별하다.

우선, 이 작품이 20세기 러시아 문화사에서 주목을 받을 뿐만 아니라, 한국 독자인 우리도 흥미를 갖게 되는 것은 무엇보다 이 작품의 「적그리스도에 관한 짧은 소설」에 포함되어 있는 20세기 세계사에 대한 종말론적 예언, 특히 일본, 중국을 중심으로 한 '범몽골주의'의 유럽 지배, 이를 벗어난 유럽의 통합과 적그리스도의 출현이라는 예언적 요소이다. 솔로비요프가 생애의 마지막에 가장 관심을 기울였던 것은 '유럽과 중국, 두 문화 세계'의 충돌의 결과로 발생할 유럽 문명의 파멸의 위협에 대한 염려였다. 솔로비요프는 일본과 중국의 역사와 문화를 자세히 연구했고, 극동에서의 러시아 정책을 예의 깊게 주시했다. 그는 유럽과 러시아의 문명이 몽골의 침입으로 멸망할 위험에 처해 있다고 간주했다. 이런 그의 생각은 이미 이전의 그의 다른 작품들에서부터 보이기 시작한다. 이것을 잘 보여 주는 작품이 그의 시 「범몽골주의Panmongolism」(1894)이다.

> 범몽골주의! 비록 단어는 거칠지만,
> 그러나 그것이 내 귀를 부드럽게 애무하네,
> 마치 신의 대 심판의 전조로 가득 찬 듯.
> [……]
> 오, 루시여! 이전의 영광은 잊을지니,
> 쌍두의 독수리는 파멸되고,
> 그리고 황색 아이들의 장난거리로
> 네 깃발의 천 조각들이 주어지리라.

솔로비요프의 이러한 유럽 문명과 동양 문명의 충돌과 종말론적 요소는 그의 뒤를 잇는 러시아 철학자들과 사상가들에게도 지속적인 관심사였다. 예브게니 트루베츠코이(Evgenij Trubetskoj, 1863~1920), 세르게이 불가코프(Sergej Bulgakov, 1871~1944), 파벨 플로렌스키(Pavel florenskij, 1882~1937), 니콜라이 베르쟈예프(Nikolaj Berdjaev, 1874~1948) 등과 같은 19세기 말, 20세기 초의 러시아의 신지 철학자들은 전체적으로 솔로비요프 철학에 깊은 영향을 받았고, 특히 이들 가운데 불가코프와 플로렌스키 같은 철학자들은 이 작품에서 예견되는 솔로비요프의 종말론에 깊이 공감하였다. 이들은 혁명 후의 러시아 사회의 현실, 러시아 제국의 국가 정체성의 해체와 소비에트 사회에서의 그리스도인들에 대한 박해 및 추방을 솔로비요프의 계시록적인 예언의 실현으로 받아들였다. 불가코프가 「신들의 향연에서」라는 대화에서 10월 혁명을 솔로비요프가 예언한 적그리스도 왕국의 도래로 파악하는 것도 그런 가까운 예들 가운데 하나이다.

이 작품은 마치 그의 죽음 뒤에 찾아올 20세기의 세계를 향한 그의 경고로 해석할 만한 것이었다. 양차 세계 대전과 수많은 지진, 재앙으로 가득했던 20세기는 사실 솔로비요프가 그의 생의 마지막 저작을 통해 경고하고자 했던 미래의 그 세계였는지도 모른다.

둘째, 이 작품이 러시아 문화 및 문학사에서 갖는 중요한 의의를 또 하나 꼽자면, 앞서 언급한 적그리스도의 형상화이다. 세계 문학사에서도 그 유래를 찾기가 힘든, 적그리스도에 대한 이와 같은 심리적이면서도 생생한 형상화는 「적그리스도에 관한 짧은 소설」을 단순히 성서의 인용이나 해석의 차원이 아닌, 새로운 예술적 차원으로 고양시킨다. 솔로비요프의 이러한 예술적 형상화의 능력은 이미 그의 많은 시 작품들에서 찾을 수 있는 자질이다. 예를 들어, 이 작품 「적그리스도에 관한 짧은 소설」에도 등장하는 '해를 옷으로 입은 여인'은 이전의 솔로비요프 시의 여성적 형상들과 긴밀히 연결된다. 20세기 초 러시아 상징주의의 대표 시인들로 일컬어지는 알렉산드르 블록Aleksandr Blok, 안드레이 벨르이Andrej Belyj, 뱌체슬라프 이바노프Bjacheslav Ivanov 등의 시에서 발견되는 '해를 입은 여인' '아름다운 여인' '낯선 여인' 등은 모두 솔로비요프의 이 형상의 반향이기도 하다.

아시잖아요, 영원한 여성성이

지금

썩지 않는 몸을 입고 지상으로 오고 있어요.

새로운 여신의 불멸의 빛 속에서

하늘도 바다의 심연과 합해졌습니다.

　　　　　　　　　——「영원한 여성성Das Ewig-Weibliche」(1898)

　　이 형상은 성서의 요한계시록(12장)의 사내아이를 낳은 여인, "해를 옷으로 입고, 발 바로 밑에는 달이 있고, 머리 위에는 열두 개의 별이 있는 면류관을 쓰고 있는 여인." 또 유태교의 신비주의, 괴테의 『파우스트』 등의 반향이기도 하지만, 동시에 솔로비요프 자신의 철학적 사유의 예술적 창조물이기도 하다. 왜냐하면 '영원한 여성성'에 대한 이런 관념은 요한계시록의 사내아이를 낳는 여인과는 차이가 있기 때문이다. 성서의 여인은 용의 핍박을 받으며, 사내아이를 낳고 광야로 피신하는 과정을 겪는 것으로 기술되어 있지만, 솔로비요프의 '영원한 여자 친구'는 로마 가톨릭, 정교, 개신교가 통합을 선언하는 시점에서 나타나 적그리스도로부터 이들을 인도하는 하늘의 징후로 계시되고 있다. 즉 이 작품 「적그리스도에 관한 짧은 소설」에서 이 여인의 형상은 솔로비요프의 종교 통합에 대한 염원의 반영이다. 실제로 솔로비요프는 그가 세상을 떠나던 1900년 5월에 마지막으로 모스크바의 형에게 들러 이 작품을 독회의 청중 앞에서 강독하고 난 뒤, "교회 문제에 관한 자신의 관점을 최종적으로 밝히기 위해 이 작품을 썼다"라고 밝힌다.

　　지상 세계의 가시성에 가려져 있는 하늘의 본질이자, 거듭난 인류의 빛나는 빛, 지상의 천사-수호자, 신성의 장래의 궁극적 발현으로서의 이 여인은 솔로비요프가 기다리고 고대하던 그의 "영원한 여자 친구"였다. 그녀의 도래는 결국 이 세계가 진리, 선, 미의 원칙에서 변형되는 것을 의미했다. 시 작품들에서의 이러한 "영원한 여성"의 형상화 과정과 유사하게 바로 이 「적그리스도에 관한 짧은 소설」에서는 한 초인의 적그리스도로의 변화 과정이 보다 설득력 있게 그 내면의 심리 묘사와 더불어 형상화된다. 19세기 말 20세기 초의 러시아 사회는 성서의 계시록 부분에 매우 큰 관심을 갖게 되었다. 당시의 러시아는 역사상 그 어느 때보다 큰 변동과 변화의 문턱에 서 있었다. 이 작품은 이러한 시대적 분위기 속에 솔로비요프가 읽고 해석한 새로운 러시아 요한계시록이라고 할 수 있다. 작품의 마지막 부분에서 사제 판 소피가 지었다고 이야기되는 「적그리스도에 관한 짧은 소설」은 성서의 마지막 책인 요한계시록에 대한 새로운 예술적 해석으로, 기독교인들뿐만 아니라 일반 독자들에게도 매우 흥미로울 수 있는 책이다. 이 책은 세계가 종국에는 그 역사의 종말을 맞는다는 것을 상정하고, 이때에 이르면 거짓 사기꾼들이 다수 출현하게 되고, 이들이 그리스도의 후계자임을 자처하면서 많은 해로운 거짓 이념들을 설파하게 된다고 예견한다. 그리고 이 무렵 유럽은 단일한 세계 정부를 구성하게 되고, 그 수장에 적그리스도가 취임하게 된다. 이 인물은 천재적인 자질을 소유한 사람으로, 많은 사회적 개혁과 물질적 복리의 혜택을 베풀지만, 실은 그를 지배하는 것은 에고이즘이다. 그리스도를 대체하는 신의 진정한 아들로서 자신을 확신했던 그는 자신이 그런 존재가 아님을 깨닫게 되어 자살을 시도하지만, 악한 힘에 의해 구원되면서 악한 힘이 그 안에 들어와 적극적으로 자신의 존재를 높이고, 신을 대신하는 정치적, 사회적 역할을 한다. 예수의 메시아적 존재를 부인하고, 자신을 높이기 위한 그의 활동은 결국 종교의 통합을 시도한다. 대다수의 그리스도인들은 그를 통합 종교의 수장으로 인정하는 반면, 이 인물의 본질을 적그리스도로 간파하고, 그에게 저항한 그리스도인들은 소수에 불과했다. 이 소수의 참된 그리스도인들은 죽임을 당하고, 또 도시로부터 추방을 당하지만, 마침내 그의 본질을 파악한 유태인들의 반란이 일어나 적그리스도와의 전쟁이 벌어지고, 적그리스도와 그의 추종 세력이 멸망한다. 그 후 하늘이 열리며 그리스도의 재림이 이루어지며, 인류의 역사가 종결되고 세계의 구원이 이루어진다.

그러나 우리는 이 작품에서 생생한 비유적 표현과 기법, 또 심리 묘사를 통해 한 인물이 '적그리스도'로 탄생하는 예술적 창작만을 경험할 수 있는 것은 아니다. 이 작품은 앞서 밝힌 대로 말년의 솔로비요프의 나름의 철학적 사유의 과정이다. 솔로비요프는 세계의 종말에 앞서 결정적으로 마지막 환란을 겪게 되고, 이때 적그리스도가 출현할 것으로 믿었던 듯하다.

인류의 역사의 의의와 그 운명에 대한 관심은 사실 인류의 출현과 더불어 시작되었을 궁금증의 하나일 것이다. 우리는 이 작품에서 다시 한번 이 궁금증에 해결을 시도하려는 러시아 철학자의 사유를 접하게 된다. 기존의 많은 철학자들과 현자들이 논해왔고, 또 논하고 있는 문제이면서도 우리가 여전히 만족하지 못하고 이 궁금증을 쉽사리 저버리지 못하는 것은 여전히 객관적인 완전한 답을 찾을 수 없는 숙명이 우리 인류 자체에 내재되어 있기 때문일 것이다. 비록 이 작품의 인물들의 사상 가운데 오늘날의 우리의 관점에서 비판할 수밖에 없는 유럽 중심적인 사고방식, 동양인들을 폄하하는 태도가 발견되기도 하지만, 이 작품이 독자 여러분에게 인간의 존재의 본질, 또 동서양을 뛰어넘어 인류 전체의 운명에 대한 진지한 성찰의 계기가 되기를 기대한다. 아울러 솔로비요프의 이 논의의 전개 과정이 독자 여러분들이 기존에 갖고 있었던 궁금증을 해소하는 데 조금이나마 도움이 되었기를 바라는 마음 간절하다.

작가 연보

  러시아 철학자, 시인, 문학비평가인 블라디미르 세르게예비치 솔로비요
프Vladimir Sergeevich Solov'ev는 1853년 1월 16일 저명한 역사학자 아버지 세
르게이 솔로비요프와 우크라이나 철학자 스코보로다의 자손인 어머니 폴
릭세나 블라디미로브나 사이에 태어난다. 우등생으로 김나지움을 졸업한
솔로비요프는 1869년에 모스크바 국립대학 물리수학과에 입학한다. 그리
고 2년 뒤에 역사철학으로 전공을 바꾸어 1873년에 대학을 졸업한다. 전
망 있는 젊은 학자로 뽑힌 그는 대학에서 철학 공부를 계속하게 되고
1874년 『서구 철학의 위기 *Krizis zapadnoj filosofii*』라는 제목의 석사 논문을
발표한다. 그다음 해 1875년에 그는 런던, 파리, 니스 그리고 이집트에
가서 힌두교, 그노시스주의와 중세철학 등을 연구한다. 이 시기의 신비주
의적 경험은 추후 그의 창작에 큰 영향을 미치게 되며 말년에 쓴 작품 『세
차례의 만남 *Tri svidanija*』(1898)에서도 묘사되고 있다.

  1877년부터 1881년까지 솔로비요프는 주로 상트페테르부르크에서 지
내면서 강의와 창작에 열중한다. 이 시기에 그는 자신의 주요 종교철학적
저서인 『총체적 지식의 철학적 기반 *Filosofskie osnovy tsel'nogo znanija*』(1877),
『추상적인 원천들의 비판 *Kritika otvlechennykh nachal*』(1877~1880, 박사학위

논문으로 발표), 『신인성에 관한 강의 Chtenija o Bogochelovechestve』(1878~1881) 등을 출판한다. 황제 알렉산드르 2세의 암살자들을 비판하지만 그들을 용서해야 한다는 1881년 3월 28일 공개 강연 이후에 그는 정부 측 공식 세력들의 비난을 받게 되며 오랫동안 강단에서 물러서게 된다.

이후에 그는 역사와 종교철학 연구, 문학비평과 시 창작 등에 몰두한다. 1882년부터 1888년 사이에 그는 주로 종교적인 문제에 심취하여 『삶의 영적 기반 Dukhovnye osnovy zhizni』(1882~1884), 『신권정치(神權政治)의 역사와 미래 Istorija i budushchnost' teokratii』(1885~1887), 『러시아와 보편교회 Rossija i vselenskaja tserkov'』(1889) 등을 출판한다. 역사철학적인 저술로는 『대(大)논쟁과 기독교의 정책 Velikij spor i khristianskaja politika』(1883~1887), 『러시아의 민족 문제 Natsional'nyj vopros v Rossii』(1883~1888), 「중국과 유럽 Kitaj i Evropa」(1890), 『역사철학 중에서 Iz filosofii istorii』(1891), 『비잔티움주의와 러시아 Vizantizm i Rossija』(1896)를 출판한다. 1891년부터 1900년 사이에 세 차례에 걸쳐 솔로비요프의 『시집 Stikhotvorenija』이 개정 증보되며 출판된다. 철학적 논고인 「사랑의 의미 Smysl ljubvi」(1892~1894)』와 『선의 변호 Opravdanie dobra』(1894~1897)에서는 그의 사상의 도덕-형이상학적 기반이 탐구되고 있다.

낙관적이었던 솔로비요프의 사상이 말년에는 어두운 음색을 띠게 된다. 이는 혁명 직전의 불안한 시대적 분위기와 맞물려 『세 편의 대화 Tri razgovora』(1899~1900), 「일요일의 편지 Voskresnye pis'ma」(1897~1898), 「플라톤의 인생극 Zhiznennaja drama Platona」(1898)이라는 글들에서 잘 드러난다.

1900년 7월 31일 47세의 나이에 블라디미르 솔로비요프는 질병으로 세상을 떠나게 된다.

'대산세계문학총서'를 펴내며

근대문학 100년을 넘어 새로운 세기가 펼쳐지고 있지만, 이 땅의 '세계문학'은 아직 너무도 초라하다. 몇몇 의미 있었던 시도에도 불구하고, 전체적으로는 나태하고 편협한 지적 풍토와 빈곤한 번역 소개 여건 및 출판 역량으로 인해, 늘 읽어온 '간판' 작품들이 쓸데없이 중간되거나 천박한 '상업주의적' 작품들만이 신간 되는 등, 세계문학의 수용이 답보 상태에 머물러 있었음을 부인하기 힘들다. 분명한 자각과 사명감이 절실한 단계에 이른 것이다.

세계문학의 수용 문제는, 그 올바른 이해와 향유 없이, 다시 말해 세계문학과의 참다운 교류 없이 한국문학의 세계 시민화가 불가능하다는 의미에서, 보다 근본적으로, 우리의 문화적 시야 및 터전의 확대와 그 질적 성숙에 관련되어 있다. 요컨대 이것은, 후미에 갇힌 우리의 좁은 인식론적 전망의 틀을 깨고 세계 전체를 통찰하는 눈으로 진정한 '문화적 이종 교배'의 토양을 가꾸는 작업이며, 그럼으로써 인간 그 자체를 더 깊게 탐색하기 위해 '미로의 실타래'를 풀며 존재의 심연으로 침잠하는 작업이라 할 수 있다.

우리의 현실을 둘러볼 때, 그 실천을 위한 인문학적 토대는 어느 정도 갖추어진 듯이 보인다. 다양한 언어권의 다양한 영역에서 문학 전공자들이 고루 등장하여 굳은 전통이나 헛된 유행에 기대지 않고 나름의 가치 있는 작가와 작품을 파고들고 있으며, 독자들 또한 진부한 도식을 벗어나 풍요로운 문학적 체험을 원하고 있다. 새롭게 변화한 한국어의 질감 속에서 그 체험이 이루어지기를 바라는 요청 역시 크다. 그러므로 필요한 것은 어쩌면 물적 토대뿐일지도 모른다는 판단이 우리를 안타깝게 해왔다.

이러한 시점에서, 대산문화재단의 과감한 지원 사업과 문학과지성사의 신뢰성 높은 출간을 통해 그 현실화의 첫발을 내딛게 된 것은 우리 문화계의 큰 즐거움이 아닐 수 없다. 오늘의 문학적 지성에 주어진 이 과제가 충실한 결실을 맺을 수 있도록, 우리는 모든 성실을 기울일 것이다.

'대산세계문학총서' 기획위원회

대 산 세 계 문 학 총 서